CHRISTIAN GARCIN

Le Bon, la Brute et le Renard

roman

ACTES SUD

… je vis dans un cabinet de Alkmaar un globe terrestre entre deux miroirs qui le multiplient indéfiniment…

JORGE LUIS BORGES, *L'Aleph.*

I

1

UN POLAR ASSEZ SIMPLE

Je suis un chaman, dit Zuo Luo en tirant sur sa clope.

C'est ça, dit Bec-de-canard.

Il fermait les yeux en essayant de se souvenir du film qu'ils avaient vu la veille. Un polar assez simple pourtant, mais auquel il n'avait rien compris, vu qu'il était en anglais et qu'il n'y avait aucun sous-titre disponible en chinois, russe, mongol ni bouriate, les quatre seules langues qu'il parlait.

Chacun était allongé sur son lit. L'un, Zhu Wenguang, dit "Zuo Luo", était un Chinois massif qui fumait en fixant le plafond, indifférent à l'interdiction doublement placardée au-dessus de son lit et ailleurs près de la porte. L'autre, Agvan Djordjé, dit "Bec-de-canard", était chinois aussi, mais davantage du Nord, aurait pu supposer un observateur attentif : les traits un peu plus creusés, les yeux plus ronds, le teint plus brun, avec des cheveux filasse et deux grosses lèvres proéminentes qui lui valaient son surnom.

Une table de nuit en bois clair entre les deux lits accueillait une bible usée à force d'avoir été feuilletée, mais pas par eux.

C'était le matin tôt, du côté de Baker, Californie. Le soleil commençait à filtrer à travers les rideaux.

Quoi, “c’est ça” ?

Cette histoire de chaman. Tu as dû rêver, je t’ai entendu gémir cette nuit. Tu es autant chaman que je suis danseuse étoile.

Zuo Luo soupira.

Tu te racontes trop d’histoires, conclut Bec-de-canard.

C’était nouveau. Depuis quelque temps Bec-de-canard se disait qu’il devait s’affirmer davantage : il avait lu ça dans des magazines. Pendant de trop nombreuses années, se disait-il, il s’était conduit devant Zuo Luo comme une adolescente fascinée par un chanteur de pop aux cheveux en pétard, ou comme une femme plus âgée muette de saisissement face à George Clooney et son sourire nonchalant : il l’avait admiré – jusqu’à l’aveuglement, si ce n’est une certaine servilité consentie. Et maintenant il osait lui répondre de la sorte. Zuo Luo, qui faisait mine de ne rien remarquer de ce changement d’attitude, commençait cependant à estimer qu’il frisait parfois l’impertinence.

Je ne vois pas pourquoi j’essaie de t’expliquer les choses, de toute façon tu ne comprends jamais rien à rien.

Ah bon. Et qu’est-ce qu’il y a à comprendre ?

Oui : l’impertinence.

Que fait un chaman ? dit patiemment Zuo Luo en exhalant la fumée. La maladie et la mort enlèvent les âmes et les maintiennent dans l’outre-monde. Le chaman part seul, il franchit la frontière entre les mondes, il délivre les âmes, et les restitue à la lumière et à la vie. Que fais-je ? De stupides malfrats enlèvent des jeunes filles après les avoir achetées à vil prix et les maintiennent captives dans quelque lieu sordide. Je pars seul, je pénètre dans ces lieux sordides, je délivre les jeunes femmes et les restitue à leur famille. Je suis un chaman moderne. J'œuvre dans le secret, dans la nuit, dans les galeries de terriers que sont les ruelles obscures et labyrinthiques de nos villes puantes, comme l'animal dont je porte le nom. Et à présent que j'œuvre à l'étranger, je suis même un chaman voyageur.

Quel animal ? dit Bec-de-canard.

Zuo Luo tourna la tête vers lui.

Comment ça, “quel animal” ? Tu ne t'es jamais demandé ce que signifiait mon surnom ? Zuo Luo ?

Ben, c'est pas le type à la télé, là, avec sa petite moustache et son masque à la con ?

C'est un héros de télé, oui, soupira Zuo Luo en fixant le plafond. Mais je te parle de son nom. Zor-ro, fit-il en articulant du mieux possible. Zuo Luo, quoi : ça signifie renard en espagnol.

Ah bon. Et que vient faire l'Espagne là-dedans ?

Le héros de la télé est mexicain, bourrique. Or, quelle est la langue parlée au Mexique ?

Bec-de-canard hésita.

L'espagnol ?

Voilà. Je suis donc un chaman, et un renard.

Si tu veux.

Bien sûr que je veux.

Un silence. Quelques ronds de fumée au-dessus du lit.

Puis :

Toi, c'est un canard que tu as dans le nom.

Il n'y avait pas de cendrier. Il se leva, mouilla le mégot, et le jeta dans la poubelle de la salle de bains.

Ils sortirent. Lorsque Zhu Wenguang, dit Zuo Luo, ferma la porte à clé, il nota que le numéro 6 de leur chambre s'était renversé et formait un 9 qui se balançait doucement. À moins que ce ne fût l'inverse. Il le fixa deux ou trois secondes, attendant qu'il cesse de bouger. Puis il descendit l'escalier extérieur et rejoignit Bec-de-canard sur le parking où ils avaient rangé leur Nissan la veille au soir.

Le soleil commençait à chauffer. Pourtant, comme la veille, c'était surtout un étrange cocon de silence ouaté qu'ils sentaient fondre sur eux.

Tout était vide. Le calme, quasi lunaire. Les trottoirs, larges et propres, comme les avenues, les façades plates des immeubles géométriques, et le ciel transparent au-dessus. La lumière découpait les volumes. Quelques voitures parfois, majoritairement des pickups conduits par des types barbus à casquette, filaient à petite allure. Ensuite le silence se réinstallait, à peine troublé par les froufrous liquides de quelques tourterelles qui se répondaient de toit en toit.

Ils entrèrent dans le bar du motel. Une serveuse aux cheveux de jais leur lança un bonjour chaleureux. Son visage souriant et cuivré.

Tout était si propre que c'en était déstabilisant. Tout semblait aller de soi, paisiblement, dans une sorte de calme et hygiéniste courtoisie à laquelle ils avaient du mal à s'habituer.

Qu'est-ce qu'on fout là ? fit Bec-de-canard en s'asseyant. Putain, on n'est vraiment pas chez nous.

2

UNE AFFAIRE
STRICTEMENT AMÉRICAINE

C'est ta nièce, tout de même, avait dit Zhu Menfei, dit Big Menfei, quelques jours plus tôt au téléphone à son cousin Zhu Wenguang, dit Zuo Luo.

Je sais, avait répondu Wenguang.

Ma petite Yu... avait continué Menfei d'une voix faible. Va savoir où elle est.

Wenguang n'avait rien répondu. La gestion des émotions, les paroles de compassion, ça n'avait jamais été son fort.

Tu ne la connais presque pas, mais bon, c'est ta nièce, avait insisté Menfei en reniflant.

Je sais, avait répété Wenguang. Enfin, techniquement, pas tout à fait, avait-il ajouté.

Hein ?

Eh bien... Je ne sais pas si la fille d'un cousin, même germain, peut être qualifiée de nièce.

Quoi ?

Menfei semblait totalement déboussolé.

Non, rien. Aucune importance. Je disais ça comme ça.

Plus d'un mois maintenant qu'elle a disparu, avait ignoré Menfei. Plus d'un mois, et toujours rien...

Ces Amerloques... avait soupiré Wenguang.

Il y avait eu un silence gêné – du moins Wenguang l'avait-il perçu ainsi.

Wenguang ?

Ouais ?

Dis donc… tu ne voudrais pas t'en occuper ?

De qui ?

Pas de qui, bordel : de quoi ! De l'affaire ! Quoi d'autre ?

Wenguang s'était raclé la gorge.

C'est que… C'est un peu inattendu… Je ne sais pas si… De toute façon, je n'ai pas vraiment le droit. Ta fille a beau être à 100 % chinoise dans ses gènes et dans son cœur, elle est néanmoins de nationalité américaine. Et comme cela s'est passé sur le sol américain, c'est une affaire strictement américaine. C'est à eux de s'en occuper. Que veux-tu qu'un détective chinois merdique comme moi fasse de plus ? En plus je baragouine à peine leur foutue langue.

Menfei avait alors récité, comme s'il avait préparé son laïus depuis longtemps – ce qui était probablement le cas :

Écoute, c'est très simple : tu viens en vacances aux States – je te paie le voyage, évidemment. Mais tu ne viens pas chez moi à New York, non : tu atterris à Los Angeles où je t'aurai loué une bagnole, et tu te rends à Las Vegas, où je te rejoindrai. Je suis convaincu que les flics ne mettent pas le paquet sur cette affaire. Toi, tu peux. Tu agiras dans l'ombre, comme tu sais faire. Merde, c'est bien dans tes cordes, ça, non ? On parle de toi dans les journaux et tout. On a même écrit des livres sur toi. Je veux savoir où est ma petite. Tu comprends ? S'il te plaît, cousin, avait-il insisté. On réglerait ça ensemble. Et je te paierai, bien entendu.

Allons…, avait fait Wenguang, gêné.

Si tu as besoin de quelque chose, dis-moi. Je te l'obtiendrai. Mais je compte sur toi.

Wenguang avait soupiré.

Je vais voir.

Tu peux faire ça pour moi. Et pour Yu. Non ?

Oui… non… enfin, je ne sais pas. Je vais voir. En tout cas, si je viens, j'aimerais être accompagné.

Accompagné ? Pourquoi ? Et par qui ? Dans ce genre d'affaire, moins on est de fous, plus on rit.

Par mon acolyte, celui qui m'aide souvent ici. Un Bouriate. Son nom est Agvan Djordjé. Mais tout le monde l'appelle Bec-de-canard.

Il y avait eu un silence interloqué à l'autre bout du fil.

Bec-de-canard ? avait finalement lâché Menfei. C'est pas un peu con, comme surnom ?

Je sais, avait confirmé Zuo Luo.

La dernière personne qui avait vu Zhu Yu était un SDF de Las Vegas nommé Matthew McFlanagan. Il avait échangé quelques mots avec elle le 11 mai vers quinze heures, devant le canal de déversement des eaux de pluie n° 7, à l'intérieur duquel il vivait. L'homme était honorablement connu des services de police, qu'il aidait parfois à traquer trafiquants et assassins qui cherchaient refuge dans les tunnels et terrorisaient souvent les habitants des lieux, au nombre de trois dans le numéro 7 : Matthew McFlanagan et Steven Meyers, deux ex-marines ayant combattu en Irak, et un vieil homme édenté, inoffensif et quasi muet, qui ne se mélangeait à personne, et qui vivait là depuis presque vingt ans, Hoyt Singleton.

Zhu Yu, âgée de vingt-six ans, fille de Zhu Menfei, propriétaire du restaurant *Big Menfei* dans le Chinatown de New York, venait d'arriver pour passer un week-end à Las Vegas où, avait dit Menfei, elle devait rejoindre une amie nommée Beatrix Meadow-Jones. C'est cette amie qui, inquiète de ne pas voir arriver Zhu Yu à leur rendez-vous à quinze heures devant les fontaines du Bellagio et de constater que son téléphone sonnait dans le vide alors qu'elle avait pu la joindre deux heures plus tôt pour s'assurer qu'elle était bien arrivée à Las Vegas, avait alerté la police. Il avait été établi, ou supposé, que Zhu Yu avait, pour des raisons inconnues, pris un taxi conduit par un Indien nommé Binay Rama Singh vers Sand Creek, un emplacement pour mobile homes situé tout près du canal de déversement des eaux n° 7. Les trois habitants de ce côté-ci du tunnel avaient été interrogés. Matthew McFlanagan avait confirmé qu'il avait échangé quelques mots banals avec une jeune fille apparemment d'origine chinoise vers quinze heures qui s'apprêtait à se diriger vers Sand Creek. Les deux autres ne l'avaient pas vue, et ignoraient même que McFlanagan l'avait rencontrée. Tous avaient été mis hors de cause dans la disparition de la jeune fille. Un avis de recherche avait été lancé, mais depuis, il était clair que l'enquête piétinait.

3

QUELQUES INCURSIONS DANS LE FINNOIS

Un rayon de soleil frôlait l'angle droit du comptoir derrière lequel la serveuse, une jolie jeune fille aux longs cheveux noirs et luisants ramassés en queue de cheval et répondant au prénom de Nancy, ainsi que l'indiquait un badge épinglé au-dessus de son sein gauche, s'apprêtait à leur apporter un litre de café très clair – une Amérindienne, pensa Zuo Luo, qui estimait que ce prénom de Nancy ne lui allait pas du tout.

Peut-être ne s'agissait-il pas du sien véritable, supposa-t-il. Peut-être en allait-il dans ce pays comme dans le sien où bon nombre de jeunes filles se voyaient affublées d'un surnom qui leur allait plus ou moins bien, qu'elles avaient d'ailleurs en général choisi elles-mêmes à des fins d'intégration, ou d'imitation, comme ces étudiantes chinoises nommées Suzanne, Catherine, Laure ou Betty selon la langue qu'elles étudiaient, alors pourquoi pas un prénom tout ce qu'il y a d'américain blond *middle-class* pour une Indienne qui travaille dans la cafétéria d'un motel d'une petite ville paumée près du désert, se disait Zuo Luo pendant que Bec-de-canard, lui, observait par la baie vitrée les lumières orangées qui lentement prenaient possession des immeubles situés de l'autre côté de la rue.

Ils étaient arrivés à Los Angeles la veille en fin de soirée, avaient récupéré la voiture que leur avait louée Menfei depuis New York, roulé plus de deux heures et, saisis par la fatigue, avaient passé la nuit ici, dans la toute petite ville de Baker, pas très loin du désert, réveillés avant le lever du soleil en raison des effets du décalage horaire que Bec-de-canard, dont c'était le premier voyage hors de Chine si l'on excepte de rares allers-retours vers sa Bouriatie natale, n'avait jamais expérimentés, et qui le laissaient comme hébété, à la limite émerveillé du poids de cette fatigue cotonneuse surgie d'il ne savait où.

La télé était allumée, mais on n'entendait pas le son. Le regard de Bec-de-canard se perdait en direction de l'écran, au-delà de Zuo Luo assis devant lui. L'image tressautait parfois, signe d'une connexion mal embouchée. Bec-de-canard n'en revenait pas.

Tu imagines ? C'est le pays le plus développé du monde et ils sont pas fichus d'avoir une image nette.

Le soleil avait à présent atteint leur table, dont le bois clair étincelait par endroits. Ils étaient seuls dans la petite cafétéria. Ils mangeaient des œufs brouillés, des toasts grillés trop sucrés, du bacon brûlé.

Ça manque de riz, ça manque de *baozi**, ça manque de *hundun***, ça manque de *you tiao****, et le thé est dégueulasse, fit sombrement Zuo Luo.

Ses larges joues tressautaient tandis qu'il mâchait à contrecœur, penché sur son assiette. Il avala un bol de thé insipide.

C'est dommage, dit Bec-de-canard.

* Brioche cuite à la vapeur, farcie de viande ou de légumes.

** Raviolis farcis et cuits dans un bouillon.

*** Longs beignets de pâte frite.

De toute façon, dès qu'on n'est pas chez soi, on bouffe mal, grogna Zuo Luo.

Non, je veux dire : c'est dommage, l'image qui saute. La femme a l'air jolie. C'est bizarre, ça parle de chasse à la baleine apparemment, je viens de voir passer une petite vidéo. Au Japon, je crois.

Zuo Luo aspira bruyamment son café. La serveuse lui jeta un regard en coin.

On s'en fout, non ? Depuis quand tu t'intéresses à la chasse à la baleine ? demanda-t-il l'air soupçonneux.

Bec-de-canard soupira.

Tu veux que je te dise quel est le principal problème entre nous ? C'est que tu me prends pour un crétin. Sache que je m'intéresse depuis toujours à l'éthologie et au comportement animal en général, et notamment aux effets de l'activité humaine sur la disparition de certaines espèces. Donc, par exemple, à la chasse à la baleine – comme je m'intéresse à bien d'autres choses encore, les théories de l'évolution, la poésie des Tang ou le *bökh*. Mais tu n'en as jamais rien su parce que tu t'en fous.

Le *bökh* ?

La lutte mongole, si tu préfères.

Sérieux ? marmonna Zuo Luo.

Mais Bec-de-canard ne répondit rien, le regard soudain fixé sur l'écran de télé derrière lui.

Zuo Luo se retourna. Une blonde élégante mais au sourire un peu trop carnassier, pensa-t-il, répondait aux questions d'un intervieweur cravaté et bien coiffé. Tous deux avaient les dents très blanches. Trop, même. Entre deux tressautements de l'image on pouvait distinguer son nom qui était incrusté en bas à droite : Lt Nyyrikki Amburn.

Ça alors, fit Bec-de-canard. Chez Nyyrikki, c'est bien le nom de notre bar à Guangzhou, non ? Un drôle de nom, d'ailleurs, je me suis toujours demandé d'où il venait.

C'est finnois, dit Zuo Luo. Et normalement, c'est un prénom masculin.

Bec-de-canard écarquilla les yeux.

Comment tu sais ça, toi ?

Zuo Luo déglutit.

Tu veux que je te dise, à mon tour, quel est le principal problème entre nous ? C'est que tu me prends pour un ignare. Je sais ça comme je sais bien d'autres choses, figure-toi. Je me suis toujours intéressé aux langues un peu étranges : j'avais déjà appris un peu de hongrois il y a une vingtaine d'années – tu devrais t'en souvenir, je t'en avais parlé. J'ai aussi fait récemment quelques incursions dans le finnois. Je m'intéresse en outre à l'histoire des peuplades indigènes en Russie et en Amérique du Sud et du Nord – donc, notamment, à celle des Indiens du coin : les Navajos, les Hopis, et d'autres encore. Et, accessoirement, aux langues qu'ils parlent, ou parlaient.

Bec-de-canard hocha la tête, sincèrement impressionné.

En tout cas, un prénom finlandais, je veux bien, mais masculin… Tu crois que c'est un travelo ?

Zuo Luo ne répondit rien. À présent il y avait à l'écran une gravure ancienne représentant une scène de chasse à la baleine : il fallait se concentrer pour la distinguer précisément, mais avec un peu d'effort on voyait six hommes qui se tenaient sur une barque, un à l'arrière gouvernant debout, quatre ramant assis, et le sixième à l'avant, debout également, tenant à bout de bras un harpon qu'il s'apprêtait à lancer sur une baleine dont seule la moitié du corps était visible, partie postérieure et nageoire caudale, le reste étant verticalement plongé dans les remous. Derrière la scène de chasse on discernait une goélette. La baleine, bizarrement, était blanche. Soudain les tressautements cessèrent, et l'image devint plus nette.

On dirait le film, là, dit Bec-de-canard.

Quel film ? fit Zuo Luo sans se retourner.

Avec la baleine blanche.

Moby Dick. Avant d'être un film, c'est un livre, je te signale.

Oui, bon, j'avais oublié, bougonna Bec-de-canard.

Et puis c'est pas une baleine. C'est un cachalot.

C'est pareil, dit Bec-de-canard.

Ah bon ? Le chien et le renard, c'est pareil ? La poule et le canard ? Je croyais que tu t'intéressais à l'éthologie.

C'est presque pareil, dit Bec-de-canard.

L'image se fixa à nouveau sur la blonde souriante.

Zuo Luo pivota sur sa chaise et se repositionna face à son mug de café.

Elle est flic, dit Bec-de-canard.

Qui ça ?

L'Américaine à la télé. Elle est flic. On vient de la montrer en tenue, lors d'une scène d'arrestation. Apparemment il s'agit de trafiquants d'ambre gris qui œuvraient à Los Angeles et Las Vegas.

Et comment tu saisis tout ça, toi ? Il n'y a pas le son, et de toute façon tu ne parles pas l'anglais.

Je t'ai dit : tu me sous-estimes toujours. Les images parlent d'elles-mêmes. Il suffit de les interpréter. L'ambre gris, précisa-t-il, ça vient de l'intestin des cachalots. On s'en sert pour les parfums.

Enfin, on s'en servait, c'est interdit maintenant. Certains imaginent qu'il aurait aussi des vertus aphrodisiaques.

Il but une gorgée.

Tu parles, continua-t-il, c'est comme la corne de rhinocéros, ou le pénis de tigre. Résultat, les bestioles sont massacrées, et nous, on ne bande pas plus.

Zuo Luo demeura silencieux.

Enfin, précisa Bec-de-canard, quand je dis "nous", c'est générique.

Ils avaient fermé les fenêtres et activé l'air conditionné, puis quitté la cafétéria propre et déserte, la télé et son talk-show matinal, les baleines et la blonde, la serveuse indienne souriante et la chambre 6, ou 9, du motel Spring Life de la petite ville de Baker.

Baker, ça signifie boulanger, non ? avait dit Bec-de-canard en s'installant dans la voiture.

Et alors ? avait bougonné Zuo Luo.

Alors rien. Juste que je n'ai pas vu la moindre boulangerie. Ni le moindre commerce d'ailleurs. Juste des stations-services, des motels, et des centres commerciaux. Elles sont vraiment bizarres, leurs villes. On se demande où vivent les gens. Et c'est hyper clean, en plus.

Les boulangeries sont dans les centres commerciaux, avait dit Zuo Luo. Et les habitants en périphérie.

Il avait enclenché la position "recul", sursauté puis maugréé lorsque le détecteur d'obstacles à l'arrière avait émis un bip-bip suraigu pour cause de poteau à moins de trente centimètres, basculé sur "route", et n'avait plus dit un mot.

4

UNE ROUTE VIDE ET POUSSIÉREUSE EN PLEIN DÉSERT

Ils roulaient depuis une demi-heure environ, loin des grands axes et des *highways*. De la même manière qu'il préférait les arrière-cours aux entrées principales, la pénombre à la lumière vive, les sentiers hasardeux aux chemins balisés, la solitude à la promiscuité, le silence aux paroles hâtives, la nature sauvage aux mégapoles urbaines, le secret à la transparence et, plus globalement, l'invisible au visible, Zuo Luo, lorsqu'il conduisait, tâchait toujours d'emprunter les itinéraires de traverse et les routes peu fréquentées, qui dans sa région étaient d'ailleurs si mal indiquées qu'il lui arrivait souvent de s'égarer et de devoir faire demi-tour ou demander son chemin à une bonne âme qui passait par là.

Mais ici, tout semblait aller de soi : la conduite était aisée, les panneaux indicateurs régulièrement disposés, et Zuo Luo conduisait sans penser à la route, dont le caractère la plupart du temps parfaitement rectiligne n'exigeait du reste que très peu de concentration, laissant tout loisir à ses pensées de se tourner vers la raison pour laquelle il se trouvait si loin de chez lui, à savoir retrouver la trace de la fille de son cousin, qu'il n'avait vue en tout et pour tout que deux fois, la première à sa naissance vingt-deux ans plus tôt à Zhongjiang, la seconde quatre ans auparavant à New York où il était à la recherche d'un malfrat opiomane nommé Jia Zheng, dit "Zheng-la-taupe" – qu'il avait d'ailleurs trouvé, grâce à une jolie médium et à un chien pouilleux surnommé "Vieux-Fang". Il ne l'avait donc vue que deux fois, cette nièce qui n'était pas sa nièce, et elle avait disparu. Il ne savait rien de plus. Sauf que son cousin Menfei les attendait, Bec-de-canard et lui, dans un hôtel quelque part à Las Vegas. Ensuite ils iraient interroger cette Beatrix Meadow-Jones que Zhu Yu n'avait pas retrouvée le mois précédent devant les fontaines du Bellagio, ainsi que les SDF du déversoir n° 7, et peut-être d'autres personnes encore, selon ce que Menfei lui dirait.

En attendant, il conduisait sur une route vide et poussiéreuse en plein désert, et se demandait vaguement pourquoi il s'était laissé convaincre de traverser la moitié de la planète pour mettre le museau dans une affaire dont il ne savait quasiment rien et qui concernait la police américaine et elle seule.

Comme les sièges étaient confortables, le moteur remarquablement silencieux, la radio éteinte et la route monotone, il s'agissait d'un parcours, en somme, assez reposant. Et comme Zuo Luo, de plus, demeurait résolument muet, Bec-de-canard en profita pour s'assoupir quelques instants.

La Nissan traversait à présent, sur une immense et fine ligne droite qui ondulait jusqu'à l'horizon, des étendues arides parsemées de buissons noirâtres, de touffes d'herbes rases et d'arbres torturés. Mais depuis un ou deux miles le goudron parfois était irrégulier, et provoquait quelques tressautements de la voiture.

Là par exemple : un petit dos d'âne, suivi d'un nid-de-poule.

Bec-de-canard sursauta, et ouvrit de grands yeux ahuris.

Zuo Luo alluma une cigarette et baissa un peu la fenêtre. Tant pis pour la clim.

Quelques minutes passèrent.

Bec-de-canard commençait à se tortiller sur son siège, comme s'il avait quelque chose à dire qu'il n'osait pas formuler.

Tu as envie de pisser ? ironisa Zuo Luo.

Non, c'est juste que…

Il soupira.

J'ai un peu dormi… Et j'ai rêvé de ma sœur, de mes neveux et de ma nièce. Tu les as rencontrés un jour, tu te souviens ?

Zuo Luo ne répondit rien.

Ils tendaient les bras vers moi, ils avaient l'air heureux. Ma petite-nièce riait. Je ne les ai plus vus depuis trois ans. Il faudrait vraiment que j'aille leur rendre visite à Oulan-Oude, depuis le temps… soupira-t-il à nouveau. Ensuite je me suis réveillé, et j'ai pensé à la raison de notre présence ici. Puis j'ai repensé à hier soir, à ce matin… à toi, à moi…

Zuo Luo demeurait silencieux. Il attendait la suite.

À moins qu'il n'attendît rien du tout. Avec lui, on n'était jamais sûr.

Bon, dit finalement Bec-de-canard. On s'est un peu attrapés, tout à l'heure. Désolé. Je n'avais pas réalisé que tu étais peut-être à cran à cause de ta nièce.

Ce n'est pas ma nièce, dit Zuo Luo.

Ils traversaient de minuscules et misérables hameaux, assemblages d'habitats précaires en plein désert, séparés par des barrières de bois mal fichues, écrasés de soleil. Devant les baraques sommaires étaient alignés pickups, camionnettes bâchées, et vieilles carrosseries rouillées entre lesquelles des chiens jaunes et efflanqués vaquaient en cherchant l'ombre. La plupart des habitants de ces hameaux balayés de sable et de soleil étaient des Indiens : Navajos, Utes, Paiutes, Hopis, Zuo Luo ne parvenait pas à se décider, et Bec-de-canard n'en savait rien, ses connaissances en la matière se limitant à de discutables souvenirs de westerns. Ils promenaient leurs lentes silhouettes sur la poussière des bords de route, attendaient un bus qui leur permettrait de rallier un supermarché proche, une petite ville aux rues rectilignes et désertes, un lieu où les gens se croisaient, se saluaient, parlaient des enfants qui grandissaient et de la crise qui durait, des soins gratuits qu'on leur promettait, des politiques qui ne servaient à rien.

Les panneaux publicitaires défilaient, qui vantaient les mérites d'une boisson gazeuse, d'un fast-food, d'une radio locale.

Je boirais bien un thé, dit Bec-de-canard. Ou un café : leur thé est trop dégueulasse.

Leur café aussi est dégueulasse.

C'est vrai. Une bière, alors.

Ils trouvèrent une sorte de restaurant-snack de bord de route à l'enseigne représentant une serveuse déhanchée et s'y étaient assis, l'un en face de l'autre, dans un petit compartiment de quatre places. Zuo Luo décapsula sa bière.

Tiortié… – c'était sa façon de prononcer "Djordjé".

Oui ?

Tu t'intéresses *vraiment* à la lutte mongole ?

Bien sûr. Je suis mongol du côté de ma mère. C'est le sport national là-bas. J'ai vu des tas de compétitions lorsque j'étais enfant, j'adorais ça.

Hm. Il y a le *buku*, en Mandchourie, c'est un peu pareil, non ?

Ah non, se raidit Bec-de-canard. Le *buku*, c'est une forme dégénérée du *bökh*. Le sport originel, c'est le *bökh*. Le *buku* mandchou et le sumo japonais viennent de là. Ce sont des ersatz, rien de plus. Aucun intérêt.

Il but une gorgée.

Pas terrible, leur bière.

Trop légère, comme leur café.

Rien ne vaut les bières mongoles, de toute façon. Altan Gobi, ou à la limite Borgio. Leur Bud, là, c'est de la pisse de yak.

C'est une façon de voir, dit Zuo Luo. Moi je préfère la Yanjing.

La Yanjing ? rigola Bec-de-canard. Mais c'est la bière des femmes !

N'importe quoi. L'eau vient des montagnes de Yanshan, dans le Guangxi. Tu y es déjà allé ?

Non.

Tu devrais, c'est très beau. Et la Yanjing est de ce fait excellente. Pas comme tes bières mongoles au goût pourri de lait de jument.

Où qu'ils fussent, où qu'ils se trouvassent, ils aimaient jouer ainsi à dénigrer virilement ce qu'ils voyaient, goûtaient ou entendaient, et à se moquer l'un de l'autre. Surtout Zuo Luo qui, à ce petit jeu-là, avait souvent le dernier mot. Car si Zhu Wenguang, dit Zuo Luo, pouvait paraître à certains égards lourd et pataud, ce qu'un rapide examen de sa corpulence naturelle ne venait pas vraiment démentir, il pouvait aussi être d'une extrême agilité et d'une vivacité remarquable, et ce au moins en deux occasions : lors des combats de rue, surtout dans les recoins obscurs et les arrière-cours désertes la nuit ; et dans les joutes verbales avec Bec-de-canard, à l'issue desquelles il retombait invariablement sur ses grosses pattes.

Une serveuse s'approcha d'eux et leur demanda en souriant si tout était "OK". Elle était brune, grosse, très maquillée, et s'appelait "Pam", ainsi que l'indiquait un badge sous son sein droit. Teint cuivré, yeux asiates, pommettes saillantes, elle était sans doute elle aussi d'ascendance indienne.

Bec-de-canard la regarda d'un air stupide. Il trouvait qu'elle ressemblait à sa cousine Galina, qu'il tripotait un peu lorsqu'il était adolescent. Zuo Luo marmonna un rapide *"yes thank you"* et se pencha sur sa bière.

5

DES RONDS DE FUMÉE

Bec-de-canard, de son vrai nom Agvan Djordjé, était né de père bouriate et de mère mongole à Oulan-Oude, en Russie, à l'est du lac Baïkal. À la suite d'une histoire sentimentale malheureuse avec l'épouse d'un commissaire de police, et aussi de quelques ennuis judiciaires consécutifs à des trafics plus ou moins louches entre Russie et Mongolie, les deux d'ailleurs étant étroitement liés, il s'était exilé en Chine à l'âge de dix-huit ans, d'abord à Beijing, puis dans le Sud, à Guangzhou, et avait rencontré, dans un bar où il avait pris ses habitudes, le détective privé Zhu Wenguang, dit Zuo Luo, qui depuis longtemps y avait les siennes.

C'étaient à la fois son nom, difficilement prononçable en Chine, et le fait qu'il avait de grosses lèvres proéminentes, qui avaient dicté ce surnom de Bec-de-canard, dont il avait été un peu vexé au début, mais auquel, l'alcool partagé avec quelques amis rigolards faisant son office, il avait fini par s'habituer – tant il est vrai, ainsi que le chantait le poète Li Bai, que moyennant un peu de vin et quelques belles rimes l'homme est un animal qui présente la particularité de s'habituer à tout.

[...] J'en suis ému et m'en vais soupirer
Je prends le vin et m'en verse à nouveau
À voix haute je chante en attendant le clair de lune
Ma chanson finie, tout est oublié.

Voilà ce qu'aurait pu chanter Bec-de-canard – et rien n'interdit d'ailleurs de penser que, grand amateur des poésies des Tang, il ne le fît réellement.

Zuo Luo quant à lui, dont la spécialité, sur plusieurs champs d'action géographiquement délimités, tous situés dans le Centre et le Sud de la Chine, était d'aller secourir les jeunes femmes vendues en toute bonne foi et selon des pratiques multiséculaires par leurs familles à des maris qui les maltraitaient, les violentaient et les revendaient à d'autres hommes qui faisaient de même et finissaient par les prostituer, tout ceci profitant au bout du compte aux mafias locales et aux autorités policières et judiciaires qui, à coups de pots-de-vin, fermaient les yeux sur ce qui n'était ni plus ni moins qu'un trafic d'êtres humains, Zuo Luo donc, de son vrai nom Zhu Wenguang, et qui devait son surnom de "Zorro le renard justicier" à cette activité hautement chevaleresque, utilisait parfois les connaissances qu'avait au fil des années établies Bec-de-canard aussi bien dans les bas-fonds de la ville que dans la nouvelle bourgeoisie, les milieux industriels, les mafias capitalistes, la police, chez les paysans et dans le petit peuple, et faisait appel à lui pour lui servir d'indic, et parfois de comparse.

Ils avaient résolu plusieurs affaires ensemble, principalement dans la région de Guangzhou, où ils habitaient l'un et l'autre, et dans le Sichuan, d'où était originaire Zuo Luo, mais aussi dans les provinces du Guangxi, du Hunan, du Guizhou, du Guangdong, du Hubei et du Shaanxi. C'était la première fois qu'ils opéraient ensemble hors de Chine. Zuo Luo quelques années plus tôt était déjà venu aux États-Unis, à New York où il avait logé chez son cousin Zhu Menfei, mais il s'agissait davantage d'une quête personnelle que d'une enquête à proprement parler, l'une cependant ayant eu besoin de l'autre pour progresser et aboutir. Pour cette même raison il s'était aussi rendu dans le Nord du Japon, à Hokkaidō. Hormis ces deux expériences diversement lointaines, il n'avait jamais quitté la Chine. C'était donc la troisième fois – la première pour Bec-de-canard.

Un livre était paru un jour, qui faisait état d'une enquête menée par Zuo Luo en Russie, dans la région de Vladivostok, mais il s'agissait d'une fiction écrite par un certain Chen Wanglin, à l'évocation de laquelle Zhu Wenguang, dit Zuo Luo, haussait dédaigneusement les épaules, estimant que ce livre, bien qu'il ne l'eût pas lu ni, disait-il, ne le lirait jamais, ne présentait aucun intérêt.

Plusieurs mois plus tôt, un jour qu'ils avaient l'un et l'autre un peu trop bu, Zuo Luo s'était laissé aller à évoquer auprès de Bec-de-canard ce type qui écrivait des livres mettant en scène un personnage inspiré de lui. Ils partageaient la même chambre d'hôtel, à Guilin, dans le Guangxi, et devaient rencontrer le lendemain un indic qui les mettrait sur la piste d'un ex-mafieux qui avait racheté sa femme à un paysan pauvre du coin, qui l'avait lui-même achetée à ses parents. Le type s'apprêtait à la prostituer dans la petite ville de Yangshuo, où affluaient les touristes attirés par les somptueuses roches karstiques qui dessinent le long de la rivière Li les fameuses "dents de dragon" qu'aiment les peintres et les poètes.

Ils étaient allongés sur leur lit, la lumière éteinte. Ils fumaient. Il était presque deux heures du matin. Sur une petite table devant les lits, une bouteille d'alcool de riz aux trois quarts vide les attendait, flanquée de deux verres. Au loin, un chien aboyait presque sans discontinuer.

Tu te souviens, quand j'étais à New York ? avait soudain dit Zuo Luo.

Bec-de-canard tentait de faire des ronds de fumée et n'y parvenait pas. De temps en temps il éloignait sa cigarette de sa bouche et l'observait d'un air sévère, semblant rejeter sur elle la responsabilité de cet insuccès.

Oui, avait-il répondu sans quitter des yeux le bout incandescent de la clope qui luisait dans l'obscurité toute relative de la petite chambre. Tu étais à la recherche d'un ancien membre des Triades.

Voilà. Eh bien j'avais rencontré une médium.

Comment ça, une médium ?

Une médium. C'était son métier.

Mais pour quoi faire ?

Peu importe. Je ne l'avais pas rencontrée parce qu'elle était médium, mais il se trouve qu'elle l'était, et que je l'avais rencontrée.

Ah.

Bec-de-canard avait repris ses tentatives de ronds de fumée, sans plus de succès.

Vraiment de la merde, ces clopes, avait-il murmuré.

D'ailleurs, avait continué Zuo Luo, je ne sais pas pourquoi je te précise tout cela, vu que ça n'a aucune importance pour la suite. Quoi qu'il en soit, cette femme avait un neveu, qui vivait à Pékin avec sa sœur.

La sœur de la femme ?

La sœur du neveu. La nièce de la femme.

Hm.

Et ce neveu était apprenti écrivain.

Hm, avait répété Bec-de-canard, qui commençait à s'ennuyer.

Et cette femme me connaissait.

Ah bon ? Et comment ?

Parce que son neveu avait écrit des histoires me mettant en scène. Elle avait lu mes aventures.

Quelles aventures ?

Les Aventures de Zuo Luo le renard justicier, m'avait-elle dit. Elle connaissait mon nom, mon surnom et mon métier. Elle me disait que j'étais célèbre.

Bec-de-canard avait pouffé, un peu trop fort, pour bien marquer le comique de la chose. Mais Zuo Luo ne riait pas.

Toi, célèbre ?

Oui, elle me disait que j'étais un personnage de roman. Les gens lisaient des aventures qui me mettaient en scène. Mais pas en Chine : c'était publié en France, et aux États-Unis. Il s'appelait Chen Wanglin.

Qui ça ?

Le gars qui écrivait ces histoires.

Ça alors…

Il s'était inspiré de moi pour les écrire.

Ben mon vieux, avait dit Bec-de-canard en hochant la tête. Je sais pas trop quoi te dire. Bravo ?

Zuo Luo n'avait pas répondu.

Depuis j'y pense sans cesse, avait-il repris au bout d'un moment. Ça m'a un peu perturbé, cette histoire. Souvent il m'arrive de me dire qu'en fait je n'existe peut-être pas vraiment.

Quoi ?

Que tout cela n'est qu'une illusion. Comme dans l'histoire du papillon de Zhuangzi*. Que je suis juste un personnage inventé par ce Chen Wanglin.

Allons bon…

Bec-de-canard avait secoué la tête d'un air affligé, et tenté à nouveau de faire des ronds de fumée.

Tu as vu *Matrix* ? avait demandé Zuo Luo.

Ouais.

Ben voilà. C'est des conneries, je sais bien. N'empêche : il m'arrive parfois de me dire qu'on vit dans un monde d'illusions, et que dans la *vraie* réalité, ailleurs, il existe bel et bien un détective privé nommé comme moi Zhu Wenguang, et comme moi surnommé Zuo Luo. Et comme moi il délivre les jeunes femmes vendues par leurs familles et maltraitées par leurs maris. Et que c'est de lui que s'est inspiré ce Chen Wanglin pour me créer, moi. Mais que *moi*, je n'existe pas vraiment.

Bec-de-canard avait soupiré sans le regarder.

Tu pars vraiment en couille. Tu as trop bu. Moi aussi d'ailleurs : je n'arrive même plus à faire des ronds de fumée.

Je me dis que je suis un personnage de fiction, inventé par ce type. Et toi aussi, d'ailleurs.

* Le philosophe taoïste Zhuangzi raconte qu'un jour au réveil, après avoir rêvé qu'il était un papillon, il ne savait plus s'il était en réalité un homme qui avait rêvé qu'il était un papillon, ou un papillon en train de rêver qu'il était un homme.

Si tu veux, avait dit Bec-de-canard.

Nous sommes toi et moi le produit de l'imagination d'un écrivain nommé Chen Wanglin. Il a une trentaine d'années et vit à Beijing.

Mais bien sûr.

Parfois, avait poursuivi Zuo Luo concentré sur son idée, je me dis même que ce Chen Wanglin n'existe pas vraiment lui non plus, et qu'il est l'œuvre d'un autre écrivain, quelque part dans une autre dimension.

Ben voyons.

En somme, je n'existe pas, mon créateur n'existe pas non plus, et nous sommes lui et moi l'œuvre d'un troisième, situé sur un autre plan.

Mais oui.

Je suis sûr que théologiquement, ça se tient. Il faudra que j'en parle à un prêtre taoïste, ou chrétien gnostique.

Voilà, c'est le plus simple.

Mais mon modèle, le véritable Zuo Luo, existe, lui, bel et bien dans la réalité de ce troisième créateur.

C'est ça… putain de clope !

Il y avait eu un silence. Bec-de-canard avait écrasé sa cigarette d'un geste rageur. Zuo Luo tirait encore sur la sienne, qui s'était consumée moins vite.

Toi, en revanche, avait-il dit, tu n'existes nulle part sauf ici. Autant dire pas du tout.

Puis il avait arrondi ses lèvres et formé un superbe rond de fumée. Bec-de-canard n'en était pas revenu.

Salaud, avait-il simplement dit, sans que Zuo Luo pût décider s'il répondait ainsi à sa phrase ou à son rond de fumée quasi parfait. Ou aux deux.

Bec-de-canard s'était levé, avait saisi la bouteille d'alcool de riz et les deux verres, en avait donné un à Zuo Luo et les avait resservis tous deux. Puis il avait récité :

Si la vie en ce monde est un grand songe,
À quoi bon la gâcher en se donnant du mal ?
Aussi pour moi tout le jour je suis ivre,
Et me couche effondré au pilier de la porte [...]

Wang Wei ? avait demandé Zuo Luo.

Li Bai, avait répondu Bec-de-canard. Et il avait poursuivi :

Pour chasser la tristesse éternelle du monde,
Attardons-nous à boire, par centaines de pots !
La belle nuit nous invite à causer ;
La lune est si claire qu'on ne peut dormir.
L'ivresse venue, nous coucherons sur la montagne nue,
Avec le ciel pour couverture, et la terre pour oreiller.

Toujours Li Bai ?

Bec-de-canard avait approuvé de la tête, et rallumé une cigarette. Il voulait y arriver.

Histoire de Chen Wanglin,
auteur réticent et enquêteur perplexe

1
Vingt ans après

*Le hasard préside à la transmission des œuvres. Pourquoi l'*Hortensius *de Cicéron a-t-il disparu, et non pas son* Cato Maior *? Pourquoi Caecilius, Lanuvinus, Atilius furent-ils anéantis, et non pas Térence ? Pourquoi Calvus, et non pas Catulle ? Pourquoi Gallus, et non Tibulle ? Domitius Afer, et pas Quintilien ? Septimus Serenus, mais non l'auteur du* Pervigilium *? Qui oserait invoquer ici l'inégalité des talents ? Du sauvetage des œuvres, l'instable Fortune s'est chargée. "Quand tout ce qui est venu par témoignage du passé jusqu'à nous serait vrai et serait su par quelqu'un, écrit Montaigne, il nous en échappe cent fois plus qu'il n'en vient à notre science."*

Après avoir lu ces lignes dans le numéro spécial d'une revue consacrée à l'écrivain argentin Jorge Luis Borges, Chen Wanglin avait soudain pris la décision de ne plus écrire. "De ne plus participer à cette inflation ridicule", s'était-il dit, lui qui n'avait publié qu'un crypto-polar confidentiel et trois livres de contes animaliers, plus confidentiels encore.

Puis il avait jeté les bribes du manuscrit qu'il avait en cours de rédaction : un roman plus ambitieux, supposé se dérouler dans le Nevada et en Californie, et mettant en scène Zhu Wenguang, dit Zuo Luo, ou encore Zorro, le détective qui avait déjà été le personnage principal de son crypto-polar. Pour plus de sûreté, il avait mis aussi les fichiers et dossiers de son PC à la corbeille, et l'avait vidée. Ensuite il s'était dit que, s'il ne pouvait plus récupérer tout ceci, il était encore possible, dans un accès de remords malvenu, de sauver les quelques feuilles froissées qu'il voyait accumulées dans sa corbeille à papier. Aussi il les en avait extirpées, avait sorti le tout dans le jardin, pompeuse dénomination pour désigner les six mètres carrés d'herbe sèche et de gravier qui s'étendaient, si l'on peut dire, devant la porte-fenêtre de son salon, et y avait mis le feu, ainsi qu'au petit tas de branches coupées qui attendait là depuis plusieurs semaines. De toute façon, s'était-il dit, rien n'est achevé, rien ne l'aurait été, rien ne le sera, je ferais mieux de consacrer mes loisirs au jardinage, j'en tirerais plus de satisfaction et plus de résultats. Puis il avait jeté un regard circulaire sur ses six mètres carrés désespérément secs. Pour cela évidemment, s'était-il dit aussi, encore faudrait-il que j'aie un véritable jardin à cultiver. Mais cela peut venir. Il suffit de le *décider*.

Chen Wanglin s'était alors senti neuf et soulagé. Un monde paisible s'ouvrait devant lui, un monde exclusivement fait d'activités saines et domestiques, d'articles pas trop compliqués à écrire pour le *Beijing Literary World Supplement* – il comptait d'ailleurs demander à son directeur de réaliser à partir d'aujourd'hui exclusivement des entretiens, et plus aucun article de fond, afin de ne plus se laisser tenter par le vieux démon littéraire –, et de tendres week-ends avec Bei, sa petite amie, une collègue de travail de sa sœur Chen Xuechen à l'Institut de mathématiques de l'Académie chinoise des sciences. J'ai trente et un ans cette année, lui avait-il expliqué le soir même, c'est l'âge auquel John Kennedy Toole est mort. Je prends cela comme le signe qu'à présent il est trop tard pour moi. Jamais je ne ferai œuvre. Il faut savoir renoncer. Et puis il y a bien assez de livres comme ça.

Bei était totalement abasourdie. Elle lui avait rétorqué que, petit un, cela la surprenait de sa part, lui qui n'avait pas vraiment pour habitude de prendre des décisions aussi nettes et tranchées ; et que, petit deux, l'argument était de toute façon idiot, que certes Kennedy Toole s'était suicidé parce qu'il ne parvenait pas à se faire publier, mais que lui, Chen Wanglin, l'était bel et bien, et l'avait même été plusieurs fois, quatre si elle avait bien compté, que par ailleurs Kennedy Toole aurait peut-être écrit des livres magnifiques à quarante, cinquante ou soixante ans, et qu'en outre le succès arrivait parfois *après* trente et un ans, cela s'était déjà vu, avait-elle ajouté d'un air narquois, prends J. K. Rowling par exemple, elle avait trente-trois ans lorsqu'elle a publié le premier *Harry Potter*, Salinger trente-deux pour *L'Attrape-cœurs*, Lao She trente-huit pour *Le Pousse-pousse*, et Alexandre Dumas quarante-deux pour *Les Trois Mousquetaires* et quarante-trois pour *Vingt ans après*, sans parler de Charlotte Brontë : demande à ta sœur qui aime tant la littérature anglaise, c'est à trente-deux ans qu'elle a publié *Jane Eyre*. Mais l'argument n'avait pas réussi à ébranler

Wanglin. Alors mettons Schubert, avait-il dit : mort à trente et un ans, avec une œuvre ample et magnifique derrière lui. Quoi qu'il en soit, il est trop tard, je le sais, avait-il conclu en l'embrassant.

Un peu plus tôt, juste avant que Bei n'arrive, il avait téléphoné à sa sœur Xuechen qui, lorsqu'il lui avait fait part de sa décision de suspendre son activité d'écrivain, avait répondu d'un air indifférent que c'était lui qui voyait mais qu'il faisait sans doute bien car ses historiettes n'étaient pas vraiment inoubliables, d'ailleurs elle les avait oubliées, signe qu'elles ne présentaient, de fait, pas un immense intérêt, même si elle se souvenait d'un humour légèrement distancié, ce qui les rendait assez plaisantes à lire, mais vraiment pas plus.

En regardant le tas de feuilles s'évanouir en fumée dans l'air gris, Wanglin avait éprouvé quelque chose qui ressemblait à une brève sensation de bonheur – tout simplement, s'était-il dit, parce que cette fumée-là était le fruit d'une *décision*. Wanglin avait toujours eu beaucoup de difficultés à prendre une décision, à tel point qu'il s'était parfois demandé comment Bei, elle si vive et énergique, pouvait le supporter. Sa sœur Xuechen, par exemple, le supportait plutôt mal, bien qu'ils eussent vécu ensemble pendant presque dix ans – ou alors précisément à cause de cela. Un point de vue ne lui paraissait jamais vraiment meilleur qu'un autre, ni une résolution que son contraire. Il souffrait d'une étrange passivité, une indécision fondamentale qui nuisait parfois aux bonnes relations avec son entourage, car on le considérait alors comme absent, ou arrogant, ou hautainement clos en lui-même au point d'être incapable de s'intéresser à quoi que ce fût.

Il s'agissait à la vérité d'une irrésolution première, constitutive de sa personnalité, qui lui interdisait généralement de prendre parti, car tout bien pesé, se disait-il, n'importe quel choix était aussi justifiable, ou aussi peu, que le choix inverse. Ce qui, à l'occasion, pouvait être paralysant. Bei était la première femme qui semblait s'accommoder de cette carence.

Chen Wanglin et Chen Xuechen avaient respectivement vingt et dix-huit ans lorsque leurs parents avaient péri dans un accident de voiture. Comme ils étaient sans autre famille, à l'exception d'un oncle et d'un cousin à Oulan-Bator, d'où était originaire leur mère, et d'un oncle et une tante paternels qui vivaient à New York et qu'ils n'avaient jamais vus, ils avaient vécu ensemble dans l'appartement qu'ils avaient hérité de leurs parents. À cette époque on les surnommait respectivement Chen-le-maigre et Chen-la-taupe, l'un en raison de sa longue silhouette dégingandée, qui depuis s'était quelque peu étoffée, l'autre de ses grosses lunettes, qu'elle avait, depuis, troquées contre des lentilles mettant en valeur ses beaux yeux. Car Chen Xuechen était belle, et même très belle, ainsi que le disait souvent Chen Wanglin, dont certains supposaient même qu'il était un peu amoureux de sa sœur. À cela l'intéressé haussait les épaules et secouait la tête d'un air accablé devant une telle absurdité, mais ne démentait pas. Il était en tout cas évident aux yeux de chacun qu'elle avait sur lui un ascendant manifeste, et qu'il buvait littéralement ses paroles, comme une adolescente énamourée devant un chanteur de pop coréenne aux cheveux rouges. Elle, en revanche, jouait à le rudoyer, usant sans vergogne d'une indéniable supériorité intellectuelle, qu'elle jugeait cependant plus importante qu'elle n'était en réalité. À vingt ans, Xuechen n'aimait que deux choses : les mathématiques et le roman anglais du XIXe siècle. À trente, elle avait élargi son champ d'intérêt à l'éthologie et la poésie chinoise classique. Mais guère plus. Cela nuisait évidemment à ses relations sociales, notamment amoureuses, et ce en dépit d'un physique extrêmement avantageux qui lui valait de nombreuses propositions de jeunes gens, garçons ou filles. Mais, soit qu'elle y fût indifférente, soit qu'elle les dissimulât avec efficacité, nul ne lui avait jamais connu la moindre aventure. Peut-être était-elle asexuelle, se disait parfois Wanglin – qui lui ne l'était pas du tout et qui, en dépit de ce qu'insinuaient certains sur les sentiments plus que fraternels qu'il entretenait à l'égard de sa sœur, avait, pendant les dix années qu'ils avaient vécu ensemble, enchaîné aventure sur amourette – jusqu'à sa récente rencontre avec la calme et posée Yuan Bei, la collègue de travail de Xuechen à l'Institut de mathématiques, à partir de laquelle il avait cessé de papillonner de droite et de gauche, envisageant même d'aller vivre avec elle ou de lui demander de venir vivre avec lui.

Le lendemain à huit heures le téléphone sonnait. Le menton dans les mains, Wanglin était en train d'observer rêveusement les volutes du thé au-dessus de son bol. Il pensait à quelques-uns des voyages qu'il avait effectués entre vingt et trente ans, à l'époque où il aimait tant voyager. Il avait été en Mongolie avec un Français nommé Rosario Traunberg, qu'il avait accompagné jusque dans l'Ouest du pays dans sa recherche d'un autre Français qui avait disparu et qu'ils avaient retrouvé, plus ou moins amnésique, chez des nomades qui l'avaient recueilli ; il avait été dans la région du lac Baïkal ; il s'était rendu également, quelques années plus tard, dans la région du fleuve Amour et à Vladivostok, pour résoudre une sordide histoire de sépulture familiale et de trafic d'enfants en compagnie de Zhu Wenguang, ce détective qu'il avait mis en scène dans son crypto-polar alors qu'il ne le connaissait pas encore – et qui, par parenthèse, avait peu apprécié d'être devenu, à son insu, un personnage de roman. Tout cela était bien loin. Il se disait à présent que les voyages, au bout du compte, ne servaient à rien, qu'on ne transportait avec soi jamais autre chose que soi-même, avec les mêmes problèmes, les mêmes imperfections et les mêmes angoisses, que le plus loin où l'on puisse se rendre à partir d'un point donné étant précisément, une fois accompli le tour de la planète, ce point, il valait mieux, tout bien considéré, ne pas en bouger, ce qui évitait d'avoir à y revenir. C'était sa deuxième grande résolution.

Au bout de quelques sonneries Wanglin consentit à décrocher. C'était Hueimin, la joviale et boulotte secrétaire du journal, qui lui annonçait qu'à neuf heures précises il avait rendez-vous avec le directeur, Ba Yu. Elle n'en savait pas plus. Wanglin comme à l'accoutumée la taquina un peu et plaisanta sur le compte de Ba Yu, un homme obèse à la voix flûtée, originaire du Guangdong, et qui aimait, entre autres choses, la cuisine française et l'opéra cantonais. Lors de repas un peu débraillés, il n'était pas rare qu'il chantât tout à trac un air de *Belle-sœur Xianglin* ou de *La Romance de Liang Shanbo et Zhu*

Yingtai. Hormis ces quelques fantaisies, Ba Yu était un homme austère et scrupuleux qui, lorsqu'il était dans son bureau, ne riait jamais et souriait rarement, un directeur prudent mais exigeant, dont on disait qu'il avait des accointances avec le pouvoir, mais qui prenait toujours le parti de ses journalistes contre toutes les formes, de plus en plus nombreuses, fréquentes et insidieuses, de censure et de mise à l'index, ce qui était tout à son honneur. Son obésité était la conséquence, ou la source, de nombreux problèmes de santé, Wanglin n'avait jamais très bien su lesquels, qui l'obligeaient parfois à s'absenter plusieurs jours pour recevoir des soins en clinique spécialisée.

Wanglin ne connaissait quasiment rien à l'opéra cantonais, ni même pékinois. Dans le taxi qui l'emmenait vers le siège du journal, au sud de Qianmen, il se demandait pourquoi il n'osait jamais avouer que l'opéra, et surtout l'opéra cantonais avec ses voix suraiguës, l'agaçait au plus haut point ; qu'il n'appréciait que la musique occidentale, et encore, d'assez loin – Bach, Schubert, quelques trios de Brahms et parfois Mozart, un peu de jazz, mais pas plus. Il avait pourtant essayé, avait écouté des dizaines et des dizaines de disques, assisté à des concerts, et possédait de ce fait une connaissance minimale de ces choses-là qui lui permettait de ne pas être totalement ridicule lors de conversations entre gens lettrés ou cultivés, mais il s'adonnait à tout ceci sans passion ni grand intérêt. Pourquoi n'avouait-il jamais qu'il aimait surtout les chansons, et surtout les chansons anglaises des années 1970-1980, des Rolling Stones à David Bowie en passant par Led Zeppelin ou Genesis ? Tu ne préfères pas le rap ? lui avait un jour demandé sa sœur, la seule à qui, avant de rencontrer Bei, il disait tout. Les jeunes aiment plutôt le rap en général, pas ces machins antiques et pleins de fleurs dans les cheveux. D'abord je ne suis plus si jeune, avait-il répliqué, toi non plus d'ailleurs, et puis lorsque j'écoute du rap j'ai toujours l'impression de me faire engueuler – alors non, très peu pour moi : vive la pop anglaise.

C'est la période des remises en question, se dit-il : à présent je dois revendiquer ma culture populaire. C'était sa troisième grande résolution.

2
Vous écrivez, non ?

L'avion surplombait une masse de nuages effilochés qui s'était dissipée soudain, laissant place à une immense étendue gris-vert au milieu de laquelle serpentait le ruban argenté d'un grand fleuve. Nez collé au hublot, Wanglin pensait à un autre fleuve, l'Amour, plus à l'est, et à la brève guerre russo-chinoise qui s'y était déroulée en 1969, vingt ans avant sa naissance. Une guerre éclair dont le cousin de son grand-père avait été l'une des deux premières victimes. Il ne savait pas quel était le fleuve que l'avion survolait à présent. Peut-être l'Ienisseï, ou l'un de ses affluents.

Il quitta le hublot et tapota sur l'écran face à lui, sur lequel on pouvait suivre le trajet. Très vite après le décollage l'avion avait survolé Datong, la ville natale de Yuan Bei – où Wanglin n'était allé qu'une fois, pour rencontrer ses parents. Puis ç'avait été la Mongolie. Leur mère, à Xuechen et lui, était née mongole, à Oulan-Bator, que l'avion avait survolé tout à l'heure – longs bras géométriques de cubes bétonnés s'étendant le long de trois vallées, aux extrémités desquelles étaient éparpillés des amas de points ronds, probablement des ensembles de yourtes. Son nom était Dojnaa Otgonbayat. Elle avait rencontré leur père, Chen Linsen, à Pékin en 1980, où elle suivait des études de langues, et lui de mathématiques. Elle était ensuite devenue professeur d'anglais, et lui mathématicien, ce qui expliquait sans doute le goût quasi exclusif de Xuechen pour la littérature anglaise du XIXe siècle – “quasi” car elle tolérait parfois de brèves incursions dans le XVIIIe – et pour les mathématiques. En fait, se disait Wanglin, sa sœur était vraiment très prévisible. Pour elle, c'était comme si tout avait été écrit avant sa naissance. Lui au moins tentait de trouver un chemin qui lui fût propre. Mais lequel ? Ce ne serait plus la littérature en tout cas.

Il se tourna vers son voisin, un Occidental, sans doute français, qui ronflait légèrement, les écouteurs dans les oreilles. Il avait le temps de terminer le livre qu'il était en train de lire. L'avion atterrirait à Paris d'ici cinq heures.

— Vous vous intéressez aux univers parallèles ? entendit-il au bout d'une dizaine de minutes.

Le Français – à n'en pas douter, vu sa manière de prononcer l'anglais – s'était réveillé et le regardait avec un sourire amical. C'était un homme d'une cinquantaine d'années, peut-être un peu plus, au visage plein et amène.

— Pardonnez-moi, je vous dérange peut-être.

— Mais pas du tout, dit Wanglin, qui pensait exactement le contraire.

— Je suis vraiment désolé de ne pas parler chinois, dit le Français, je trouve que c'est une belle langue – comme le russe, le coréen ou le farsi. Je me présente, mon nom est Alain-Pierre Ménard.

— Chen Wanglin, dit Wanglin. Mais quel rapport voyez-vous entre le chinois, le coréen, le russe et le farsi ? enchaîna-t-il, tout en se disant qu'il venait de relancer une conversation qu'il n'avait nulle envie d'entamer.

— Aucun, j'aime bien les entendre, voilà tout. Je ne parle aucune de ces langues. Pour ce qui concerne le chinois, c'est que je suis fasciné par les langues tonales, dont la logique est si éloignée de la nôtre.

— Vous êtes professeur ?

— Un peu, répondit Ménard. Chercheur, plutôt. Mais pas dans ce domaine. Et vous ?

Wanglin plongea le nez vers le hublot. La taïga infinie s'étendait jusqu'à l'horizon.

— Journaliste, dit-il. Je dois écrire quelques articles sur Paris et Marseille. La vie en société, les relations entre les individus et l'État… C'est si différent de chez nous, vous savez. Chez vous, tout le monde a une opinion sur tout, revendique, donne son avis. Chez nous, tout le monde se désintéresse de tout, sauf de son nombril et de son porte-monnaie.

— Ce n'est peut-être pas si différent, dit Ménard. Chez nous aussi on en revient souvent au nombril et au porte-monnaie, en tout cas.

— Peut-être. C'est ce que je vais essayer de comprendre sur place.

— Et vous vous intéressez aux univers parallèles ?

Wanglin baissa les yeux sur son livre.

— Oui, quand j'y comprends quelque chose, ce qui n'est pas toujours le cas. Je lis des livres de vulgarisation, comme celui-ci. Mais il arrive toujours un moment où j'atteins mon seuil d'incompétence.

— Ce livre-là est très clair, dit Ménard.

Wanglin le regarda d'un air étonné.

— Je suis chercheur au CNRS, expliqua Ménard. Je connais le livre, et aussi son auteur. Il est brillant. Et son livre, je crois, est assez facile d'accès pour un néophyte. Ce qu'il y développe est fascinant, n'est-ce pas ?

— Oui : le fait qu'il y ait une multiplicité d'univers "classiques" comme le nôtre et que l'interaction entre ces univers générerait les phénomènes quantiques, par exemple… J'avoue que je ne comprends pas tout, mais c'est très stimulant.

— Cela ouvre des possibilités non plus physiques mais métaphysiques, comme toujours avec les théories du temps et de l'espace, dit Ménard. Ce n'est pas si neuf, notez. Déjà Épicure disait : "Ce n'est pas seulement le nombre d'atomes, c'est celui des mondes qui est infini dans l'univers."

— Mais tout de même, dit Wanglin… Je cite de mémoire : notre univers qui ne serait qu'un parmi un nombre gigantesque de mondes, dont certains sont presque identiques au nôtre et la plupart très différents, tous ces mondes étant aussi réels les uns que les autres, existant en permanence dans le temps et possédant des propriétés précisément définies… on dirait un peu de la science-fiction, non ?

— Ça en a été longtemps, dit Ménard. Mais tout change.

— À moins que ce ne soit là la définition d'une bibliothèque, continua Wanglin.

Ménard hocha la tête.

— L'idée est belle, dit-il. Le tout serait alors de préciser le degré de réalité des mondes qu'elle contient.

— Sauf que différentes réalités peuvent coexister, si j'en crois ce livre. Des univers de cinq, sept ou dix dimensions, et autres choses parfaitement incompréhensibles. Pourquoi pas des univers cohérents qui se seraient formés à partir des choses de l'esprit ?

— *Ça*, c'est de la science-fiction, dit Ménard en souriant. Vous écrivez, non ?

Wanglin hésita.

— Ça m'est arrivé, dit-il.

3
Efficace et discret

L'hôtel était petit et coquet, situé tout près de Saint-Germain et de l'Odéon. Chen Wanglin l'avait choisi en raison de son emplacement, et aussi de son nom, Hôtel du Dragon – symbole chinois de puissance, de bienveillance et d'immortalité. De plus, dans la rue du même nom, il était situé au numéro 36, multiple aussi bien du yin “six” que du yang “neuf”, correspondant au nombre de terres et de cieux dans la cosmologie des taoïstes et, dans leur physiologie, d'artères dans la tête (cieux), dans le ventre (terre), et de jointures du corps. Par ailleurs le dragon était associé à l'eau – ce qui tombait bien, car il pleuvait à seaux.

Il était huit heures du matin, c'est-à-dire seize heures en Chine, et Wanglin n'avait pas dormi dans l'avion. Il se sentait envahi d'une torpeur tiède pas vraiment désagréable. Il se disait que s'il se reposait comme il en éprouvait le désir, il s'endormirait sans doute très rapidement. Après tout, cela ne pouvait que lui être profitable, et il avait le temps puisque son rendez-vous n'était qu'à onze heures, non loin de la rue de l'Odéon, à deux pas de l'hôtel.

Deux minutes plus tard il était allongé, tout habillé les yeux clos sur son lit, ayant préalablement pris soin de régler l'alarme de son téléphone sur dix heures.

— Mon cher Wanglin, lui avait dit Ba Yu la veille, après lui avoir demandé en guise d'introduction s'il avait assisté à la retransmission de *La Légende de Lun Wenqin* sur CCTV-11 – à quoi Wanglin, fidèle à sa résolution, avait répliqué qu'il n'aimait que les chansons de variétés, le rock et le folk, et avait enchaîné sur une longue explication mettant en lumière la fonction d'accompagnement des chansons et ritournelles, leur rôle consolateur quand on est loin de chez soi, leur pouvoir d'illustrer ce que l'on était en train de vivre, de faire dire aussi parfois ce que l'on n'ose avouer à autrui, ou à soi-même –, mon cher Wanglin, l'avait coupé Ba Yu, j'aimerais que vous acceptiez d'aller en France à la fin du mois. Pour le compte du journal, bien entendu.

Presque paniqué, Wanglin avait d'abord refusé. Pour commencer, la France ne l'intéressait pas du tout, même s'il avait un ami français qui vivait à Marseille – un ami qu'il avait rencontré en Mongolie, au nom pas très français d'ailleurs, Rosario Traunberg, avait-il jugé utile de préciser à Ba Yu, et disant cela il se demandait quel était ce pénible démon qui le poussait, chaque fois qu'il se sentait en position de faiblesse, à parler de tout et de n'importe quoi, surtout pour dire de telles âneries dont Ba Yu, bien entendu, n'avait strictement rien à faire. Et de plus, avait-il coupé court à sa propre logorrhée, il avait compris récemment que voyager ne servait à rien, et cela, avait-il indiqué à Ba Yu, faisait partie de ses récentes décisions, comme celle de ne plus écrire – d'ailleurs, avait-il ajouté, j'aimerais à présent, dans la mesure du possible, n'avoir plus à réaliser que des entretiens, et plus aucun article de fond. Justement, avait continué Ba Yu d'un air presque amusé, j'aimerais que vous partiez en France, pour écrire.

Wanglin s'était raidi. Cela faisait beaucoup. En deux phrases, Ba Yu lui proposait de renoncer à ses deux principales résolutions. Qu'allait-il lui demander à présent ? D'écouter de l'opéra cantonais deux heures par jour, et plus jamais Peter Gabriel ni Robert Wyatt ? Rassurez-vous, je vous taquine un peu, avait dit Ba Yu. Il s'agit simplement d'écrire des articles. Mais malheureusement pour votre récente décision, des articles plutôt "de fond", comme vous dites, pas des interviews. Écoutez-moi bien : je vais d'abord vous exposer le motif *officiel* de votre voyage.

Là-dessus Ba Yu avait aspiré puis rejeté une longue bouffée de son cigarillo. Débordant de tous les côtés de son fauteuil, il suait abondamment et s'épongeait parfois le front avec un mouchoir de fine batiste. Il s'agit donc, avait-il repris, d'écrire une poignée d'articles, que nous publierons dans le journal, bien évidemment – il faut bien justifier votre salaire, n'est-ce pas ? Ainsi votre décision de ne plus écrire n'est pas vraiment mise à mal : vous n'avez qu'à vous dire que vous faites votre métier, *voilà tout.* (Il avait dit cela sur un ton définitif.) Voici maintenant le *véritable* motif de votre voyage : vous irez en France rendre visite à trois personnes, deux à Paris et une à Marseille, dont je vais vous donner les noms et les adresses. Toutes ces personnes sont anglophones comme vous. En vérité il s'agit d'une petite enquête. Vous vous rendrez donc à Paris et Marseille, là où vous le jugerez utile pour vos articles, dont le but est de faire connaître à nos lecteurs certains aspects peut-être mal connus ici de la culture et de la vie françaises – essayez tout de même d'être un peu original, n'est-ce pas. Évitez les trop attendus musée du Louvre ou tour Eiffel, concentrez-vous plutôt sur la vie quotidienne des Parisiens et des Marseillais, dans les quartiers moins touristiques, allez dans les cafés, rencontrez des étudiants, des retraités, des supporters de foot, que sais-je, interrogez-les sur le rapport qu'ils entretiennent avec la politique nationale ou internationale, sur leur vision de la Chine – enfin, je vous laisse carte blanche. Mais surtout vous poserez des questions et vous enquêterez. Les personnes que je vous indique sont fiables. Dans la mesure du possible, ne parlez à personne d'autre, on ne sait jamais.

Wanglin avait écouté en silence. Il ne pouvait pas refuser, le ton de Ba Yu l'indiquait assez. Il attendait la suite, qui tardait à venir. Aussi ce fut lui qui demanda : Vous ne m'avez pas dit grand-chose. De quel genre d'enquête s'agit-il ? Et pourquoi n'y allez-vous pas vous-même ? Ba Yu avait inspiré profondément et répondu : C'est ma fille, Meijie. Elle a disparu. Voilà une photo d'elle. Il y a souvent eu quelques… tensions entre elle et moi. Disons que nos caractères ne sont pas vraiment compatibles. Elle est en France depuis deux ans. Étudiante en anthropologie. Je n'ai même pas son téléphone là-bas, juste une adresse mail – et encore, pas même à son nom. Nous avons donc des relations à la fois tendues et distendues, si vous voyez ce que je veux dire. Je ne vais pas prévenir l'ambassade : il est possible après tout que rien de particulier ne lui soit arrivé, qu'elle n'ait tout simplement plus eu envie de répondre à mes mails. C'est ce que vous aurez à établir. Je ne peux pas y aller moi-même en raison de mes problèmes de santé. Par ailleurs les quelques contacts que j'ai en France ne seraient sans doute pas très désireux de mener l'enquête à ma place. Mais attention, avait-il continué, vous n'êtes ni Philip Marlowe ni Zhu Wenguang. Soyez prudent.

— Pourquoi donc ? avait demandé Wanglin. La France n'est pas la Chine. Les opposants n'y sont pas systématiquement emprisonnés, le pouvoir y est moins arbitraire, le contrôle moins généralisé, moins omniprésent. On y circule plus librement.

— On ne sait jamais, avait répété Ba Yu. Peut-être en tout cas pourrez-vous glaner quelques renseignements. Simple routine, comme on dit dans les films. Ou les romans. Vous avez écrit un polar, je crois ?

— Si on veut…

— Enfin, une histoire de détective en tout cas : avec ce Zhu Wenguang, non ? Celui qu'on surnomme Zuo Luo, ou Zorro.

Wanglin avait acquiescé en se demandant s'il l'avait lu.

— Je n'ai pas lu votre livre, dit Ba Yu, mais j'ai entendu parler du détective. Vous l'avez rencontré ?

— Euh… oui, il y a quelques années, après avoir écrit le livre en question. Le personnage était d'ailleurs assez différent de son modèle.

— Eh bien, personnage ou modèle, choisissez, mais soyez comme je l'imagine : efficace et discret.

Puis il lui avait tendu la liste des noms : Maxime Girard, Paris ; Emily Bly, Paris ; Arnaud Lacépède, Marseille.

Wanglin avait eu quinze jours pour obtenir son visa, confier Boy George à Bei (Mais je ne saurai jamais m'en occuper, avait-elle dit, et puis Liu Xiang va vouloir le bouffer. Liu Xiang ne fait pas assez d'exercice, avait rétorqué Wanglin, il est gras comme un cochon et ne pourra jamais atteindre le bocal si tu l'installes sur un meuble surélevé ; de plus la plupart des chats se fichent éperdument des poissons rouges : il n'y a aucune raison pour que le tien soit différent), préparer ses affaires et lire vaguement un ou deux guides sur Paris, Marseille et la France en général.

Au moment précis où Zhu Wenguang s'apprêtait à défoncer la porte d'un appartement parisien, ou peut-être marseillais, français en tout cas, dans un couloir rempli de chats noirs et obèses qui le regardaient en silence, Wanglin s'éveilla : son téléphone sonnait. Il était l'heure d'aller à son premier rendez-vous.

II

1

DU CÔTÉ DU SUD-OUEST

Ragnvald Hollingsworth s'éveilla et grogna. Il se tourna dans son duvet, se retourna, se recroquevilla du mieux qu'il put, mais la sensation de froid persistait. Une lueur grise baignait l'habitacle. De l'autre côté du pare-brise le soleil était sur le point de se lever. Ragnvald avait toujours entendu dire que les nuits dans le désert étaient froides et les aubes glaciales, mais jamais il n'en avait fait l'expérience. Il insulta la fermeture éclair du duvet qui résistait un peu, finit par en sortir un bras, fouilla dans son sac, en extirpa une paire de chaussettes, et l'enfila par-dessus celle qu'il portait déjà. Ensuite il sortit du même sac une polaire, qu'il passa rapidement, puis se recroquevilla à nouveau dans son duvet, gros fœtus grelottant. Assez vite il se sentit mieux. Il finit même par se sentir très bien, si bien qu'il se rendormit, et rêva qu'il marchait dans le désert sous un soleil de plomb, en compagnie du lieutenant Nyyrikki Amburn, sa blonde et sculpturale supérieure qui avançait quelques mètres devant lui, vêtue d'un simple string et ondulant scandaleusement des hanches. Ragnvald désirait plus que tout se jeter sur elle, lui arracher son string, lui pétrir les fesses et la posséder sauvagement, mais il y avait avec eux une autre personne qui marchait derrière lui et qu'il ne voyait pas, car il lui était impossible de se retourner. Le soleil dispensait une lumière blanche, éblouissante, qui gommait les reliefs. Des mouches bourdonnaient. Et cette présence inconnue derrière lui, qui l'empêchait de violer tranquillement le lieutenant Nyyrikki Amburn. Au prix d'un grand effort, il arrêta son avancée, parvint à se retourner en grimaçant, et vit un Chinois aux cheveux filasse et aux lèvres proéminentes qui lui indiquait un point situé vers le sud-ouest, en direction d'un enchevêtrement de collines pelées. Ragnvald jeta un coup d'œil distrait vers les collines, agacé qu'il était par son projet érotique contrarié. Tout cela pour un Chinois à la bouche de grenouille dont, du reste, la présence dans le Sud du désert de l'Arizona n'était certainement pas réglementaire. Il bomba le torse et le fusilla du regard.

Vous avez vos papiers ? fit-il d'une voix qui retentit étrangement.

L'autre sourit et lui répondit quelque chose qu'il ne comprit pas.

Parlez en anglais, ordonna-t-il, si vous croyez qu'on comprend vos langues de sauvages, par ici.

Le Chinois sortit soudain de la poche arrière de son jean un crayon qu'il agita devant lui, sans cesser de sourire ni de parler de manière incompréhensible.

C'est alors que Ragnvald s'éveilla, en sueur. Le soleil était levé. Il s'en voulait d'avoir été impressionné par ce type, et surtout de ne pas avoir assouvi son désir pour le lieutenant Amburn. Il s'extirpa tant bien que mal du duvet, ouvrit la portière, sortit, déplia sa grande carcasse hors du véhicule, s'étira, et se dirigea vers le bar, où il lui avait semblé voir bouger quelque chose, signe que Nyyrikki et Misra étaient sans doute éveillées. La veille au soir, perdus en plein désert, le lieutenant Amburn et lui avaient vu l'enseigne jaune, s'y étaient arrêtés dans l'espoir de dîner et dormir, mais s'il s'agissait bien d'un restaurant, *Chez Misra* n'était pas un hôtel, ni même une auberge. Il n'y avait qu'une chambre, et un canapé-lit dans une sorte de débarras. Il avait donc dû dormir dans la voiture.

Il trouva les deux jeunes femmes plus ou moins échevelées, en caleçon et tee-shirt, attablées devant une tasse de café. Nyyrikki feuilletait un magazine féminin, tandis que Misra contemplait muettement le désert.

Puis-je me joindre à vous ? fit-il mine de plaisanter.

Toutes deux sourirent, jugeant inutile de répondre. Il s'assit. Se servit du café. Misra proposa du sucre, à quoi il opposa un "non" martial de sa main dressée.

Nyyrikki se leva.

On part dans une demi-heure, entendu, Ragnvald ?

Comme vous voulez, lieutenant. Vers où allons-nous ?

Elle soupira.

Qui cherchons-nous, Hollingsworth ?

Eh bien… le nommé Wolf Springfield, qui a disparu avec une Chinoise, dit Ragnvald. Non ?

Et disant cela il comprit d'où lui venait son rêve. Sauf qu'il ne s'agissait pas d'une jeune Chinoise, mais d'un type aux grosses lèvres qui agitait un crayon. Ni certainement de Springfield lui-même, bien qu'il fût à moitié chinois. Quoi qu'il en soit, c'était la première fois qu'il rêvait d'un Chinois : il y devait y avoir un rapport avec leur affaire.

Et où vit-il, ce Wolf Springfield ?

Ragnvald hésita. Il n'aimait pas être interrogé de la sorte. Cela le faisait se sentir tout petit.

Ben, il vivait à Las Vegas chez ses parents – mais là, on y est allés. Et ils nous ont dit qu'on le trouverait peut-être dans une caravane posée dans un bled soi-disant nommé Bagdad, pas très loin d'ici. Enfin, d'après ce que nous a dit la patronne hier soir, en tout cas, dit-il en faisant un signe du menton vers la cuisine.

Exact, dit Nyyrikki. Nous allons donc nous diriger vers la caravane où vivait Wolf Springfield.

Et c'est dans quelle direction ?

Eh bien… nous allons demander à Misra, fit-elle avec un grand sourire.

Moi j'irais par là, dit Ragnvald, et comme le Chinois de son rêve il indiqua les collines que l'on devinait du côté du sud-ouest.

Misra rangea la cafetière bleue et essuya les miettes de la table.

C'est bien ça, fit-elle. C'est par là-bas.

2

DE VIEILLES CHANSONS TOUTES MOCHES

Assise dans la poussière ocre, la petite jouait avec une poupée gecko en tissu vert, aux gros yeux globuleux et à la langue rose. Elle était vêtue d'une robe à fleurs un peu vieillotte. Ses cheveux étaient entièrement blancs, et tombaient sur ses épaules en cascade neigeuse. Pourtant elle n'était pas albinos : sa peau était brune, et ses yeux marron. Derrière elle, la vieille femme les fixait. Extrêmement maigre, vêtue de noir et coiffée d'un fichu austère, elle aurait pu être sicilienne, ou crétoise. De temps en temps elle mâchonnait ses gencives et faisait une grimace édentée, avançant le menton et laissant jaillir de sa bouche quatre incisives inférieures étonnamment longues et jaunies, qu'elle hissait jusqu'au nez. Toutes deux étaient assises devant une pauvre cabane juchée sur une espèce de promontoire pierreux, la vieille à l'ombre de l'avancée du toit, sur un banc qui courait le long du mur, la petite par terre, sous un grand arbre, dans la poussière jaune qu'un vent chaud soulevait par moments. Le soleil était assommant. Nyyrikki et Ragnvald avaient vu l'arbre et la cabane de loin, tout comme ils avaient inévitablement été eux-mêmes aperçus depuis longtemps tout au long de leur avancée dans la plaine immense que surplombait la cabane.

Qu'en pensez-vous, lieutenant, avait fait Ragnvald, les mains collées en visière sur son front, nous y allons ?

Évidemment que nous y allons, Hollingsworth, avait répondu Nyyrikki en haussant les épaules. Ne serait-ce que pour glaner quelques renseignements. Springfield et sa copine chinoise sont peut-être encore dans le secteur.

Et ils avaient tous deux gravi la faible déclivité du pierrier, Nyyrikki précédant Ragnvald à la grande satisfaction de celui-ci, qui pouvait de ce fait contempler les hanches pleines et les fesses charnues que sa supérieure balançait superbement à hauteur de son nez.

Bon sang, pensa coupablement Ragnvald, il faudrait vraiment que je me l'envoie un jour. C'est pas humain, de venir dans ce bout du monde et passer mes journées seul avec elle sans jamais rien pouvoir faire. Si au moins elle m'adressait un signe quelconque. Elle n'aime pas les hommes, ou quoi ? Nom de Dieu, si j'étais son supérieur, ce serait déjà plié, je t'assure, se tutoya-t-il.

Mais pour Nyyrikki, Ragnvald n'existait quasiment pas. Pas plus qu'une gerboise pour un cactus. Ou qu'un ciron pour un lièvre.

Ils étaient à présent arrivés devant la cabane, et s'étaient immobilisés, le soleil dans le dos, face à la petite fille aux cheveux blancs qui jouait avec sa poupée, avec en arrière-plan la vieille femme maigre qui mâchait ses gencives en les fixant tous deux.

Que venez par ici ? demanda la vieille d'une voix étonnamment grave.

Ragnvald écarquilla les yeux.

Vous avez entendu ça, lieutenant ? souffla-t-il.

Nyyrikki ne répondit pas. Elle observait la fillette, qui chantonnait quelque chose en tripotant son gecko de tissu. Ce quelque chose, qui s'inscrivait intensément sur le silence ambiant, était une comptine qu'elle n'avait plus entendue depuis sa petite enfance, une comptine finlandaise que lui chantait sa mère. Elle se sentit soudain fondre de tendresse, comme brutalement happée dans un puits d'infinie nostalgie, ou transpercée par la flèche d'un passé enfoui : le temps oublié des étés passés chez ses grands-parents près d'Helsinki, des promenades au bord des lacs immenses, des courses dans les forêts humides, peuplées d'êtres mirifiques, kobolds et farfadets, gnomes aux chapeaux rouges et animaux magiques.

Que se passe-t-il, lieutenant ? demanda Ragnvald. Vous avez l'air tout chose.

Non, non, ce n'est rien… murmura Nyyrikki. Demandez-lui si elle connaît Springfield.

Je ne connais, fit la vieille sans bouger.

Ragnvald écarquilla un peu plus les yeux, si cela se pouvait.

Vous avez entendu ça, lieutenant ? Elle a répondu avant que je lui pose la question, dites donc.

J'entends tout ce que vous, fit la vieille posément. Betelgeuse aussi. N'avez qu'à.

La petite continuait à chantonner en jouant avec son gecko.

Drôle d'enfant, non ? souffla Ragnvald à l'oreille de Nyyrikki. Ces cheveux tout blancs, je vous jure. Et puis c'est qui, cette vieille qui ne finit pas ses phrases ? Si on vérifiait leurs identités ?

Elle s'appelle Betelgeuse… Betelgeuse Grider, murmura Nyyrikki, plissant les yeux pour comprendre les paroles que fredonnait l'enfant. Et la vieille... Deidre Womack. C'est sa grand-mère. Elle ne parle pas très bien notre langue. D'où les phrases bizarres.

Ragnvald, ne pouvant écarquiller davantage les yeux, choisit d'ajouter à son expression faciale l'espèce de grimace incrédule qu'on voit dans tous les mauvais téléfilms. Puis il articula :

Mais enfin, lieutenant... Comment savez-vous ça ?

Taisez-vous un peu, Hollingsworth, j'écoute.

Quelques secondes passèrent, très lentement, Ragnvald examinant Nyyrikki avec circonspection, Nyyrikki concentrée sur les paroles de la comptine finnoise entonnée par Betelgeuse, Betelgeuse chantonnant et jouant avec son gecko de tissu à quelques pas de Deidre Womack, et Deidre Womack continuant à mâchonner ses gencives sans lâcher les deux policiers des yeux. À l'issue de quoi, Nyyrikki lâcha :

C'est bon, je crois que je sais.

Vous savez quoi ? demanda Ragnvald, exaspéré. Quelqu'un va m'expliquer, à la fin ?

Elle entend ce que Betelgeuse, fit la vieille avec un petit rire, exhibant une bouche édentée, à l'exception notable des quatre incisives inférieures.

Merci, madame, fit Nyyrikki en s'inclinant. Merci, Betelgeuse. Merci à toutes les deux. On repart, Hollingsworth.

Ragnvald hésita, puis emboîta le pas de Nyyrikki qui avait fait demi-tour et commençait à redescendre vers la plaine brûlante. Il se retourna avant d'entamer la descente, et constata que la vieille et la fillette n'avaient pas bougé.

Allez-vous m'expliquer, à la fin ? fit-il en accélérant le pas pour parvenir au niveau de Nyyrikki.

Hollingsworth, fit le lieutenant Amburn, vous êtes très prévisible. Vous vous exprimez comme un personnage de roman. Et de mauvais roman, encore.

Merde, lieutenant, je m'en tape, j'aimerais une explication, se révolta-t-il un peu, mais à peine.

Écoutez, Ragnvald, se radoucit Nyyrikki, je ne sais pas très bien comment dire ça. La petite chantonnait en finnois. Je n'ai plus entendu cette langue, qui est celle de mes grands-parents, depuis au moins trente ans, quand j'allais en vacances chez eux. J'en avais oublié le vocabulaire, la grammaire, et même l'intonation.

Mais enfin, qu'est-ce que vous racontez, lieutenant ? grimaça Ragnvald qui venait de se tordre la cheville. Elle chantait en anglais, cette gamine. J'ai tout compris, c'était de vieilles chansons toutes moches.

Je vous dis que moi, j'ai très nettement reconnu le finnois, insista le lieutenant Amburn. Et ce qu'elle chantait était comme un message.

Elle est devenue folle, pensa Ragnvald. Un message, maintenant.

Elle m'a d'abord indiqué son nom, dit Nyyrikki, puis celui, ou plutôt ceux, de sa grand-mère. Je vous les ai donnés, n'est-ce pas ? Ensuite elle m'a raconté leur histoire à toutes deux. Elles ont des pouvoirs de divination, figurez-vous. Les gens viennent des quatre coins de l'État, et même de plus loin, pour les consulter. La petite a des sortes d'illuminations soudaines. Et elle est plutôt spécialisée dans les prédictions à très court terme, à ce qu'elle m'a dit. La vieille quant à elle s'occupe plus particulièrement des relations entre les vivants et les morts.

Entre les vivants et les morts, répéta Ragnvald qui peinait à se maintenir au niveau de Nyyrikki. C'est ça.

C'est ce qu'elle m'a dit, se borna à répondre Nyyrikki.

Et tout ça en trente secondes ?

Ça a duré un bon quart d'heure, rétorqua Nyyrikki.

Ragnvald s'immobilisa, regardant la croupe du lieutenant Amburn s'éloigner de lui. Il n'éprouvait plus de pensées coupables à son égard.

Ça y est, pensa-t-il. Elle est complètement toquée, à présent.

Il redémarra. Dix bons mètres les séparaient, si bien qu'à nouveau il accéléra le pas.

Regardez votre montre, lieutenant, ahana-t-il. Peut-être pas trente secondes, mais à peine deux minutes, je vous dis.

Pas pour moi, dit Nyyrikki sans ralentir son allure ni regarder sa montre. Et ce n'est pas tout. Elle m'a aussi renseignée sur l'endroit où se trouve Springfield. Il n'est plus dans sa caravane, mais elle est tout près d'ici. On y va. Elle m'a dit qu'on le trouverait peut-être dans un endroit nommé Slab City, près du grand lac mort – autrement dit Salton Sea, au sud.

Un lac mort maintenant, murmura Ragnvald.

3

TRÈS SOUCIEUX DE LA HIÉRARCHIE

Ils arrêtèrent le 4×4 devant la caravane, qui semblait abandonnée depuis longtemps. Ils l'avaient aperçue au dernier moment : couverte de poussière et bringuebalante, elle était dissimulée au regard par quelques rocs et un arbuste particulièrement fourni, ce qui avait incité Nyyrikki à freiner brutalement, soulevant un épais nuage de poussière et aveuglant un gecko qui, yeux grands ouverts, observait stupidement la scène. Une gerboise non loin de là avait quant à elle filé prestement dans son trou. Tout autour, la plaine était immense et ocre, parsemée de minuscules fleurs multicolores, de grands cactus couronnés de calices blancs, empoussiérée de chaleur sèche et de rocailles. Au loin, les montagnes tremblotaient sous la chaleur de midi.

Vous croyez que c'est là, lieutenant ? demanda Hollingsworth, pas très inspiré.

À votre avis ? dit-elle.

Ils sortirent.

Lieutenant, fit Ragnvald en claquant la porte du véhicule, je voulais vous demander.

Oui, Hollingsworth ?

Votre… votre prénom, là. Il est bizarre, quand même. C'est de quelle origine ?

Nyyrikki le fixa d'un air glacial. Leurs regards s'affrontèrent brièvement de part et d'autre du 4×4, jusqu'à ce que Ragnvald se rende compte qu'il avait probablement dit une ânerie, et baisse les yeux, soudain fasciné par la forme de la poignée du véhicule.

Ragnvald, fit posément Nyyrikki. Qu'est-ce que je vous ai dit, tout à l'heure ?

Tout à l'heure ?

Oui, tout à l'heure : lorsque je vous ai parlé de ce que me chantait la petite.

Ragnvald la regarda d'un air qu'il voulut à la fois imposant, pénétrant, et respectueux, très soucieux de la hiérarchie.

Je ne sais plus, lieutenant. Qu'elle vous renseignait sur le type que nous recherchons ?

Oui, consentit Nyyrikki, mais quoi d'autre ?

Silence.

Qu'elle chantonnait des airs qui me rappelaient mon enfance *chez-mes-grands-parents*, articula-t-elle comme une maîtresse d'école.

Ah oui, c'est vrai, dit Ragnvald.

Et chez mes grands-parents, c'était en… ?

Ragnvald hésita et sourit.

Vous êtes si jeune, lieutenant. (Il aurait voulu dire "si belle" mais n'y parvenait pas.) Je ne sais pas, 1980 ?

Nyyrikki leva les yeux au ciel.

Nom de Dieu, Hollingsworth, je parle du pays, de la langue !

Ah oui, se raidit Ragnvald. Excusez-moi, lieutenant, mais je n'ai pas très bien compris ce que vous avez dit, je crois. Je… je ne connaissais pas ce mot.

Quel mot ?

Ben, la langue que vous disiez, là. Celle de la petite, que je n'ai pas entendue.

Nyyrikki ne répondit pas tout de suite.

Le finnois. C'est une… Et puis non, abandonna-t-elle, n'en parlons plus. Ça n'a pas d'importance de toute manière. Concentrons-nous plutôt sur notre mission.

Ragnvald se racla la gorge, inquiet d'avoir dit une bêtise.

Très bien, lieutenant, fit-il à contrecœur.

Et ils avancèrent vers la caravane, Ragnvald sur les talons de Nyyrikki, ne lâchant pas des yeux le lent balancier des hanches de sa supérieure.

III

1

CHERCHER UN LOUP

À Las Vegas, ç'avait été assez rapide. Zhu Menfei, dit "Big Menfei", et son cousin Zhu Wenguang, dit "Zuo Luo", s'étaient retrouvés dans un hôtel au nord du Strip, un hôtel assez miteux et sans casino, ce qui avait passablement contrarié Bec-de-canard. Ils avaient pris un café dans un Starbucks non loin de là avec Beatrix Meadow-Jones, une petite blonde vive et frisée qui, à New York, avait été au lycée avec Zhu Yu, la fille de Zhu Menfei, autrement dit la nièce, quoique pas tout à fait, de Zhu Wenguang. Elle leur avait répété qu'elle l'avait attendue le 11 mai à quinze heures devant les fontaines du Bellagio comme convenu, et qu'elle ne s'était jamais présentée, alors que deux heures plus tôt elle lui avait confirmé au téléphone qu'elle était bien arrivée. Elle avait précisé que Zhu Yu et elle ne s'étaient plus vues depuis trois ans, qu'elles s'écrivaient de loin en loin sans être vraiment intimes, mais que lorsque Zhu Yu avait envisagé de venir à Las Vegas c'est tout naturellement qu'elle avait demandé à Beatrix de l'héberger, pour une seule nuit, avait-elle précisé. Ceci avait passablement étonné Zhu Menfei, qui croyait que sa fille et Beatrix étaient bien plus liées que cela, et que c'était avant tout pour voir Beatrix que Zhu Yu avait fait le voyage. Or non, avait dit Beatrix, Yu avait dit avoir "quelqu'un à retrouver" à Las Vegas, et c'était pour elles l'occasion de se revoir. Elle n'avait pas cherché à en savoir plus. Mais elle avait cru comprendre que le quelqu'un en question était un petit ami, qu'elle devait rejoindre le lendemain du jour de son arrivée, pour se rendre ensuite ailleurs avec lui, elle ignorait où.

Puis ils avaient discuté avec le chauffeur de taxi nommé Binay Rama Singh qui leur avait confirmé qu'il avait emmené, le 11 mai vers quinze heures, une jeune Américano-Chinoise, dont rien d'ailleurs ne disait qu'il s'agissait de Zhu Yu, à une adresse du côté de South Lamb Boulevard, un emplacement de mobile homes tout près du collecteur d'eaux n° 7, et qu'elle lui avait réglé la course, après quoi il était reparti. Ce qui semblait indiquer que la jeune fille *pouvait* être Zhu Yu était qu'elle était manifestement d'origine chinoise, et qu'au départ Singh devait emmener la jeune fille jusqu'au Bellagio après avoir fait un détour par South Lamb Boulevard. Mais en y arrivant, elle avait reçu un appel sur son téléphone, à la suite de quoi elle lui avait dit que ce n'était pas la peine de l'attendre car elle ne savait pas combien de temps elle resterait dans les environs. Pendant le trajet, Singh et la jeune fille n'avaient pas échangé la moindre parole. On ne savait rien de plus. Peut-être ne s'agissait-il même pas de Zhu Yu.

Zuo Luo, Bec-de-canard et Big Menfei transpiraient devant l'entrée du collecteur d'eaux n° 7, au-dessous de la rue et d'une piste cyclable. Ils faisaient face à Matthew McFlanagan, un grand type dépenaillé qui ressemblait à ce chanteur, là, comment s'appelait-il ?

Frank Zappa, murmura Zuo Luo.

Frank Zappa, voilà.

Il faisait terriblement chaud.

Menfei avait retroussé son tee-shirt jusque sous les aisselles, exhibant son ventre rond, gros et blanc. Bec-de-canard s'épongeait le front. McFlanagan regardait le ventre de Menfei d'un air perplexe. Zuo Luo ne bronchait pas. Il avait décidé de demeurer totalement immobile, de respirer à peine, d'abaisser son rythme cardiaque et de parler le moins possible, afin de ne pas transpirer. Un iguane. Son cousin et Frank Zappa conversaient à voix basse.

Attends, je vais traduire, dit Menfei en anglais à McFlanagan. Il a parlé à Yu, dit-il plus fort, et en chinois, à Zuo Luo et Bec-de-canard.

Ça, on savait, murmura Zuo Luo.

Ses lèvres n'avaient même pas bougé. Une statue des tombeaux Ming.

Demande-lui plutôt s'il l'a vue parler à quelqu'un d'autre, et où elle est allée ensuite.

Un ventriloque, presque.

Et vous vous êtes dit quoi ? dit Menfei en allumant une cigarette.

Il en proposa une à McFlanagan, qui refusa.

C'est ta fille, c'est ça ?

Je te l'ai dit, non ?

Et eux, c'est qui ?

Le bouddha, là, c'est mon cousin. Il est détective. L'autre avec la grande bouche et les gros yeux, c'est un type qui bosse avec lui. Je ne le connais pas vraiment.

Qu'est-ce que tu lui racontes ? demanda Zuo Luo.

Je vous présente ; je lui ai dit que vous vous appeliez Laurel et Hardy.

Un détective ? fit McFlanagan.

Oui, un privé, quoi. Il est même assez connu, chez nous en Chine. On le surnomme Zorro.

Tu parles de moi ?

Évidemment que je parle de toi. Je vous présente, je t'ai dit.

T'as pas besoin de raconter nos vies, putain, fit Zuo Luo entre ses dents.

Bec-de-canard approuva d'un signe de tête véhément.

Seulement il ne parle pas anglais, ou presque pas. L'autre pas du tout. Alors faut que je traduise tout. Toi, tu parlerais pas chinois, par hasard ?

McFlanagan écarquilla les yeux.

Chinois ? Ah non, pas trop…

Ou alors russe ? Je crois qu'ils parlent russe. Remarque, moi, non. Ça nous aiderait pas non plus.

Non, nada. Espagnol, un peu. Mais à peine. On l'appelle Zorro, tu dis – comme Zorro ?

Oui. On dirait pas à le voir comme ça, mais chez nous il est considéré comme un justicier. On l'appelle même "le renard justicier".

"Zorro", le renard, ça se tient. Ça alors, un privé chinois, c'est dingue. Il est toujours aussi immobile ? On dirait qu'il dort debout.

C'est la chaleur. Et donc, vous vous êtes dit quoi, ma fille et toi ?

C'est elle qui m'a abordé. Elle m'a demandé si pour rejoindre l'entrée de Sand Creek, là où il y a les mobile homes, il fallait passer par cette rue.

Il fit un signe de la main vers un début de voie qui, juste au-dessus d'eux, s'incurvait rapidement sur la droite.

Je lui ai dit que c'était bien par là, juste un peu plus loin. Je lui ai demandé si elle y cherchait quelqu'un, et elle m'a dit oui. Puis merci, au revoir, et c'est tout.

Hm. Et elle est partie où après ça ?

Ben par là : vers Sand Creek.

Tu sais pas quelle adresse précisément ?

Non. J'ai rien demandé, pourquoi je l'aurais fait ? Ça me regardait pas.

Tu lui racontes le film d'hier, ou quoi ? s'impatienta Zuo Luo.

Et à part toi, elle a parlé à quelqu'un d'autre ? ignora Menfei.

Il n'y avait que moi. Mais j'ai déjà dit tout ça à la police. C'est maigre, désolé, mais c'est tout ce que j'ai. Bon, soupira-t-il, il faut que je file, j'ai à faire. Salut les gars.

Il tourna les talons en faisant un signe de la main auquel Zuo Luo ne répondit pas. Bec-de-canard, oui. Chacun savait – chacun à Guangzhou en tout cas, et surtout dans les ruelles autour du bar karaoké *Chez Nyyrikki* – qu'il était à la fois plus impulsif et plus courtois que Wenguang.

McFlanagan reflua dans le tunnel, d'où il ressortit tout de suite après, un vieux sac à dos pendouillant à l'épaule. Il grimpa le petit talus, s'arrêta, sembla réfléchir à quelque chose, fit demi-tour et redescendit.

Il y a peut-être un truc, dit-il. Ça me revient.

Il y a quelque chose d'autre, dit Menfei aux deux autres.

Quoi ? fit McFlanagan.

Je leur traduis ce que tu dis.

Ouais. Lorsqu'elle est repartie, elle a sorti son téléphone et a répondu à un coup de fil. Il m'a semblé qu'elle parlait à un Wolf.

Wolf ?

Oui. Il me semble avoir entendu "Wolf ? C'est toi ? Wolfie ?" ou quelque chose comme ça. Elle était loin, déjà. C'était juste avant de passer le tournant et disparaître.

Elle a parlé à un Wolf au téléphone, dit Menfei.

Wolf ? C'est un prénom, ça ? fit Bec-de-canard en riant.

Ça signifie "loup" en anglais, dit Zuo Luo sans broncher.

Bec-de-canard ricanait en secouant la tête. Ses épaules tressautaient.

Wolf… N'importe quoi.

Toi, c'est quoi, ton prénom ? murmura Zuo Luo.

Tu sais bien : Agvan, fit Bec-de-canard en levant la tête.

Et ça veut dire quelque chose en bouriate ?

Quelque chose… J'en sais rien, moi. Ça veut dire que c'est mon prénom, c'est tout.

Voilà, dit Zuo Luo. Ça n'a pas de sens.

Wolf, Wolf, Wolf, aboya Bec-de-canard. Ils sont cons, ces Américains.

Qu'est-ce qui le fait marrer, ton pote ? demanda McFlanagan.

Rien, fais pas attention. Wolf, tu dis ? J'ignorais qu'on pouvait s'appeler Wolf dans ce pays.

Et si c'était son nom, plutôt ? dit Bec-de-canard.

Pas con, dit Menfei. C'est plutôt un nom, ou un prénom ? demanda-t-il à McFlanagan.

Plutôt un nom, je dirais, mais là, comme elle l'a dit, ça ressemblait davantage à un prénom.

Bon, très bien. Merci.

Pas de problème.

À propos, dit Menfei au moment où McFlanagan faisait demi-tour, pourquoi tu l'as pas dit aux flics ?

Ben, je viens à peine de m'en souvenir. Peut-être parce qu'on a parlé de renard. De toute façon, en règle générale, j'en dis le minimum. Par précaution. Mais là, j'avais vraiment oublié.

OK, dit Menfei. Allez, on y va.

Où ça ? demanda Bec-de-canard. Commence à faire chaud.

Chercher un loup.

Bec-de-canard s'épongea le front. Big Menfei se frotta le ventre. Zuo Luo ferma les yeux. Il y avait un chien qui le fixait. Un petit chien, une sorte de croisement de berger, juste à l'entrée du tunnel, dans l'ombre.

2

TANT DE LARMES DANS LE CORPS

C'était le chien de Hoyt Singleton, l'un des deux compagnons de McFlanagan, un vétéran du Viêtnam âgé d'environ soixante-quinze ans. Il vivait là depuis un quart de siècle. Pendant que Big Menfei, Bec-de-canard et Zuo Luo conversaient avec McFlanagan, Hoyt somnolait dans le tunnel, sur le matelas de fortune, rehaussé sur des palettes, qu'il s'était confectionné des années plus tôt. Lorsque Zuo Luo s'était avancé vers l'entrée du tunnel, il s'était éveillé.

Depuis toujours Zuo Luo aimait les chiens. Enfant, il en avait eu un. Il vivait alors dans un village de montagne au centre de l'ancien royaume de Shu, dans l'actuel Sichuan. La région était si nuageuse et pluvieuse qu'afin de souligner le peu d'habitude qu'avaient les habitants du soleil, sinon l'incongruité de sa présence et l'étonnement qu'elle suscitait, on citait souvent ce vieux proverbe : "Au pays de Shu le chien aboie quand le soleil apparaît." Zhu Wenguang avait un frère, Zhu Wong, son aîné de trois ans, un petit garçon dodu surnommé "Soleil Trompeur" car son visage était rond et rouge, et il souriait toujours, même lorsqu'il était en colère. Wenguang, qu'on n'appelait pas encore

Zuo Luo, avait toujours été d'un naturel taciturne et méditatif – trait de caractère qui ne fit que se renforcer après la mort accidentelle de son frère Wong, tombé dans un puits quelques jours après ses dix ans. Wenguang n'avait pas versé une larme ce jour-là, ni les jours suivants. Il s'était rencogné dans un silence noir, lèvres closes, regard tourné vers le dedans. Leur père, qui n'était déjà pas bon à grand-chose, en avait profité pour s'abîmer consciencieusement dans la liqueur de sorgho Jiannanchun, et avait renoncé à toute dignité. Leur mère, elle, pleurait tous les jours. Le ciel aussi pleurait tous les jours, ou presque. La vie était triste et intenable, les nuages lourds et bas, l'humidité permanente, le futur opaque. Menfei, le cousin de Wenguang et Wong et leur occasionnel compagnon de jeu, avait quitté le village juste avant l'accident, quand son père avait obtenu un emploi dans la petite ville de Deyang. Wenguang ne s'était jamais mêlé aux autres enfants du village, qui le trouvaient ennuyeux, et qu'il trouvait stupides. Il était donc seul. Il rêvait de Wong toutes les nuits : ensemble ils parlaient, jouaient et riaient, ils couraient aussi, et parfois, comme les chiots, Wenguang agitait comiquement les jambes pendant son sommeil. Mais les réveils n'avaient rien de comique. Dans la journée il se réfugiait à l'intérieur de la forteresse de silence qu'il s'était construite depuis l'accident. L'école ne lui valait rien. Le travail des champs l'ennuyait. Sa mère pleurnichait et son père buvait. Les deux le battaient. Et puis il y avait eu Petit Renard. C'était un chien qu'on avait trouvé un jour dans le village. Personne ne savait d'où il venait. Il ne ressemblait pas exactement à un renard, il avait une queue plus fine et des oreilles moins droites, mais il était de couleur fauve, avec un museau très fin, si bien qu'il n'était pas impossible qu'il fût issu d'un croisement chien-renard. C'est en tout cas ce qu'avait décidé Wenguang, qui l'avait baptisé Petit Renard dès qu'il l'avait vu s'avancer vers lui, truffe au sol, en agitant la queue. Ils s'étaient adoptés mutuellement. La mère de Wenguang n'y avait pas vu d'inconvénient, du moment qu'il dormait dehors, dans la réserve à bois, où Wenguang lui avait aménagé un coin confortable. Son père, lui, s'en foutait comme il se foutait de tout. Pendant des années, Petit Renard avait été son seul compagnon. Contrairement au dicton, il n'aboyait pas lorsque le soleil apparaissait. Il n'aboyait d'ailleurs presque jamais, sauf lorsqu'une bête sauvage passait non loin de la maison. Puis, un jour, il avait disparu. À cette époque-là Wenguang avait dix-sept ans. Petit Renard, peut-être douze. Wenguang l'avait trouvé, allongé mort près d'une source, près d'un terrier abandonné. Il ne semblait pas blessé. Juste endormi. Peut-être, s'était-il dit, Petit Renard avait-il senti sa mort venir et s'était-il rendu là où il avait grandi, élevé dans la forêt, dans ce terrier, par une mère renarde et un père chien errant, ou l'inverse. Comment savoir. Même en rêves, par le moyen desquels communiquent les animaux, et surtout les renards, Petit Renard ne lui avait rien dit. Wenguang s'agenouilla près du corps mort, dérisoire, qui à cet instant lui sembla contenir en lui toute la misère, la tristesse et l'absurdité du monde. Alors, pour la première fois depuis sa petite enfance, depuis ce jour où sa mère lui avait flanqué une tape au cul parce que, âgé de deux ans environ, il avait volontairement fait un croc-en-jambe à son frère qui s'était affalé par terre et s'était ouvert le front contre un caillou pointu, il se mit à pleurer. Il sanglota doucement, puis de plus en plus fort, jusqu'à ce qu'un flot inattendu le submergeât par surprise, comme lorsque le barrage de Zhou avait cédé quelques années plus tôt et que toutes les cultures du village en contrebas avaient été inondées. Il se mit à pleurer bruyamment, abondamment, hoquetant de sanglots, hurlant bouche grande ouverte, avalant sa morve qui dégoulinait, visage déformé tourné vers le ciel gris, confiant au secret de la forêt celui de ses larmes qui inondaient ses joues et semblaient ne jamais devoir cesser – et pendant qu'il pleurait il avait l'étrange sensation de se voir pleurer du dessus, comme si le chagrin continuait d'être par lui tenu à distance malgré tout, comme s'il assistait en spectateur à l'effondrement d'une digue étrangère et intime à la fois, et se voyant pleurer grimaçant et laid sous les arbres millénaires il se demandait comment il était possible qu'il y eût tant de larmes dans le corps, où passaient-elles lorsqu'on ne pleurait pas, en quoi se transformaient-elles alors, d'où venaient-elles, qui étaient-elles, où allaient-elles. Puis il s'était peu à peu calmé. S'était levé, avait creusé le sol et enfoui Petit Renard juste à côté du terrier abandonné, en espérant que les bêtes sauvages ne le déterreraient pas. Pour plus de sûreté, il avait couvert l'emplacement de rochers qu'il avait transportés depuis les bords de la source. Peu de temps après, Wenguang avait quitté le village. Il était allé s'établir chez une tante célibataire à Deyang, d'où son cousin Menfei était quant à lui reparti depuis plus de six mois, si bien qu'ils ne se verraient plus avant plusieurs années, quatre ou cinq fois en Chine, puis à New York beaucoup plus tard, puis à Las Vegas encore plus tard, où il l'aiderait à retrouver, ou à essayer de retrouver, sa fille disparue. Mais à Deyang, Zhu Wenguang ne savait rien de tout cela, car il n'avait pas la possibilité de lire le futur. À peine pouvait-il lire le passé, qui lui semblait tout entier gribouillé de lignes épaisses ménageant entre elles quelques rares éclaircies, mais lui interdisant de déceler autre chose qu'un brouillard plus ou moins opaque, conforme à la météo du village où il avait grandi, et à sa vie en général. Son présent lui était d'ailleurs à peine plus perceptible, fait de petits boulots, de combats de rue, de soirées alcoolisées avec ou sans prostituées, et d'un poste de vigile que lui avait trouvé sa tante dans le magasin *Paris-Beijing* que tenait un de ses amis et ex-amants. C'est là qu'il avait rencontré une jolie kleptomane sino-hongroise nommée Yang Ferenczi Cuicui, dont il était tombé amoureux, allant même jusqu'à apprendre pour elle quelques mots de hongrois. Mais elle était mariée à un mafieux japonais qui un jour l'avait battue à mort, à la suite de quoi avait été révélée à Wenguang sa vocation de détective spécialisé dans la défense et la rescousse des femmes violentées, ce qui lui avait bientôt valu son surnom de Zorro, ou Zuo Luo, et bien plus tard il avait vengé Cuicui, mais c'est une autre histoire, dont il sera peut-être question plus loin, si le développement de celle-ci le permet.

Allongé à deux mètres de l'entrée du tunnel, le chien remuait la queue, mais ne bougeait pas. Zuo Luo pensait à Petit Renard. Ce chien lui ressemblait un peu, sauf qu'il était noir.

Fait trop chaud, dit Hoyt Singleton, il ne viendra pas vers toi.

Zuo Luo fixa Hoyt sans rien dire. Au bout de quelques secondes il consentit à un signe de tête. Puis il s'accroupit dans l'ombre, juste à l'entrée du tunnel, et fit un signe au chien, qui se leva et avança vers lui, truffe au sol, en agitant la queue, comme Petit Renard quarante ans plus tôt.

Bon, je me suis trompé, dit Hoyt.

Zuo Luo caressa le chien.

Il s'appelle Armstrong, dit Hoyt. Moi c'est Hoyt. Et toi ?

Zuo Luo ne répondit rien. Il leva les yeux vers Hoyt qui, appuyé sur un coude, lui désigna le chien en répétant "Armstrong", puis lui-même en répétant "Hoyt".

Zhu Wenguang, dit Zuo Luo.

Hoyt ouvrit de grands yeux.

Putain, je comprends rien à ce que tu dis. Pas même les syllabes, dis donc. C'est ton nom, ça ? Djowonwon ? tenta-t-il d'articuler malgré tout, ne parvenant qu'à marmonner une indéfinissable bouillie.

Qu'est-ce que tu fous ? cria Bec-de-canard de la rue au-dessus.

Zuo Luo se redressa.

Tu parles pas du tout anglais, c'est ça ? Tu n'es pas vietnamien, je vois. J'ai été là-bas. Chinois ? *China ?*

Zuo Luo approuva de la tête.

Attends, je te donne quelque chose.

Il se leva et alla farfouiller dans un sac au pied de son matelas. Il en sortit un livre.

Tiens, dit-il. J'ai trouvé ça dans un motel où je vais parfois. Des clients chinois qui l'auront oublié.

3

UNE PERMANENTE DÉFRAÎCHIE

Ils avançaient très lentement. L'avenue était vide, silencieuse, bordée de cubes nus et blafards, de stations-services désertes, de fast-foods fermés, écrasée de chaleur et de lumière blanche. Les bâtiments, les voitures, semblaient posés là comme des jouets abandonnés. Menfei pensait au début de *The Walking Dead*. Bec-de-canard à celui de *Je suis une légende*. Zuo Luo peut-être à un western. Puis les deux premiers abandonnèrent les films et séries postapocalyptiques et, sans se concerter, tous trois s'imaginèrent simultanément en un trio de héros plus ou moins redoutables, plus ou moins redoutés. Les trois cavaliers de l'Apocalypse, pensa Big Menfei, qui avait oublié qu'ils étaient quatre. Les trois mousquetaires, pensa Bec-de-canard, qui n'avait jamais su qu'ils étaient quatre. Le bon, la brute et le renard, pensa Zuo Luo, à qui il restait à répartir les deux rôles restants.

Le campement de mobile homes s'étalait sur un vaste rectangle de douze allées sur huit, chacune s'étirant sur des centaines de mètres. L'ensemble semblait désert. Il devait y en avoir deux mille, à vue de nez, pensa Zuo Luo. Plutôt trois mille, pensa Bec-de-canard. Le silence était assourdissant. Juste quelques voitures filaient sur la voie rapide à bonne distance, dispensant un léger bruit, lointain et feutré, mais qui faisait partie de ce silence.

On va quand même pas frapper à toutes les portes, si ? demanda Bec-de-canard.

Menfei s'épongea le front. Zuo Luo soupira. Il pensait à un début de poème qu'il venait de lire dans le livre que lui avait passé Singleton, une anthologie bilingue de poésie classique chinoise qu'il avait rapidement feuilletée, là-bas à l'entrée du tunnel, en grognant un vague *"Thank you"* avant de l'enfourner dans la poche arrière de son jean :

> *L'humain vit dans l'ignorante poussière du monde*
> *comme une bestiole à l'intérieur d'un pot.*

C'est quoi cette ville ? bougonna Bec-de-canard. On ne voit personne nulle part.

Tiens, là, fit Menfei d'un mouvement de menton.

Une enfant débouchait d'une des allées. Huit ans environ, cheveux blonds empoussiérés, jupe bleu sale, un arrosoir à la main. Menfei lui fit un signe de la main et se dirigea vers elle. La petite semblait terrifiée. Elle s'immobilisa. Zuo Luo vit son cousin s'accroupir à deux mètres d'elle pour la rassurer et lui parler doucement. C'est lui, le bon, se dit-il, tandis que la brute se grattait le nez à ses côtés. Menfei et l'enfant échangèrent quelques mots, puis elle indiqua une direction d'un signe de la main. Menfei se redressa, la petite le regarda, fit demi-tour et partit en courant. Une alouette s'envolant d'un champ de blé, pensa Zuo Luo. Ou une ablette qui file entre deux rochers.

C'est pour quoi faire, l'arrosoir, d'après toi ? murmura Bec-de-canard.

Zuo Luo tourna muettement la tête vers lui.

Je veux dire, continua Bec-de-canard, on n'arrose pas des fleurs en plein cagnard, tout le monde sait ça.

Bon, il y a bien un Wolf par ici, dit Menfei en s'approchant.

Il s'épongeait le front. Des deux mains il agitait son tee-shirt au-dessus de son gros ventre blanc, afin de se donner l'illusion de créer un courant d'air.

Les fleurs, ça s'arrose le matin ou le soir, poursuivit Bec-de-canard pour lui-même.

Menfei lui lança un regard vide. Il faillit lui demander de répéter, mais il s'abstint.

C'est un des mobile homes de l'allée, là-bas. Je lui ai demandé quel était le nom de ce Wolf, elle ne savait pas. Elle m'a dit qu'il était un peu bizarre.

Comment ça, bizarre ? dit Zuo Luo.

Je sais pas. Bizarre. C'est juste une enfant, va savoir ce qu'elle veut dire par là. Venez, on va examiner les boîtes aux lettres.

La quatorzième, Zuo Luo avait compté, portait le nom de "Springfield W.".

C'est peut-être ici, dit Menfei.

Ou pas, dit Bec-de-canard. Des prénoms en W, il y en a beaucoup. Wyatt, William, Washington, Wade, Warren, Walker, Walter, Wallace, Woodrow, Winston, Westley, Winsley, Wayne, Woody…

Menfei le regardait, interloqué.

Sans compter que c'est peut-être une femme, poursuivit Bec-de-canard : Wendy, Winnie, Wanda, Winona, Whitney, Wilhelmina…

Wilhelmina ?

Comment tu connais tout ça, toi ? dit Zuo Luo.

Bec-de-canard haussa les épaules.

Je regarde la télé.

Bon. En attendant faut bien commencer quelque part, dit Menfei en frappant à la porte – un son métallique et bref, qui s'évanouit vite, étouffé dans l'air brûlant.

Ils attendirent quelques secondes. La clim était bruyante. Mal réglée, pensa Zuo Luo. Autour du condensateur posé au sol sur un parpaing, l'air vibrionnait, et cela créait d'étranges distorsions de l'espace. Les gravillons derrière semblaient frémir. Les herbes sèches et mortes reprendre vie.

Soudain il y eut, à l'intérieur, des bruits précipités. Puis d'autres, lents et lourds, feutrés, comme si quelque chose de massif se déplaçait en traînant les pieds. La porte s'ouvrit.

Quelque chose de massif s'était déplacé en traînant les pieds.

C'était une grosse femme, en survêtement rose et pantoufles assorties, les yeux plissés sous une permanente défraîchie, comme si elle venait de se réveiller.

Je dormais, putain, confirma-t-elle d'une voix rauque. Qu'est-ce que vous voulez ?

Ses bajoues tressautaient d'agacement mal contenu. Quoiqu'elle fût femme, occidentale et blonde, Zuo Luo lui trouva un petit air de ressemblance avec son cousin Menfei, mais à l'un comme à l'autre il évita de faire part de sa réflexion.

4

DES AMIS DANS LA POLICE

Tu te rends compte, dit Bec-de-canard, si j'avais rien fait, on ne saurait rien.

Il était presque minuit, et la nuit était à peine moins chaude que la journée. La clim ronronnait. C'était une chambre plutôt miteuse, à trois lits. Chacun était allongé sur le sien, Menfei à regarder défiler des photos sur l'écran de son téléphone, Zuo Luo à parcourir le livre que lui avait donné Singleton, Bec-de-canard à regarder la télé sans le son.

À qui tu parles ? dit Zuo Luo sans lever les yeux de son livre.

Ben, à tous les deux.

Pourquoi tu dis "tu", alors ?

J'en sais rien. Ce que tu peux être emmerdant, parfois.

Zuo Luo fronça les sourcils. Il y a quelques mois encore, jamais Bec-de-canard ne se serait permis une telle impertinence. Il va vraiment falloir que je lui réapprenne les bases de notre collaboration, pensa-t-il.

Si tu n'avais rien fait, et surtout si je n'avais rien dit, dit Menfei.

Exact, approuva Zuo Luo. Ce sont les mots qui créent la réalité.

Ah non, dit Bec-de-canard, ce sont les actes.

Sans langage, rien n'est réel.

C'est quoi, ces conneries ? Un arbre n'est pas réel ?

Si, mais il n'existe pas vraiment tant qu'il n'est pas nommé. Il est, mais il n'existe pas. Rien n'existe en dehors de ce qu'exprime le langage articulé.

Bon, je comprends rien, dit Bec-de-canard.

Ça ne m'étonne pas, dit Zuo Luo.

Menfei non plus ne comprenait rien à ce que venait de dire son cousin, mais il ne le lui dit pas. Il préférait les laisser se disputer, selon des modalités dont il avait bien compris qu'elles étaient un jeu entre eux – un rite, presque.

Les limites du monde de chacun, ce sont les limites de son propre langage, dit Zuo Luo. Si mon monde est plus vaste que le tien, c'est parce que je dispose d'un langage plus élaboré.

Un langage plus élaboré ? s'exclama Bec-de-canard. Tu plaisantes ? Je parle quatre langues.

Mal.

Quoi ?

Tu les parles mal. Le chinois, déjà, tu ne le maîtrises pas très bien. Combien de caractères tu connais ? Trois mille ?

Tu rigoles ? Au moins cinq mille.

Moi, le double. Je suis sûr que le bouriate, tu dois à peine le baragouiner. Et en russe, tu es très moyen, mais sans plus.

Tu dis n'importe quoi. Je suis né en Russie, et je parle bouriate couramment. Et puis je parle mongol, aussi.

Ah oui. Mais pas beaucoup mieux.

Je le parle très bien. Ma mère était mongole, c'est donc ma langue maternelle.

Vous avez pas fini, non ? dit Menfei. Je n'arrive pas à me concentrer.

On s'amuse, dit Bec-de-canard. N'empêche que si j'étais resté à l'extérieur, vous n'auriez pas bougé non plus et on ne saurait pas où aller demain.

Il se leva, ouvrit la porte du mini-frigo, en sortit trois bières, qu'il déboucha et tendit, pour deux d'entre elles du moins, à ses acolytes, qui s'en saisirent sans un mot.

Plus tôt dans l'après-midi, devant le mobile home, Menfei avait fait mine d'ignorer le ton désagréable de la grosse femme en rose et lui avait demandé le plus poliment possible si c'était bien ici qu'habitait un dénommé Wolf. Une télévision ronronnait derrière elle. C'est mon fils, avait-elle dit, qu'est-ce que vous lui voulez ? C'est son fils, avait traduit Menfei. J'ai compris, avait dit Zuo Luo. Qu'est-ce que vous vous dites ? avait-elle froncé les sourcils, et Menfei avait dû lui expliquer que ses amis ici présents ne parlaient pas anglais, ou pas très bien. La femme commençait à se méfier. Je ne veux pas d'histoires, avait-elle dit, qu'est-ce qui vous amène ici ? Vous êtes quoi, chinois ? Wolf n'est pas là, il est parti depuis plus d'un mois et je n'ai plus de nouvelles, hein Walter qu'on n'a plus de nouvelles ? Et de l'intérieur une voix éraillée avait couvert le léger ronronnement de la télé et confirmé que non, ils n'avaient plus de nouvelles. Bec-de-canard tentait de discerner d'où venait la voix. Il tendait comiquement le cou, et ressemblait à une vieille tortue. C'est votre mari ? avait demandé Menfei. Qu'est-ce que ça peut bien vous faire ? Allez, du balai, avait-elle conclu en faisant mine de refermer la porte. Mais Zuo Luo s'était interposé face à elle. Où est Wolf ?

avait-il demandé en articulant soigneusement chacune des trois syllabes – son anglais allait jusque-là. Nous cherchons ma fille, avait expliqué Menfei. Wolf est apparemment un de ses amis, ils se sont parlé au téléphone le 11 mai. La grosse femme avait paru troublée. Je suis un honnête commerçant, avait poursuivi Menfei, j'ai un restaurant à New York, et je vous invite à y venir quand vous le souhaiterez, avait-il dit en lui tendant une carte de visite sur laquelle luisait un canard laqué trop jaune et trop huileux, bizarrement affublé d'une toque blanche de chef de cuisine, ce qui était d'un extrême mauvais goût bien sûr, mauvais goût dont la femme cependant n'avait pas paru s'offusquer, se contentant de lire la carte sans un mot avant de l'enfourner dans sa poche. Ma fille est venue ici le 11 mai, avait continué Menfei, et elle a parlé à votre fils au téléphone. Sans doute se sont-ils rencontrés ici, chez vous, ou pas loin, et ensuite ils ont peut-être disparu ensemble, puisque vous me dites que votre fils ne vous a plus donné de nouvelles non plus. La femme avait grogné quelque chose qui pouvait être interprété comme "oui, peut-être, et alors ?" Et… vous n'en savez pas plus ? avait insisté Menfei. La femme restait silencieuse, semblant réfléchir à ce qu'elle devait dire ou pas. Putain, qu'est-ce que vous vous racontez ? était intervenu Zuo Luo. J'explique, cousin. Cette grosse dinde ne veut pas nous parler, tu vois pas ? On n'a qu'à entrer et fouiller un peu, proprement, gentiment. Je l'immobilise, on entre, Bec-de-canard s'occupe du mec dedans, tu fouilles et basta ! À ce moment-là, un mouvement se fit à l'intérieur, une silhouette bougea, Bec-de-canard força le passage, écarta la grosse femme, et se précipita sur l'homme qui venait de se lever d'un gros fauteuil de similicuir rose devant lequel la télé diffusait une émission de cuisine animée par une blonde peroxydée vêtue de rose, à croire qu'un pot de peinture rose avait dégouliné partout.

Heureusement que, comme d'habitude, j'ai fait preuve d'une remarquable présence d'esprit, dit-il plus tard en avalant une gorgée de bière.

De fait, il s'était jeté sur le type, qui s'apprêtait à ouvrir un tiroir. Il l'avait plaqué au sol, l'avait saisi par les cheveux et lui avait cogné la tête sur le carrelage. Zuo Luo n'en revenait pas. Il ne l'avait jamais vu ainsi. La brute, avait-il pensé. La femme avait crié, Menfei et Zuo Luo l'avaient poussée à l'intérieur et ils avaient refermé la porte derrière eux. Vous avez un permis pour ça ? avait demandé Menfei en extirpant un colt du tiroir. Parce que moi, j'ai des amis dans la police, et dans la justice aussi, avait-il menti. Ah bon ? avait fait Bec-de-canard. Il nous comprend, avait dit Zuo Luo. Quoi ? Le type, regarde-le, c'est un Chinois. Il comprend ce qu'on dit. Pas vrai ? Bloqué au sol par Bec-de-canard, l'homme avait fait oui de la tête.

Et l'interrogatoire avait commencé.

Histoire de Chen Wanglin,
auteur réticent et enquêteur perplexe

4
Il ne maîtrisait plus rien

L'après-midi, Ba Yu avait tout de suite demandé à Wanglin ce que lui avait dit Maxime Girard, chez qui il s'était rendu quelques heures plus tôt.

— Pas grand-chose, avait-il répondu. Vous le connaissez personnellement ?

— Non, c'est l'ami d'un ami traducteur. Ou peut-être l'ami de l'ami d'un ami. En tout cas on m'a dit qu'il pourrait peut-être vous aider. *Il vaut mieux allumer une bougie que maudire l'obscurité*, comme on dit chez nous.

— Il vit dans un très bel appartement pas loin de mon hôtel, il est collectionneur d'art, et il m'a dit qu'il avait entendu parler de quelqu'un qui avait fait exactement la même chose que moi il y a vingt ans, mais à l'envers – c'est curieux, non ?

— À l'envers ?

— À l'envers, oui : un Français qui s'était rendu en Chine à la recherche de la fille de son patron.

— D'accord, éluda Ba Yu. Mais il paraît surtout qu'il suit des cours de chinois, et qu'il connaît pas mal de Chinois à Paris. C'est bien ça ? Vous avez appris quelque chose ?

— Pas du côté des cours de chinois. Il donne aussi des cours, mais de français, à l'Institut français. Et c'est de là qu'il connaît Meijie.

— Ah, vous voyez. Il sait où elle est ?

— Non, elle a disparu voici trois mois. Mais il m'a donné l'adresse de quelqu'un qui l'a peut-être connue aussi. Un curé, m'a-t-il dit, du nom de père Wells. J'y vais tout à l'heure.

— Parlez plus fort, Wanglin, je n'entends rien !

Il était quatorze heures. Ba Yu était ponctuel. Wanglin était attablé à un bistrot du 13e, en plein quartier chinois. Il parlait à voix basse, ne s'expliquant pas vraiment pourquoi il préférait ne pas être entendu par les clients qui l'entouraient. Mais surtout, il n'avait pas vraiment envie de parler. Encore moins de parler fort.

— Je ne vous entends plus, dit-il sur le même ton. Je raccroche.

Il posa son téléphone sur la table, ouvrit son ordinateur, afficha sa boîte mail et se mit à écrire.

De : Chen Wanglin
À : Yuan Bei
Objet : flottement

My beauty Bei,

Quelques rapides baisers parisiens. La ville est assez belle, pour le peu que j'en ai vu. Ancienne et bien conservée, comme on imagine les villes européennes. Riche, aussi. La plupart des gens que j'ai croisés portent sur le visage un air de supériorité aimable et courtoise, évidente, très différente de celle qu'arborent les classes aisées chez nous. Il est vrai que je ne me suis rendu pour l'instant que dans des quartiers plutôt privilégiés

– sauf peut-être celui d'où je t'écris, qui, sans être un quartier pauvre, se situe, disons, dans la moyenne ; une moyenne pour la France en tout cas, c'est-à-dire bien supérieure à la nôtre. Il se trouve que c'est le quartier chinois, et que j'entends converser en mandarin autour de moi pendant que je t'écris. Les quartiers privilégiés, ce sont par exemple celui où je loge et celui où je me suis rendu ce matin (plus ou moins le même d'ailleurs), mais cela n'empêche pas qu'il y ait un nombre incroyable de sans-abris. Quelques Français, d'autres Occidentaux, peut-être d'Europe de l'Est, mais surtout, surtout, beaucoup de réfugiés syriens ou kurdes, à ce que j'ai compris – parfois des familles entières, parents et enfants assis ou allongés sur des matelas en pleine rue. Ils campent là, sur ces boulevards que longent de belles jeunes femmes élégamment vêtues, des personnes âgées manifestement très aisées, des hommes pressés qu'on devine être avocats d'affaires, éditeurs, conseillers en placements ou je ne sais quoi. Le contraste est saisissant.

Cet après-midi je vais changer de continent : après le quartier chinois, je vais aller dans le quartier indien, autour de la gare de l'Est. C'est une adresse que m'a donnée le type chez qui je suis allé ce matin.

Je t'embrasse et te réécris bientôt. Ne nourris pas trop Boy George.

Wanglin

Quelques mois plus tôt il avait commencé à écrire un récit mettant en scène Zhu Wenguang, dit Zuo Luo, ou encore Zorro, ce détective qui avait déjà été un personnage du roman qu'il avait écrit, et qu'il avait ensuite rencontré en chair et en os. Dans ce récit, Zhu Wenguang s'interrogeait sur son statut de personnage, et se demandait dans quelle réalité il vivait, s'il était vraiment lui-même, ou le résultat de l'imagination d'un auteur vivant à Pékin – un nommé Chen Wanglin. Et voilà que c'était lui à présent, Chen Wanglin, qui se posait la question. Il se sentait comme atteint d'un syndrome que, faute de mieux, il avait baptisé du nom de "syndrome de la balle de ping-pong" – qui rebondit rapidement d'un point à l'autre selon un itinéraire qu'elle n'a pas décidé. Il en venait à se demander s'il n'était pas lui-même le personnage d'un autre, qui le manipulait à sa guise. Lorsqu'il était adolescent, et jusqu'à ses vingt-deux ans, à l'époque où on l'appelait encore Chen-le-maigre, Wanglin avait la faculté de maîtriser ses rêves, et de se les commenter à lui-même pendant qu'il les rêvait. Cela amusait beaucoup sa sœur Xuechen, qui quant à elle disait qu'elle ne rêvait jamais, et ironisait souvent sur ce sujet. Ensuite cela avait cessé. Il ne maîtrisait plus rien. Il rêvait, tout bêtement. Peut-être qu'à présent je ne maîtrise même plus le cours de mes jours, se dit-il. Il pensa à l'astrophysicien rencontré dans l'avion. Peut-être que quelqu'un d'autre, sur un autre plan, dans un autre univers, le fait pour moi, et décide de ce que je dois faire, dire, penser. Il secoua la tête. Accusa la fatigue, le décalage, le flou inhérent aux repères si différents de chez lui… Il lui fallait du repos. Il allait rentrer à l'hôtel du Dragon et dormir un peu, cela lui remettrait les idées en place. Il paya son café en se disant qu'à ce prix-là il aurait pu s'offrir un restaurant assez correct dans certains quartiers de Pékin, se leva, s'engouffra dans une bouche de métro, descendit, se perdit, fit demi-tour, se retrouva, entra dans la rame, remarqua qu'on l'avertissait, en chinois, de se méfier des pickpockets, et cette précaution le fit sourire, sans qu'il sût pourquoi.

5
J'aime beaucoup les dauphins

Le passage Brady était situé dans le "Little India" parisien, de part et d'autre du boulevard de Strasbourg. Il était composé de maisons d'un seul étage, avec des dizaines de boutiques et de restaurants indo-pakistanais au rez-de-chaussée. C'est à voir, avait sobrement dit le réceptionniste de l'hôtel lorsqu'il lui avait demandé de le lui situer sur un plan de la ville. Le numéro 83 était une simple porte métallique à côté d'un magasin de tissus, face à une épicerie fine. Elle était entrouverte. Wanglin frappa quelques coups du plat de la main, et poussa légèrement. Derrière s'ouvrait un corridor extérieur qui semblait donner sur un mur aveugle, mais en regardant mieux Wanglin se rendit compte que tout au fond le couloir bifurquait sur la gauche. Cela lui rappelait quelque chose – mais là, il savait quoi : l'entrée d'une maison traditionnelle des *hutongs* de Pékin – ce qu'il en restait, du moins. En plein quartier indien d'une ville française, c'était plutôt singulier, se dit-il. Il hésita quelques secondes, puis pénétra lentement. Parvenu au mur, il suivit le corridor sur la gauche, puis sur la droite, et atteignit une minuscule cour intérieure au milieu de laquelle se trouvait une maisonnette grise, sans cachet. C'est étrange, pensa-t-il, tout est exactement comme à Pékin, avec juste un peu moins de tours et détours. Cette impression de déjà-vu le troublait.

Il frappa légèrement à la porte, qui s'ouvrit aussitôt sur une grosse dame en sari rose, au teint sombre, presque noir, et aux grands yeux interrogateurs. Il se rendit compte qu'il ne savait absolument pas quoi dire. La grosse dame quant à elle demeurait figée sans un mot. Son visage était remarquablement impassible – presque plus chinois qu'indien, n'étaient ses yeux ronds et son teint sombre, pensa Wanglin.

Au bout d'un moment elle dit :

— Vous cherchez le père ?

— Pardon ? fit Wanglin.

Toujours sans la moindre expression sur son visage, elle se détourna brusquement de lui et disparut très vite au fond de la maison. Wanglin ne savait trop que faire. Il décida de demeurer planté là, sur le seuil de la porte, en essayant de scruter autant qu'il le pouvait l'intérieur sombre de la maisonnette. Un pauvre mobilier, une radio, une télé, une machine à coudre, un rideau derrière lequel avait disparu la grosse dame, c'était à peu près tout. Au bout de quelques minutes le rideau s'agita un peu et laissa place à un homme assez ventripotent, à lunettes, au teint aussi sombre que la dame et aux cheveux luisants de brillantine. Il s'avança vers Wanglin en souriant. On ne voyait que les deux incisives centrales de chacune de ses mâchoires, ce qui lui donnait l'air d'un gros rongeur.

— Père Orson Wells, se présenta-t-il en lui tendant la main. Et vous êtes… ?

Wanglin ouvrit grands les yeux.

— Euh… Chen Wanglin. Pardon, je n'ai pas bien saisi votre nom…

— Orson Wells. Sans le *e*. Je sais, ça surprend tout le monde. Que voulez-vous, mes parents étaient ainsi. Mon frère s'appelle Herbert George, ce qui n'est pas beaucoup mieux – encore que H. G. Wells est moins connu qu'Orson, sans doute.

— Et… vous êtes prêtre, donc ?

— Je suis le curé de Chandernagor, dit Orson Wells avec un grand sourire édenté. Parfois je viens ici pour visiter ma sœur, Bashabi, que vous venez de voir. Elle est très gentille, mais pas vraiment communicative. Vous voulez du thé ?

Wanglin accepta d'un signe de tête et entra.

— Vous êtes déjà allé à Chandernagor ? demanda Orson Wells.

— Non, dit Wanglin. Pour tout vous dire, je n'ai jamais entendu ce nom.

— Un des cinq comptoirs, ou plutôt ex-comptoirs français de l'Inde. Le plus connu est Pondichéry, au sud. Chandernagor est au nord, du côté de Calcutta. C'est au bord du Gange. Vous avez déjà vu des dauphins ?

— Euh… oui… Enfin, dans des parcs à thème, dit Wanglin, un rien décontenancé.

— Eh bien, à Chandernagor nous avons des dauphins du Gange. On les appelle “sousoucs”. C'est toujours émouvant de voir leur dos parfois émerger de l'eau, rond et luisant. Il arrive aussi qu'on aperçoive leurs rostres, beaucoup plus longs et fins que ceux des dauphins maritimes. C'est très beau, fit-il en baissant la voix.

Pourquoi me raconte-t-il ça ? se demanda Wanglin.

— J'aime beaucoup les dauphins, dit-il par politesse.

— Oui, tout le monde aime les dauphins. Mais les nôtres sont menacés, n'est-ce pas. Comme les autres familles de dauphins d'eau douce. Vous êtes chinois ?

Wanglin hocha la tête.

— Vous en aviez aussi en Chine, dans le Yangzi jiang. Ils ont disparu officiellement en 2007. La pollution, bien sûr. L'activité humaine. C'est bien triste. Croyez-vous en Dieu, jeune homme ?

Wanglin marqua un temps d'arrêt, mais il avait une réponse toute prête pour ce genre de questions.

— Je suis agnostique, dit-il.

C'était simple, cela n'engageait à rien, et en outre cela lui évitait d'expliquer que ce en quoi il croyait surtout, c'était en la force de l'esprit humain, qu'il pensait que ce que les hommes créent collectivement finit tôt ou tard par prendre forme, que si tous les croyants décidaient au même moment que Dieu n'existait pas, celui-ci disparaîtrait instantanément, mais qu'en attendant il existait bel et bien puisque des milliards d'êtres humains croyaient en lui, qu'on pouvait donc le rendre responsable de toutes les horreurs, mais aussi parfois de beaucoup de choses positives commises en son nom au fil des âges et aujourd'hui encore, et que le danger était que la création finisse par supplanter son créateur et décider à sa place, comme Hal 9000 dans *2001 : l'odyssée de l'espace* – c'était d'ailleurs peut-être ce qui était en train de se passer avec la folie intégriste qui flambait aux quatre coins de la planète après avoir engagé à son service des armadas de pauvres types lobotomisés et adorateurs de la Mort.

— Je comprends, dit le père Wells. Pour ma part je pense qu'il est inconcevable que Dieu ait pu déployer une telle réjouissante exubérance lorsqu'il a créé les êtres sensibles et pensants si c'est pour qu'une infime partie d'entre eux extermine les autres. Et je me dis qu'il est parfois nécessaire d'agir, pour rétablir l'ordre initial voulu par Dieu : celui du Paradis terrestre, n'est-ce pas, où chaque espèce animale, humains compris, vit non pas en amour, mais en harmonie sélective avec les autres. Ce qui n'empêche pas la chasse ni la prédation, nécessaires aux carnivores bien entendu, mais qui exclut le meurtre gratuit. Il faudra bien un jour ou l'autre mettre un terme à l'extermination de certaines espèces pour des raisons mercantiles et soi-disant progressistes, vous ne trouvez pas ?

Wanglin fit oui de la tête.

— Absolument, dit-il.

— Cela dit, beaucoup d'autres choses sont menacées, chez nous à Chandernagor, poursuivit Wells d'un air préoccupé. La langue française par exemple. Nous sommes encore quelques-uns à entretenir la flamme, si on peut dire, mais je crains que cela ne dure pas. Aussi certains de nos bâtiments les plus anciens, qui sont sur le point de s'effondrer, rongés par la mousson et l'incurie des pouvoirs publics. Des financements participatifs parviennent à en sauver quelques-uns. Mais les dauphins… ça me brise le cœur. Enfin… poursuivit-il d'un air las. Vous n'êtes sans doute pas venu me voir pour m'entendre parler de Chandernagor, ni de dauphins. Que désirez-vous ?

Wanglin hésita. Plusieurs phrases d'introduction défilaient dans sa tête, mais aucune ne lui semblait satisfaisante.

— Je viens de la part de Maxime Girard, dit-il finalement.

Orson Wells, occupé à servir le thé, ne le regarda même pas. Peut-être pensait-il encore à ses sousoucs.

— Maxime Girard… répéta-t-il comme s'il cherchait à se souvenir de qui il s'agissait.

— Je ne le connais pas vraiment. Il m'a donné votre adresse, c'est tout.

Le prêtre gardait le silence. Il semblait réfléchir à ce qu'il allait dire. Il avait reposé la théière avec un excès de lente délicatesse et contemplait attentivement le fond de sa tasse. Quelques secondes s'écoulèrent ainsi, dans un silence pesant. Orson Wells en avait profité pour allumer une cigarette, et en proposer une à Wanglin, qui avait décliné d'un signe de la main. Il trouvait étrange qu'un curé fume, mais pourquoi pas après tout. Il s'agissait de cigarettes assez courtes et très fines, à la fumée douce et entêtante, presque étourdissante, qui progressivement les nimba l'un et l'autre d'un halo jaunâtre. Wanglin sortit de sa poche la carte de Maxime Girard, où était indiquée au verso l'adresse du passage Brady, et la tendit à Orson Wells. Celui-ci la saisit et l'examina d'un air dubitatif. Il la rendit à Wanglin.

— Il y a du sucre si vous voulez, dit-il.

— Non merci. Vous voyez qui est Maxime Girard ?

Orson Wells sembla hésiter.

— Un peu. Vous êtes de l'Alliance française ? demanda-t-il en français.

— Je ne parle pas français, répondit Wanglin.

— Donc vous n'êtes pas de l'Alliance française, dit Orson Wells, cette fois en anglais.

— Non… Pourquoi, vous y travaillez ?

— Parfois : deux mois par an, je donne des cours d'initiation à des étudiants indiens. Je suis aussi des cours de vocabulaire juridique lié à la protection environnementale. C'est que je m'occupe de diverses associations dans ce domaine, parut-il se justifier.

— Quoi qu'il en soit, enchaîna Wanglin, je cherche quelqu'un qui a suivi des cours de français là-bas. Une jeune fille chinoise, du nom de Ba Meijie.

Wanglin sortit la photo. Orson Wells la regarda à peine.

— Oui, je vois qui c'est. Meijie. Je l'ai croisée quelques fois. Très gentille. Mais je ne sais pas où elle est maintenant.

— Elle est partie ?

— Je pense. Plus vue depuis longtemps en tout cas. Mais vous y êtes allé ? À l'Alliance, je veux dire.

— Oui, juste avant de venir ici. Ce n'est pas très loin de mon hôtel. Je n'y ai pas appris grand-chose concernant Meijie. Ils n'avaient plus de nouvelles d'elle, voilà tout ce qu'ils ont pu me dire. Elle avait une chambre dans une résidence pour étudiants, je les ai appelés mais ils ne savaient rien. Ils avaient d'elle une adresse mail qui ne fonctionne plus. Ils m'ont juste donné l'adresse de son père à Pékin, que je connais déjà.

Orson regarda la photo plus attentivement. Il semblait réfléchir.

— Vous… la connaissiez bien ? continua Wanglin.

— Non, pas vraiment. Mais je connais une jeune Chinoise qui suit aussi quelques cours. Elle la connaissait sans doute bien mieux. Je peux vous donner son adresse si vous voulez.

Il se mit à parler en bengali. La grosse et silencieuse Bashabi émergea de derrière le rideau, écouta, puis alla fouiller dans un tiroir et lui tendit un papier et un crayon. Il se mit à écrire un nom et une adresse.

— Voilà. Lu Hua, c'est son nom. Voulez-vous un peu plus de thé ?

Wanglin déclina poliment. Orson Wells paraissait soulagé d'avoir abandonné la conversation autour de Meijie, se disait Wanglin. Mais peut-être se faisait-il des idées. À la place, il parla encore de dauphins d'eau douce, sujet qui semblait lui tenir à cœur – des sousoucs de Chandernagor et des regrettés baijis du Yangzi comme précédemment, mais aussi de trois autres espèces, toutes menacées disait-il, les botos de l'Amazone, les bhulans de l'Indus, et les franciscains de l'estuaire du río de La Plata et de quelques autres fleuves sud-américains. Il lui disait qu'une des associations dont il faisait partie était parvenue à faire obtenir en 2013 le statut de personne non humaine aux dauphins et à interdire les delphinariums sur tout le territoire indien. Wanglin opinait chaleureusement à tout cela, à quoi il n'était pas le moins du monde hostile, mais qui ne le concernait que de très loin. Depuis l'enfance, il était un garçon poli et respectueux d'autrui, volontiers effacé, toujours désireux de se faire bien voir – assez différent en cela de sa sœur Xuechen qui, sans être pour autant impolie, affirmait davantage ses points de vue, intérêts, désintérêts et partis pris, et ne se souciait aucunement de ce qu'on pensait d'elle. C'est parce qu'elle est très belle, s'était toujours dit Wanglin, qu'elle peut se permettre de demeurer ainsi froidement sûre d'elle-même. Là, il se voyait agir, et se disait que si ç'avait été elle qui s'était trouvée dans sa situation, elle aurait froidement mais fermement coupé court aux propos d'Orson Wells, se serait sans doute levée et aurait prétexté une quelconque urgence pour partir. Ou peut-être pas, après tout, se ravisa-t-il, se souvenant soudain que Xuechen, outre la littérature anglaise et les mathématiques, s'intéressait aussi à l'éthologie : elle faisait même partie, depuis sa création, de la Fondation chinoise pour la protection des animaux, la seule de ce genre en Chine.

Néanmoins la conversation, le monologue plutôt, finit par s'épuiser au bout de quelques minutes, à la suite de quoi Wanglin se leva et prit congé. Quelques instants plus tard, un peu étourdi par la fumée jaune de la cigarette d'Orson Wells, il se retrouva dans le passage Brady, très fréquenté à cette heure.

6

Une sorte d'enthousiasme nostalgique et diffus

Le soir tombait. Une légère brume pailletée s'installait. Les façades élégantes et subtilement éclairées des bâtiments anciens l'emplissaient d'une étrange émotion, comme si quelque chose lui faisait signe depuis un passé dont il ne connaissait rien. Wanglin aimait cette sensation. Plus il avançait, plus il se sentait envahi d'une sorte d'enthousiasme nostalgique et diffus. Il marchait dans les rues, sur les boulevards, empruntait parfois une voie perpendiculaire, une autre plus oblique, revenait sur ses pas, retrouvait plus loin sa direction initiale, allait et venait, était à l'affût des sons, des voix, des odeurs, des démarches si différentes de chez lui, et dans le même temps se voyait comme du dessus, traçant sur le plan de la ville un message mystérieux et crypté que seul un regard d'aigle pourrait éventuellement lire et reconstituer, écrivant sur le corps de Paris une histoire qui lui était encore inconnue.

Une fois dans sa chambre, il envoya un mot rapide à Bei, qui avait déjà répondu au sien. Il en écrivit un aussi à Xuechen, lui disant qu'il avait parlé de dauphins avec un curé nommé Orson Wells dans une drôle de maison franco-indienne et quasi chinoise, et qu'elle serait peut-être intéressée de savoir, mais peut-être le savait-elle déjà, qu'il y avait eu, jusqu'à récemment, des dauphins d'eau douce dans le Yangzi – si peu de rapport tout cela pût-il avoir avec l'objet de sa présence ici. Il lui dit aussi qu'elle aimerait sans doute Paris, que certes ce n'était pas l'Angleterre du XIXe siècle, mais que les rues, les boulevards, étaient bordés de vieux et beaux bâtiments datant de ce temps-là, voire plus anciens encore, et que l'ambiance, qui ne ressemblait en rien à celle des villes chinoises, lui plairait probablement.

Il prit une douche, ressortit et grimpa dans un bus direct pour la Bastille : comme pour le passage Brady, le réceptionniste lui avait dit que le quartier, le soir, était "à voir", du moins si on ne le connaissait pas. Il fit le tour de la place et s'engagea dans la rue de la Roquette. La topographie des lieux lui rappelait vaguement une rue de Shangri-La, dans le Yunnan, où se trouvait un petit restaurant, une gargote plutôt, dans laquelle il s'était rendu quelques fois en compagnie de Zhu Wenguang, dit Zorro, un peu avant que celui-ci découvre qu'il avait été à son insu le personnage d'un roman que Wanglin avait écrit. La rue en tout cas était au moins aussi touristique que son homologue yunnanaise : on y entendait davantage parler américain que français. Elle était aussi plus fréquentée. Il vit à nouveau des familles de réfugiés assis ou allongés sur des matelas, hommes, femmes et enfants, parfois très jeunes. Ils ne mendiaient pas ouvertement : ils espéraient un geste des passants, sans doute, mais sans les solliciter. Wanglin donna une pièce de deux euros à un très jeune garçon qui le regardait fixement, et s'excusa presque de passer son chemin si vite, au milieu de la foule qui défilait, insouciante et gaie, prête pour la nuit parisienne.

La rue regorgeait de restaurants japonais, mais c'est dans un italien qu'il entra. Il fut accueilli par ce qu'il identifia comme étant "un joyeux et indescriptible brouhaha" – expression qu'il avait dû lire dans un roman quelconque. Il était le seul client asiatique. Quelques années plus tôt, cette simple constatation lui aurait presque été une jouissance : il aurait considéré cela comme un vrai dépaysement, une authentique plongée dans la réalité quotidienne d'un pays. Observateur silencieux et non intervenant, il aurait voulu s'imprégner de tout, des odeurs inconnues, des paroles incompréhensibles, des visages, des bruits, pour se donner l'illusion de posséder, même de façon éphémère, la consistance d'un lieu, d'un pays, de toutes ces vies qui pendant quelques heures ou minutes se dérouleraient là devant ses yeux sans se soucier le moins du monde de sa présence. Mais un jour, c'était à Vladivostok dans un restaurant géorgien, il s'était rendu compte que la position qui était la sienne dans ces moments-là était exactement celle d'un observateur à visées plus ou moins ethnologiques, et cela l'avait gêné. Il s'était résolu à accepter de ne pouvoir se fondre dans une réalité autre que la sienne, avec laquelle il avait d'ailleurs bien assez à faire.

Dans ce restaurant italien cela dit, à bien tendre l'oreille, ça parlait surtout anglais, et quelque chose qu'il identifia comme étant du suédois, ou du danois. Le lieu était mondialisé et n'avait sans doute pas grand-chose de français, se dit-il, bien qu'il lui fût difficile de se faire une idée. Quoique, en fait non, se corrigea-t-il aussitôt. Peut-être pas. Peut-être est-ce précisément au sein même de cette apparente et indéniable internationalisation des lieux que se décline avec le plus d'acuité ce qui fait la spécificité française, voire parisienne – ce qui les distingue d'autres lieux identiquement touristiques dans d'autres pays. Peut-être convenait-il de voir plus profond. L'uniformisation n'était peut-être qu'une fine pellicule de vernis, une simple apparence, et les apparences étaient parfois trompeuses. D'ailleurs c'est une serveuse vive et jolie, très parisienne, pensa Wanglin, tout en se disant qu'il aurait été bien en peine de définir précisément ce qui dans son esprit la rangeait du côté des "jolies Parisiennes" (la finesse des traits peut-être, associée à un maquillage discret, un regard brillant et un air à la fois autoritaire et sensuel) qui l'installa à une petite table esseulée, la seule qui fût libre, près de la porte. Lorsqu'elle lui apporta la carte en anglais, un homme à la table d'à côté se pencha vers lui en disant : Monsieur Wanglin, ça alors, quelle heureuse surprise, voulez-vous partager notre table ?

Wanglin eut un air sans doute ahuri, car l'autre se mit à rire.

— Vous ne me remettez pas ? Alain-Pierre Ménard.

— Euh… oui, bien sûr, fit Wanglin qui, toujours interloqué, renonça à lui indiquer que son nom était Chen et son prénom Wanglin, si bien que, tant qu'à le gratifier d'un "monsieur", c'est "monsieur Chen" et non "monsieur Wanglin" qu'il fallait dire. Excusez-moi, je pensais à autre chose. Eh bien… Quelle surprise de se retrouver là… Bonjour, madame.

— Mon épouse, Beatriz. Beatriz avec un *z*, précisa Ménard.

— Je suis argentine, dit Beatriz en lui tendant la main.

— Une surprise, oui et non, dit Ménard. Nous habitons tout près, et nous venons assez souvent ici. Mais asseyez-vous donc à notre table, on se serrera un peu.

IV

1

UN IMMENSE ENTRELACS D'ESCALIERS

Walter Springfield était un ancien petit malfrat rangé depuis longtemps – depuis presque trente ans maintenant. À vrai dire il n'avait fait, dans ses jeunes années, que participer à des opérations immobilières plus ou moins frauduleuses, des escroqueries à l'assurance et quelques tentatives d'intimidation, parfois violentes, sur des couples surendettés, ce qui, au début des années 1990, lui avait valu deux fois huit mois de prison, à la suite de quoi il s'était repenti, avait trouvé un poste dans une société de nettoyage urbain, avait rencontré Winona qui faisait office de serveuse dans le Denny's du coin, et l'avait épousée, en 1993. Un an plus tard naissait Wolf, et un an après, Wanda. Le troisième enfant du couple, Warren, était mort-né, et un petit cœur rose avec son prénom écrit en lettres dorées et tarabiscotées trônait depuis 1997 sur le meuble de la télévision, à côté d'un chien de plâtre qui tirait une langue trop rouge, lui aussi censé évoquer un cher disparu, Winsley, un berger allemand que la famille avait beaucoup aimé et qui était mort de vieillesse en 2017, à l'âge de dix-huit ans. Mais de tout cela, ni Walter Springfield, ni Winona Springfield née Bloomberg n'en parlèrent, ni à Zhu Menfei, dit

Big Menfei, ni à Zhu Wenguang, dit Zuo Luo, ni à Agvan Djordjé, dit Bec-de-canard. Seul un narrateur situé sur un autre plan aurait pu, à la limite, en prendre connaissance et le livrer à chacun des protagonistes de cette histoire, mais pour cela il aurait fallu qu'il y ait, d'une part, un autre plan, d'autre part un narrateur qui s'y trouvât, hypothèse déjà soulevée par Zuo Luo mais que Bec-de-canard réfutait, pour l'instant du moins, vigoureusement – bien que Zuo Luo, lui, se doutât que quelque chose de ce genre eût pu se produire, même s'il ne s'expliquait pas vraiment comment, ni à vrai dire pourquoi. On ne sait pas encore quelle eût été la réaction de Menfei à une telle hypothèse, mais il est permis de supposer qu'elle n'eût pas été très différente de celle de Bec-de-canard.

Ce qui fut révélé aux trois hommes une fois qu'ils eurent pénétré chez les Springfield, que chacun eut repris ses esprits, que Menfei se fut platement excusé au nom de Bec-de-canard et eut justifié son comportement par la crainte qui l'avait saisi à l'idée de les voir tous trois menacés d'un revolver, argument un peu spécieux puisqu'au moment où Bec-de-canard s'était rué à l'intérieur, avait renversé Walter et l'avait plaqué au sol, il ne savait pas encore qu'un revolver se trouvait dans le tiroir que Walter s'apprêtait à ouvrir, mais peu importe, l'excuse fut acceptée avec quelques hochements de tête et sans le moindre commentaire – ce qui fut d'abord révélé aux trois hommes, c'est que Walter n'était pas chinois, mais que sa mère l'était, et que lorsqu'il était enfant, ainsi que pendant toute son adolescence, il parlait chinois avec elle. C'est donc ainsi qu'il avait compris les propos qu'avaient échangés Menfei, Zuo

Luo et Bec-de-canard et, pris de panique à l'idée de voir trois Chinois inconnus, peut-être des malfrats, des cambrioleurs, des assassins, qu'en savait-il, pénétrer de force chez lui, il s'était précipité vers le tiroir qu'il n'avait pas eu le temps d'ouvrir, Bec-de-canard se révélant, à la grande surprise de Zuo Luo, extrêmement efficace, rapide et précis sur le coup. Menfei avait fait mine de comprendre la réaction impulsive de Walter, utilisant pour l'occasion une moue de compassion douloureuse que Zuo Luo ne lui avait jamais vue. Bec-de-canard en se relevant s'était machinalement épousseté le tee-shirt, comme on voit certains héros le faire à leur veste dans certains films, et Zuo Luo n'avait rien dit, se contentant d'examiner les lieux d'un œil froid de saurien.

Une fois que Menfei eut répété qu'ils étaient, tous les trois, à la recherche de sa fille disparue depuis plus d'un mois, que la dernière fois que quelqu'un l'avait vue, un nommé McFlanagan qu'ils venaient de rencontrer, elle se dirigeait vers l'emplacement des mobile homes tout en parlant au téléphone avec un certain Wolf, une fois surtout que les Springfield comprirent que les trois Chinois ne leur voulaient aucun mal, encore que pour le plus silencieux des trois ils n'en sussent rien, car il était tout de même un peu perturbant, à promener partout son petit regard plissé sans bouger ni dire un mot, limite menaçant, pensait Winona qui s'efforçait de se concentrer sur la ronde et large figure de celui qui parlait anglais – non que l'autre n'eût pas lui aussi une figure large et ronde, mais l'anglophone l'avait encore plus large et plus ronde, et si une analogie devait être faite, ne pensèrent pas vraiment les Springfield, mais ils auraient pu, elle aurait été avec la lune pour l'un, le soleil pour l'autre, même si d'un certain point de vue cette analogie ne tenait pas la route puisqu'à l'œil humain soleil et lune sont d'une taille équivalente, mais chacun sait que, si l'on adopte une perspective non plus humaine mais astronomique, l'un est beaucoup plus gros que l'autre, d'où la recevabilité de l'analogie en question – une fois donc que tout fut apaisé, mentalement rangé et à peu près digéré, les Springfield se firent plus coopératifs, et parlèrent un peu.

Winsley les regardait de son regard fixe, mort et joyeux. Si un chien de plâtre de vingt-cinq centimètres de long pouvait partager les souvenirs de celui qu'il était censé représenter, ou évoquer, il se rappelait peut-être les jeux avec Wolf et Wanda lorsqu'ils étaient enfants, le sérieux avec lequel il les protégeait l'un et l'autre, la tendresse qu'ils se témoignaient mutuellement, et sa tristesse lorsque l'une avait quitté la maison, en 2014, pour aller vivre avec David, un grand échalas blond à dreadlocks, quelque part dans le Sud de la Californie, du côté de Salton Sea, l'autre un an plus tard à mi-chemin entre Las Vegas et là où vivait sa sœur, dans une caravane qu'il s'était payée avec ses jobs estivaux, et qu'il avait posée en plein désert, non loin d'un endroit nommé Bagdad, avait-il dit, mais ses parents pensaient qu'il avait inventé ça parce qu'il ne voulait pas qu'ils viennent lui rendre visite. Bagdad en Amérique, et puis quoi encore, avait dit Winona, et Walter avait approuvé en hochant la tête l'air accablé. Mais il y avait repensé quelques jours plus tard et avait dit à Winona Il y a bien ce film pourtant, *Bagdad Café*, non ? à la suite de quoi ils avaient vérifié sur Google et admis qu'il se pouvait bien en réalité qu'un tel endroit existât et que leur fils y eût installé sa caravane – non loin d'une source, avait dit Wolf, dans une zone difficilement accessible, quoique non interdite. Depuis ce double départ en tout cas, Winsley ne les avait plus vus ni l'un ni l'autre, et il était mort de vieillesse, doucement, entouré de l'affection des deux plus âgés de ses maîtres, mais pas de celle, plus exubérante et joyeuse, des deux plus jeunes. Un moucheron assommé par la climatisation vint se poser sur le museau légèrement empoussiéré de Winsley, et sombra dans un coma profond, assez similaire à celui de son support de plâtre.

À quelques centimètres de là, Winona expliquait plus ou moins la même chose aux trois Chinois, en évitant certains détails bien sûr, concernant Winsley notamment, et en précisant tout de suite qu'eux aussi étaient inquiets, car depuis presque deux mois, ainsi qu'ils l'avaient dit, ils n'avaient plus de nouvelles de Wolf, et d'ailleurs ils avaient fini par prévenir la police. L'avant-veille ils avaient eu la visite de deux inspecteurs à qui ils avaient déjà dit tout ça, voici leurs noms, avait dit Walter en sortant d'un autre tiroir, très lentement, sous l'œil noir et globuleux de Bec-de-canard, une carte "LAPD" avec indiqué *Nyyrikki Amburn, Police Officer*, et, ajouté à la main au-dessous, d'une écriture quasi enfantine, *Ragnvald Hollingsworth*. Winona avait indiqué qu'avant ça, Wolf passait à la maison de temps en temps, qu'il donnait des nouvelles régulièrement, qu'il était bien venu, en effet, vers le milieu du mois de mai, qu'il devait repartir dans sa caravane quelques jours plus tard, elle ne se rappelait plus quand exactement, mais que le départ avait été retardé pour des raisons qu'elle ignorait, des papiers à obtenir, un truc administratif, avait-elle évacué d'un geste de la main. Une amie à lui devait le rejoindre là-bas, avait-il dit, une jeune Chinoise dont Winona ne se rappelait pas le nom, à compter qu'elle l'eût jamais su. Yu, dit Menfei. Peut-être, dit Winona. À cette perspective Walter avait été heureux, il tenait à le dire, s'interposa-t-il soudain, car cela le rattachait d'une certaine manière à sa mère Bei, qui en arrivant aux États-Unis à l'âge de quinze ans avait été bizarrement rebaptisée Beverly, la grand-mère que ni Wolf ni Wanda n'avaient jamais connue puisqu'elle était morte en 1983, âgée d'à peine quarante-deux ans, d'un cancer du sein. Par politesse, Menfei demanda d'où était originaire la mère de Walter, et s'il s'était jamais rendu là-bas : elle avait grandi à Shibati, avait précisé Walter, la vieille ville de Chongqing, et non, il n'y était jamais allé, n'ayant d'ailleurs jamais quitté le sol américain, ni même de l'Ouest américain, ni même du sud de l'Ouest américain. Ni Menfei, ni Zuo Luo, ni Bec-de-canard ne connaissaient Chongqing, mais Zuo Luo avait entendu parler de Shibati, cette vieille ville immense et labyrinthique, étagée sur plusieurs niveaux reliés par un immense entrelacs d'escaliers, et totalement détruite pour être remplacée par un quartier d'affaires, ou commercial, ou les deux, et on avait relogé ses habitants, comme tous ceux de toutes les grandes villes chinoises dont les centres anciens avaient été détruits, en périphérie, entassés dans d'immenses et affligeantes tours de béton qui se succédaient sur des dizaines de kilomètres autour de cette ville dont la population et la superficie équivalaient à celle d'un petit pays européen, mettons l'Autriche. Mais finalement, avait repris Winona, en raison des deux ou trois jours de retard pris par Wolf, la jeune fille et lui s'étaient retrouvés ici, leur avait-il expliqué sur un mot qu'il leur avait laissé, et ils étaient repartis presque tout de suite vers sa caravane. Depuis, ils n'avaient plus de nouvelles. Ni Walter ni Winona cependant n'avaient vu la jeune fille, car tous deux étaient absents à ce moment-là, en visite dans la banlieue de Los Angeles chez la sœur de Winona, Sarah, et son mari John Edward, un parfait connard, pensa Walter, mais il ne le dit pas.

Parlez-moi un peu de Wolf, avait dit Menfei en tournant entre ses gros doigts boudinés la carte avec les deux noms. Où se trouve cette caravane exactement ?

2

IL N'Y A QUE DES SCÉNARIOS

Il était presque une heure. Menfei s'était endormi. Zuo Luo feuilletait son livre. Bec-de-canard regardait la télé sans la voir. La clim bourdonnait.

Cette Nyyrikki Machin, sur la carte de visite, c'est celle qu'on a vue aux infos l'autre jour, non ? dit Bec-de-canard en terminant sa bière.

Ça se pourrait, dit Zuo Luo.

J'en suis presque sûr. C'est pas vraiment fréquent, comme prénom. Et puis je crois que c'est le même nom.

Ouais, fit sobrement Zuo Luo.

Quelque chose le chiffonnait.

Leur télé est encore plus con que la nôtre, dit Bec-de-canard.

Zuo Luo termina lui aussi sa bière.

Bon, j'ai sommeil, dit-il.

Wenguang ?

Hm ?

C'est quoi ce livre ?

De la poésie classique. Chinoise. En bilingue anglais-chinois.

Et d'où tu sors ça ?

Un SDF dans le tunnel, tout à l'heure. Un vieux type, avec un chien. Il me l'a donné.

Bec-de-canard hocha la tête, épaté.

Un SDF amerloque qui te donne un livre de poésie chinoise. Ça non plus, c'est pas courant.

Il y eut un silence. Wenguang avait repris son livre. Bec-de-canard réfléchissait.

Il n'y a qu'à toi que ça arrive, ces choses-là, continua-t-il au bout de quelques minutes. Tu te souviens, à Zhongjiang ?

Non, quoi ?

Un soir, il faisait très sombre, on n'y voyait rien, on avait failli se casser la gueule dans les escaliers de la vieille ville, il n'y avait pas de lune, les chats hurlaient, ça puait la vieille urine et les légumes pourris, et il y avait cette vieille toute ratatinée qui se tenait près d'une porte entrouverte, tu te souviens pas ? On l'avait vue au dernier moment. Elle nous avait fait un signe de la main pour qu'on s'approche d'elle, elle t'avait touché le bras et t'avait dit que tu étais un personnage de roman, et que pour cette raison elle allait t'en offrir un. Elle était entrée dans un bouiboui pas possible, et en était ressortie avec un bouquin à la main.

Don Quichotte.

Voilà, le type avec les moulins, tout ça. Dingue, non ?

Zuo Luo hocha la tête.

Oui. C'est parce que lui aussi est accompagné d'un faire-valoir un peu ridicule. Un type plus petit, qui chevauche un mulet. Quichotte, c'est un cheval.

Ce qui est dingue, je veux dire, c'est qu'elle disait que tu étais un personnage de roman.

Ouais. De mauvais roman, je suis sûr. *Don Quichotte*, au moins, c'est bien.

Peut-être. Mais je voulais te demander…

Il baissa le ton. Menfei, cependant, ne semblait dérangé ni par les propos, tenus à voix assez basse il est vrai, qu'échangeaient les deux acolytes, ni par la télé qui dispensait son murmure électrique, ni par le bruit de la clim hydraulique, ni par le rêve érotique qu'il était en train de faire, dans lequel il suçait les énormes tétons d'une grosse Américaine vêtue de rose tandis qu'elle lui caressait les bourses en gémissant.

Ce que tu disais l'autre jour... Qu'on était peut-être dans la fiction d'un autre, qui lui-même était peut-être dans celle d'un troisième.

Hm ?

D'ailleurs, pas de raison que ça s'arrête à trois, si ?

Non.

Et ce livre écrit par je sais plus qui, dans lequel se trouvent tes aventures, avec ton nom et tout.

Ouais, bon.

Et cette vieille à Zhongjiang qui te dit que tu es un personnage de fiction.

Et alors ?

Et ce type avec son livre de poésie chinoise.

Bon, tu accouches, ou quoi ?

Bec-de-canard prit sa respiration, comme quelqu'un qui s'apprête à faire une importante déclaration.

Je me demandais : si c'était moi qui étais à l'origine de tout ça ?

Zuo Luo tourna la tête et le fixa d'un œil torve.

Qu'est-ce que tu racontes ?

Écoute... Mettons que, quelque part, dans ce qui est la *vraie* vie, ailleurs, il y ait un écrivain nommé Agvan Djordjé...

Zuo Luo se mit à rire en silence en secouant la tête. Ses épaules tressautèrent.

… un écrivain qui, donc, publie des livres. Dans un de ses livres, il y a un personnage qui est lui-même écrivain. Cet écrivain-là écrit l'histoire d'Agvan Djordjé et de celui qui se prend pour son maître, un détective privé nommé Zhu Wenguang, et qu'on surnomme Zuo Luo. Ce détective vit dans une double erreur, d'une part parce qu'il croit qu'il est le héros de sa propre histoire, d'autre part parce qu'il croit la vivre de son plein gré ; alors que c'est l'histoire d'Agvan Djordjé dit Bec-de-canard, pas celle de Zhu Wenguang dit Zuo Luo, et qu'elle est écrite par quelqu'un d'autre. C'est ce qu'a bien compris la vieille de Zhongjiang : le personnage de fiction, c'est toi, pas moi. Moi je suis l'auteur de la fiction. Il y a une policière américaine : tiens, ça alors, comme c'est bizarre, elle porte le nom du café où on va ensemble à Guangzhou. Et le vieux dans le tunnel, pareil : comme par hasard il avait un livre de poésie chinoise, dis donc. Et en bilingue, tiens, pile pour pouvoir le donner à un Chinois qui passerait par là, au cas où. Et pourquoi d'après toi ? Parce que je lis, apprécie et connais très bien la poésie des Tang, des Yuan et des Song, voilà pourquoi.

Zuo Luo soupira et se retourna.

Des fois, t'es vraiment trop con, dit-il. Allez, il faut dormir. Demain on a de la route.

Il n'y a pas de hasard, il n'y a que des scénarios, dit Bec-de-canard.

Ouais. Éteins la télé, en attendant.

Bec-de-canard se redressa sur son lit, vexé.

Non mais sérieux : c'est pas mal, non ? C'est au moins aussi bien que tes histoires de prêtre taoïste ou chrétien gnomique ou je sais pas quoi.

Gnostique.

Oui, bon.

Mais ça marche pas, ton truc.

Et pourquoi pas ?

Parce que si c'était toi l'auteur, tu connaîtrais le nom de l'écrivain qui écrit notre histoire, puisque tu l'aurais inventé. Or, même si je te l'ai déjà dit, tu n'es pas fichu de te souvenir de son nom, je parie.

N'importe quoi.

Dis-le, pour voir.

Bec-de-canard grogna, mais resta coi.

Chen Wanglin, dit Zuo Luo. Moi je sais. Allez, bonne nuit.

Tu fais chier, tiens.

Zuo Luo se ravisa. Il comprit que Bec-de-canard désirait une approbation. Certes il sentait bien, depuis quelque temps, qu'il s'émancipait de lui dans ses paroles et ses actions, mais pas suffisamment pour ne pas chercher sans cesse son regard, ses commentaires et, de façon générale, son aval. Peut-être cette lente émancipation était-elle inévitable : cela faisait dix ans qu'ils travaillaient ensemble, et que Zuo Luo le maintenait sous sa coupe. Djordjé ne pouvait pas toujours rester à son égard dans un état de dépendance admirative. Il progressait. Il lisait. Il cherchait à s'instruire, à s'améliorer. Il devenait plus malin, plus autonome. La manière dont il s'était rué à l'intérieur du mobile home des Springfield par exemple. Il y a deux ou trois ans, jamais il n'aurait pris de lui-même cette initiative. Il aurait attendu que Zuo Luo le fasse, ou lui dise de le faire. Plus autonome, et plus violent aussi.

Bon, c'est pas mal, admit Zuo Luo. Ta théorie est bien trouvée, c'est vrai. J'avais oublié la vieille de Zhongjiang. Mais le prénom de Nyyrikki et les poètes des Tang, je les connais aussi bien que toi : ça ne marche pas comme preuve.

Il ne se retourna pas, et ne vit pas le sourire sur le visage de Bec-de-canard. Au fond de lui cependant quelque chose continuait de le chiffonner. Ça n'était pas très clair, cette histoire de scénarios. Mais ce n'était pas uniquement ça qui le chiffonnait. Bec-de-canard éteignit la télé.

3

TOUTES SORTES D'OISEAUX MIGRATEURS

Je quitte à l'aube la cité de Baidi, dans les nuées colorées,
Un jour suffira pour parcourir les mille lieues jusqu'à Jiangling.
Sur les deux berges, les cris des singes ne cessent de retentir,
Mon frêle esquif a déjà passé les monts tourmentés.

Li Bai ? dit Zuo Luo.

Himself, dit Bec-de-canard.

Il était d'humeur badine.

Menfei, moins.

Vous êtes poètes, maintenant ? grogna-t-il.

Mille naissances, dix mille morts, en tout combien de vies ?
Vivre et mourir, aller et venir, tournant d'illusions en aveuglement.

Bai Juyi ? dit Bec-de-canard.

Han Shan, dit Zuo Luo.

Ils roulaient en direction du sud-est. Menfei au volant, Wenguang à ses côtés, Bec-de-canard à l'arrière. Le grand drap ocre du désert de Mojave s'étalait à perte de vue autour d'eux.

Pour les singes sur les rives, en tout cas, vous repasserez, continua à bougonner Menfei. Ils mourraient tous de soif. Pas l'ombre d'un ruisseau par ici. Putain, c'est plus sec que les cuisses de ma grand-mère.

C'est bizarre, quand même, ce pays, dit Bec-de-canard. Tout est clair, vide, propre et plat.

Zuo Luo hocha la tête. Bec-de-canard le nota et en fut satisfait.

Géométrique, continua-t-il. Rangé, ordonné. Même les villes. Même les trottoirs des villes. Même les restaurants, les motels, les centres commerciaux. Chez nous, je sais pas, il y a des ombres, des odeurs, du bruit. Du mystère, des recoins. Ça fourmille davantage, la lumière est moins sèche, plus opaque. On devine davantage qu'on ne montre, tout n'est pas livré tout de suite. Ici, tout est transparent, net, et vous saute à la figure en un rien de temps.

Il se tut, et remarqua avec un surcroît de satisfaction que Zuo Luo hochait de nouveau la tête. De fait, celui-ci approuvait. Il se disait que, même s'il n'établissait ses rapides et discutables conclusions qu'à partir d'une portion infime du territoire américain, son acolyte n'avait peut-être pas tout à fait tort. Quelque chose en tout cas lui semblait toucher juste. Cette transparence, ce contact direct, brut, violent, mais d'une violence courtoise. Même dans les rapports avec des inconnus : leur façon de s'avancer vers vous main grande ouverte en souriant comme si vous étiez leur vieux pote. Ils ne vous laissaient pas le choix. Quelque chose d'à la fois implacable et amical. Rien de ce à quoi ils étaient habitués. Même pour lui, qui pourtant avait déjà mis les pieds dans ce pays – mais c'était à New York, et cela n'avait rien à voir.

On n'est pas chez nous, dit-il. Faut t'y faire.

Même moi je me sens pas chez moi ici, dit Menfei.

C'était le milieu de l'après-midi. Ils roulaient en direction de Salton Sea, un grand lac salé qui s'était formé accidentellement soixante-dix ans plus tôt, après la rupture d'un barrage sur le Colorado. Il avait été alimenté ensuite par les eaux des bassins d'irrigation tout autour, était vite devenu un lieu de villégiature très prisé des stars hollywoodiennes en raison de ses grandes plages dorées et de son ensoleillement permanent, et de ce fait avait attiré de nombreux vacanciers, investisseurs et autres promoteurs immobiliers, si bien que des campings, des hôtels, des villages de vacances et des colonies de mobile homes avaient champignonné tout autour, qu'on y avait introduit des poissons, lesquels avaient attiré toutes sortes d'oiseaux migrateurs, et tout ceci, associé à la présence occasionnelle et excitante des stars, créait une petite vie froufroutante, joyeuse, insouciante et fort plaisante aux yeux des vacanciers qui faisaient du ski nautique ou se pavanaient sur les plages et dans les casinos construits à la va-vite dans d'éphémères bourgades baptisées Bombay Beach, Salton City ou North Shore. Mais arriva un jour où les eaux se mirent à s'évaporer, la salinité du lac à augmenter, ainsi que son taux de pollution, car les eaux d'écoulement des cultures alentour ne cessaient, elles, de s'y déverser, et cette évaporation renforçait la salinité qui augmentait l'évaporation qui accroissait le taux de pollution, jusqu'à ce que, petit à petit, les poissons disparussent, les oiseaux ne vinssent plus égayer de leurs vols chaloupés les rivages bleutés, les stars préférassent aller voir ailleurs, les vacanciers quittassent eux aussi les lieux, les hôtels se vidassent, les parcs à mobile homes se trouvassent désertés, abandonnés, bientôt déglingués, et le grand lac salé, naguère couru de tous, se muât en un grand lac mort, peuplé uniquement des plus résistants des poissons qui avaient pu y survivre, une sous-espèce de tilapias, qui par ailleurs sont ceux que Jésus avait jadis multipliés, mais cela, aucun des trois protagonistes de cette histoire ne le savait – et l'un d'eux l'eût-il su que cela ne lui eût fait ni chaud ni froid, même si un peu de fraîcheur, en cette occasion, eût été rien moins qu'appréciable. Pour l'histoire du lac en revanche ils étaient au courant, car les Springfield la leur avaient sommairement racontée. Il se trouvait en effet que leur fille, Wanda, vivait avec son grand échalas blond à dreadlocks dans une communauté vaguement hippie, ou anarcho-libertaire, établie à Slab City, “le dernier endroit libre des États-Unis”, avait dit Wanda à ses parents sur un ton très militant – un ensemble un peu foutraque de caravanes, tentes, voitures et minibus réaménagés en mobile homes sans eau ni électricité tout près de Salton Sea, abritant une communauté fonctionnant sur la base de l'entraide, sans argent ni propriété privée. Peut-être, avait dit Winona Springfield, Wanda pourra-t-elle vous donner des nouvelles récentes de Wolf, quant à nous, nous n'en avons plus : sa caravane est quelque part dans le désert, près de cet endroit nommé Bagdad où nous ne sommes jamais allés. Si vous la trouvez, et s'il n'y est pas, peut-être Wanda pourra vous renseigner. Mais s'il vous plaît, messieurs, tenez-nous au courant, car cela fait quelque temps que Wanda ne répond plus elle non plus à nos messages, avait dit Winona en glissant dans la main de Menfei un bout de papier avec leurs noms et adresses griffonnés, et Menfei, s'avisant que la main de Winona était extrêmement douce et s'attardait un peu dans la sienne, lançait sans le savoir les prémices de son rêve érotique du soir, tandis que Walter répétait la même chose que sa femme en un chinois appliqué et laborieux, ce qui avait suscité un regard interrogatif de la part de son imposante épouse toute de rose vêtue, et un sourire compassionnel de la part de Menfei. Zuo Luo et Bec-de-canard, eux, avaient simplement eu l'air étonné. Bec-de-canard cependant avait hoché la tête, comme gêné, en signe d'excuse pour la brutalité de son comportement quelques minutes plus tôt.

En début d'après-midi ils étaient arrivés à Bagdad. Mais Bagdad, en fait, n'existait pas vraiment – c'était un village fantôme. Il n'y avait rien. Rien du tout. La carte routière et le GPS étaient formels, mais il n'y avait rien. Toujours la même ligne droite interminable qui traversait la même étendue de désert ocre, plate et tremblotante sous les mêmes crocs acérés du même imperturbable soleil. Ah si, une sorte de piste sur la gauche. Mais qui ne menait vers rien qui se pût discerner. Quelques buissons, une faible colline au loin, très loin.

Qu'est-ce que c'est que ce bordel, dit Menfei.

En tout cas le nom est bien trouvé, dit Zuo Luo.

Quel nom ? demanda Bec-de-canard.

Bagdad. Du désert, de la poussière et plus rien. Comme en Irak après le passage des Américains. Prends la piste, pour vérifier.

Ils suivirent la piste sur quelques kilomètres, sans rien voir d'autre que les mêmes roches, les mêmes buissons, les mêmes arbustes et la même poussière. Ils s'apprêtaient à faire demi-tour lorsque Zuo Luo discerna, au loin, ce qui semblait être un léger promontoire avec un grand arbre à côté duquel une forme géométrique se devinait. Ils s'approchèrent, et la forme géométrique devint peu à peu une cabane, qui se révéla à eux dans un tourbillon de poussière. Une vieille décharnée était assise à l'ombre de l'arbre. Il a bien du mérite de pousser là, pensa Zuo Luo.

Bien vu, le renard, dit la vieille.

Mais nul ne l'entendit.

Elle les regardait arriver, immobile, courbée, vêtue de noir, mâchonnant ses gencives. Les trois hommes, sortis un peu trop vite de la voiture, se mirent à tituber sous le poids de la fournaise qui s'était abattue sur leurs épaules. Ils considérèrent la faible déclivité du pierrier, et entreprirent de le gravir. Une fois arrivés, ils se postèrent face à la vieille, qui ne broncha pas, se contentant de mâchonner. Menfei murmura :

Vous faites chier à pas parler anglais, bon sang, c'est toujours à moi de causer.

Puis il se racla la gorge.

Bonjour madame, articula-t-il.

Voilà encore, dit la vieille en faisant un signe de la main vers l'ouest.

Bec-de-canard écarquilla les yeux.

Vous avez entendu ça ?

Oui, dit Zuo Luo.

Elle parle chinois, dis donc. Mal, mais chinois.

Vous… parlez chinois ? continua Menfei.

Le loup, donc, répondit la vieille en chinois. Là-bas dedans, poursuivit-elle en anglais. Et deux autres, mais non, termina-t-elle en chinois.

Et elle se mit à rire.

C'est quoi ce truc ? fit Bec-de-canard. Une caméra cachée ? Une attraction pour les touristes chinois ? doit pourtant pas y en avoir des masses par ici.

Betelgeuse a chanté avant.

Les trois se regardèrent d'un air interrogateur.

C'est une étoile, dit Zuo Luo.

Quoi ?

Betelgeuse. C'est le nom d'une étoile.

Petite-fille. Va bientôt.

Menfei se racla la gorge.

Betelgeuse est votre petite-fille et elle va bientôt arriver ?

La vieille hocha la tête avec un grand sourire édenté.

On s'en fout, pensa Bec-de-canard.

Elle le fixa et cracha par terre. Un long jet noir, très liquide. Bec-de-canard eut un mouvement de recul.

Bien, bien… reprit Menfei. Nous… cherchons un nommé Wolf Springfield qui vit dans une caravane pas loin d'ici. Vous savez où nous pouvons le trouver ?

La vieille fit le même geste que précédemment, indiquant la même direction. Elle répéta, en chinois :

A dit.

Puis elle se remit à mâchonner consciencieusement ses gencives, sans paraître prêter davantage attention aux trois hommes.

Je suppose que c'est par là-bas, dit Menfei. Au revoir, madame.

La vieille ne répondit rien.

Qu'est-ce que c'est que ce bordel ? répéta Bec-de-canard. Une vieille à moitié morte qui parle chinois en plein désert américain.

La vieille se mit à rire.

À moitié ! Ah ah ! Canard !

Puis elle cracha à nouveau. Bec-de-canard eut un peu peur. Si c'était une sorcière ?

Allons-y, dit Menfei.

Dix minutes après, ils faisaient le tour d'une caravane abandonnée, couverte de sable et de poussière. Manifestement, personne n'y avait mis les pieds depuis des mois. La porte était ouverte. Il n'y avait rien, ou pas grand-chose. Ça puait la poubelle et les vieux vêtements. De fait il y avait une poubelle moisie, et quelques tee-shirts, shorts, chaussettes et pantalons de jogging sales éparpillés au sol, devant ce qui avait fait office de lit. Pour le reste, elle avait été totalement vidée.

Tu crois que c'est la sienne ? dit Bec-de-canard.

Zuo Luo eut une moue dubitative.

Une caravane dans un endroit aussi paumé qui porte ce nom-là, il doit pas y en avoir des masses.

Pas un indice, rien, putain ! dit Menfei en tapant sur la petite table en vieux contreplaqué.

Une boîte d'allumettes presque vide et un gobelet en plastique fendillé firent un bond et chutèrent au sol. Une balle de tennis roula sous le lit. Une araignée qui avait filé sa toile non loin se précipita loin du cataclysme.

Merde ! cria à nouveau Menfei en tapant du pied.

Une gerboise qui, depuis leur arrivée, examinait les trois hommes dont les silhouettes se détachaient parfois à travers le hublot eut un petit mouvement de recul.

Je sors, dit Bec-de-canard. Il doit faire 50 degrés ici.

La gerboise se faufila derrière un arbuste sec et observa l'homme qui descendait de la caravane. Elle tremblait un peu. C'était très excitant, et aussi un peu effrayant, tous ces événements.

C'est bien lui, dit Zuo Luo.

Quoi ?

Wolf. C'est chez lui.

Il tendit à Menfei un short tout pourri, sur lequel avait été cousue une étiquette à son nom.

Il met son nom sur ses habits ? murmura Menfei. Il est complètement givré, ce type. Déjà, pour vivre là…

Peut-être sa mère, quand il était au lycée…

Ouais, ben c'est pas mieux. Ses potes devaient se foutre de lui.

Ils firent le tour, soulevèrent tout ce qu'il y avait d'habits, papiers, cartons et plastiques accumulés par terre et sur le lit, mais ne trouvèrent rien qui indiquât que Zhu Yu eût pu, à un quelconque moment, se trouver ici.

Ils sortirent. Bec-de-canard fumait à l'ombre chaude d'un arbuste. La gerboise se tapit au sol. Non loin d'elle, un gecko regardait les trois hommes, impassible. Son petit cœur, pourtant, battait très vite.

Let's go, dit Menfei.

Ils repartirent dans un nuage de poussière ocre, repassèrent devant la cabane de la vieille qui n'était plus là, sans doute y était-elle rentrée, et rejoignirent la longue, monotone, sèche, pénible, chaude, interminable route goudronnée, rectiligne, ondulée, fissurée, empoussiérée, qui filait vers le sud-est.

À présent ils faisaient route vers le grand lac mort, sur les rives duquel ils arriveraient le soir. Ils avaient réservé un hôtel tout près, dans la petite ville de Calipatria, et se rendraient à Slab City le lendemain.

4

DEUX SEAUX DE PISSE D'ÂNE

Zuo Luo broyait du noir. Quelque chose le chiffonnait, et ce n'était pas cette plaisanterie récurrente sur un hypothétique narrateur de sa propre histoire qui occuperait un autre plan de la réalité – qu'il s'agît d'un Pékinois inconnu ou d'un avatar de son acolyte. Non, c'était quelque chose d'autre.

Menfei, dit-il.

Ils avaient longé les rives désertes du grand lac mort, étaient passés par des villes fantômes aux architectures rongées, aux pavillons abandonnés, aux mobile homes déglingués, sauf de temps en temps un ou deux devant lesquels était fiché un drapeau américain, garé un vieux pickup, s'amassaient des fatras de chaises en plastique, vélos cabossés, jouets, vieux frigos, meubles en attente de décharge, qui témoignaient d'une présence humaine éparpillée, d'une petite vie qui tant bien que mal se poursuivait là, loin de tout, le plus souvent dans une sorte de dénuement sec, républicain et surendetté. En fin de journée ils étaient arrivés à l'hôtel Pegasus de Calipatria, une ville à peine plus peuplée, semblait-il, à peine plus vivante, plus accueillante, que celles qu'ils avaient longées, avaient passé une heure dans la chambre à trois lits qu'ils avaient réservée, chacun allongé sur le sien à fixer le plafond, lire des poètes d'il y avait douze siècles, ou faire défiler sur son portable toutes sortes d'informations inutiles. Plus tard Menfei et Zuo Luo étaient descendus et s'étaient affalés dans les vastes fauteuils en faux cuir du bar. Le soleil était tombé, la clim fonctionnait, il faisait enfin à peu près frais. L'hôtel semblait désert. Ils en étaient à leur deuxième bière. Bec-de-canard était resté dans la chambre : il y avait un tournoi de sumo sur une chaîne sportive. Ça vaut pas le *bökh*, avait-il dit à Zuo Luo, c'est même assez nul, mais c'est toujours mieux que leurs putains d'arts martiaux. Ou que leur boxe – quel sport de gros bourrins. Zuo Luo n'avait rien dit, n'ayant pas une opinion bien arrêtée sur ces sujets.

Menfei leva les yeux de l'écran de son portable.

Hm ?

Cousin, quelque chose ne va pas.

Comment ça ?

De la part de Zuo Luo, ce type d'entrée en matière était assez surprenant. Menfei n'avait pas l'habitude. Personne n'en avait l'habitude, pas même Zuo Luo.

Je ne sers à rien.

Qu'est-ce que tu racontes ?

C'est la vérité. Je ne sers à rien.

Menfei posa son téléphone sur la table devant eux.

Explique, dit-il.

Zuo Luo soupira. Les confidences, les états d'âme, ce n'était pas son fort.

Que je sois là ou pas, dit-il, qu'est-ce que ça change ?

Maladroitement exprimé, se dit-il aussitôt. Menfei pouvait penser que la phrase qu'il venait de prononcer avait une portée universelle, et en déduire qu'il était en train de traverser une grave crise existentielle, voire un début de dépression, alors qu'il ne s'agissait, en l'occurrence, que d'une constatation factuelle. Zuo Luo, pourtant, était de façon générale loin d'être épargné par les questionnements métaphysiques sur le sens profond de la vie, persuadé qu'il était de l'illusion du moi, de l'individualité, du temps, et de la réalité en général. Mais là, ce n'était pas ça. Ou alors par la bande, de manière accessoire.

Aussi se reprit-il instantanément.

Dans l'affaire qui nous anime, je veux dire. Là, tout de suite. Pas en général : là, tout de suite. Je ne sers à rien.

Je ne comprends pas.

Menfei, pourtant, saisissait à peu près ce que voulait dire son cousin.

Depuis qu'on a quitté Las Vegas, reprit Zuo Luo, que j'aie été là ou pas, cela n'aurait rien changé. Tu aurais très bien pu aller poser tout seul tes questions à McFlanagan, puis aux Springfield, puis à la vieille de Bagdad, puis te retrouver ici, dans ce même hôtel, en attendant d'aller demain tenter de trouver la sœur de Springfield, et peut-être Wolf lui-même, afin de savoir, peut-être, ce qu'il est advenu de ta fille.

Il s'interrompit, comme épuisé d'avoir tant parlé en continu.

Bref, conclut-il, si je n'avais pas été là, cela n'aurait rien changé pour toi. Je ne sers à rien.

Menfei soupira.

Pas d'accord, dit-il.

Il cherchait des arguments.

D'abord, continua-t-il, les choses ne se font pas de la même manière si on est seul ou à deux. Ou à trois, ajouta-t-il en pensant à Bec-de-canard. Le dimanche à la maison par exemple : si j'ai du bricolage à faire et que je suis seul, je ne le fais pas. Je préfère rester dans mon fauteuil à regarder des conneries à la télévision. Mais si ma femme est là, le simple fait qu'elle soit à mes côtés m'encourage, et me pousse à m'activer, même si elle ne m'aide pas, vu qu'elle ne sait rien faire de ses dix doigts. Mais sa présence m'est indispensable. Sans elle, je ne ferais rien. Sans toi, je ne serais jamais venu ici. Je serais resté à New York à me morfondre.

Hm, fit Zuo Luo.

Et puis même. Regarde : mettons que j'aie été seul, et que j'aie quand même pris l'avion de New York jusqu'à Las Vegas. J'aurais interrogé le SDF. Et ça se serait arrêté là.

Comment ça ?

Ben, McFlanagan s'est souvenu soudain que Yu avait parlé à un nommé Wolf au téléphone. Et pourquoi s'en est-il soudain souvenu ? Parce que je lui ai parlé de toi, du renard de ton nom, et que par association d'idées ce renard de ton nom lui a fait penser au loup de celui du fils Springfield. Tu as donc été indispensable à l'enquête. CQFD.

Zuo Luo n'était pas convaincu.

Mouais, fit-il. Tu aurais pu parler de moi sans que je sois là.

Je ne crois pas. Pourquoi l'aurais-je fait ? Mais d'accord. Admettons que, pour une raison ou une autre, McFlanagan se soit tout de même souvenu du nom de Wolf. Je me serais pointé chez les Springfield. J'aurais parlé à la femme. Elle ne m'aurait pas laissé entrer, et je serais reparti sans rien. Là, il s'est passé quoi ?

Il s'est passé que Bec-de-canard a forcé l'entrée. C'est lui qui a été décisif, pas moi.

Il a forcé l'entrée pourquoi ? Parce que le type a bougé. Et pourquoi a-t-il bougé ? Parce qu'il comprenait le chinois et qu'il t'avait entendu dire qu'on n'avait qu'à entrer de force. Il a eu peur, il est allé ouvrir un tiroir, Bec-de-canard l'a vu et s'est précipité sur lui. Sans toi, rien de tout cela ne se serait produit.

Zuo Luo soupira.

C'est l'effet papillon, dit Menfei. Tu n'es plus un renard, tu es un papillon. Pas celui de Zhuangzi, mais un papillon dont le simple battement d'ailes suffit à modifier la réalité. À la créer, même. Pour toutes ces raisons, tu as été indispensable au bon déroulement de notre enquête. C'est grâce à toi et à toi seul qu'on est ici. Sans toi, déjà je ne serais peut-être pas venu à Las Vegas. Et si j'étais tout de même venu, je serais peut-être reparti après avoir causé avec le SDF. Ou après avoir sonné chez les Springfield.

Hm, grogna Zuo Luo. On n'a pas sonné : on a frappé à la porte.

En réalité, ignora Menfei, c'est le manque d'action qui te fait réagir ainsi. Tu n'interviens pas directement, c'est ça ton problème. Tu n'interroges personne, ne files personne, ne cognes personne, tu as l'impression de ne rien faire. Mais c'est faux. Tu interviens dans l'ombre, dans le secret. Comme quand tu étais gamin. Tu te souviens, au village ? La bande de Zhang Fan ?

Zuo Luo se souvenait.

Zhang Fan était le fils du tonnelier, un sale gosse hypocrite et violent qui avait enrôlé quatre autres gamins du village avec lesquels il prenait un malin plaisir à torturer les animaux, provoquer les adultes, tourmenter les jeunes filles et faire punir, ou cogner eux-mêmes sans raison, les trois cousins, Zhu Wenguang, Zhu Wong et Zhu Menfei. Wenguang était le plus jeune, Wong le plus âgé, et Menfei le plus costaud. Mais costaud, le trio ne l'était collectivement pas assez pour faire face à la bande de Zhang Fan, dont trois membres sur cinq étaient plus âgés que Wong et plus costauds que Menfei. Les parents, bien qu'il ne leur échappât pas que Zhang Fan et sa bande étaient de sales gosses, ne se mêlaient pas de ces histoires de gamins. Un jour Menfei avait eu une idée. Ils avaient passé des heures à remplir deux seaux de pisse d'âne, de cochon et de cheval, et un peu de la leur, avaient attendu la nuit, s'étaient glissés près de la maison de la famille Zhang, avaient ouvert doucement la fenêtre de la chambre de Zhang Fan, avaient soudain vidé les deux seaux sur le lit de Fan qui se trouvait exactement au-dessous, et étaient repartis en courant. Personne ne les avait vus, mais par la suite Menfei et ses cousins se bouchaient le nez en riant chaque fois qu'ils croisaient Zhang Fan, et celui-ci avait cessé de les tourmenter.

Mais je ne vois pas le rapport, dit Zuo Luo.

Qui avait eu l'idée de remplir les seaux de pisse ?

Toi.

Qui les avait transportés ?

Wong et toi.

Et qui les avait vidés sur la tête de Zhang Fan ?

Pareil, Wong et toi.

Toi, qu'avais-tu fait ?

Ben rien. Je vous avais suivis, c'est tout.

Oui, et tu nous encourageais du geste et du regard. Déjà, ce n'était pas rien, car on avait un peu peur, Wong et moi. Ensuite, tu avais ouvert doucement la fenêtre. Ça, à la limite on aurait pu le faire en posant les seaux au sol. Mais surtout tu avais tenu la brouette. Tu te souviens de la brouette ? La fenêtre était un peu surélevée, et on devait se tenir en équilibre sur une brouette, les seaux à la main, prêts à agir tout de suite. Les seaux étaient lourds, on n'aurait jamais pu les hisser sur le rebord de la fenêtre sans ça, et comme on voulait les vider simultanément pour se barrer vite fait ensuite, il fallait une troisième personne pour tenir la brouette pendant que nous les vidions. Bref, tu n'avais rien fait, mais ta présence avait été indispensable à l'action. Comme aujourd'hui.

Zuo Luo eut une moue peu convaincue. Puis il se mit à rire doucement. Cette histoire de seaux de pisse d'âne, de cheval et de cochon sur la tête du pauvre Zhang Fan l'amusait toujours. C'était le bon temps, se disait-il. Par la suite, cette insouciance gamine avait disparu. D'abord, Menfei avait déménagé avec ses parents. Ensuite, Wong était mort dans le puits. Et puis il y avait eu la Révolution culturelle, et presque toute la famille Zhang avait été exécutée lors de journées d'émeutes. Seuls Fan et sa sœur Leyun, que Wenguang aimait bien, avaient été épargnés et étaient allés vivre à Guangzhou chez leur tante. Quarante ans après, Zuo Luo retrouverait Zhang Leyun, qui entre-temps avait eu une fille, Yokō, avec un malfrat japonais, mais c'est une autre histoire, dont il sera peut-être question plus loin, si le développement de celle-ci le permet. Et Leyun serait éperdue de reconnaissance à l'égard de Zuo Luo, grâce à qui elle avait pu retrouver ladite fille, mais c'est aussi une autre histoire. Quant à

Zhang Fan, il était devenu un prospère homme d'affaires qui travaillait avec le gouvernement pour une société de surveillance électronique. Lorsque Leyun lui avait appris ça, Zuo Luo n'avait rien répondu, se contentant de regarder ses chaussures en grommelant quelque chose, qu'il avait gardé pour lui. Dès le début, s'était-il dit alors, c'était de la mauvaise graine. Rien de bon, jamais, n'aurait pu être tiré de ce type. Sans compter qu'il devait toujours sentir la pisse, avait-il ajouté, et cela l'avait fait rire intérieurement.

Histoire de Chen Wanglin,
auteur réticent et enquêteur perplexe

7
Ça sentait un peu le rat

C'est bien beau, vos histoires indiennes, avait dit Ba Yu, mais ne vous écartez pas trop de la ligne que je vous ai fixée tout de même. Monsieur le directeur, avait répliqué Wanglin, c'est précisément en m'en écartant que j'ai pu obtenir d'autres contacts. Qui ne vous ont rien apporté, avait dit Ba Yu. Pour l'instant, avait rétorqué Wanglin. Vous avez sans doute entendu parler de l'effet papillon ? Ou de la stratégie du détour ? Non, avait dit Ba Yu, qu'est-ce que c'est que ces salades ? Vous avez lu Sun Tzu ? avait insisté Wanglin. Mais non !, avait répliqué Ba Yu, qu'est-ce que vous avez avec vos questions ? Vous devriez, avait dit Wanglin, on le lit beaucoup, je crois, dans les écoles de management : la ruse plutôt que la force, le contournement plutôt que l'affrontement, le triomphe du détour, de la ligne courbe, de la sinuosité. Pas besoin de lire Sun Tzu pour ça, avait dit Ba Yu, il suffit d'être chinois, comme vous et moi. Peut-être, avait dit Wanglin, c'est pourquoi les renseignements qui arrivent par des voies parallèles et imprévues ne sont pas à négliger. Et puis quelqu'un m'a dit un jour qu'il valait mieux allumer une bougie que maudire l'obscurité, non ? Ba Yu avait émis une sorte de grognement, que Wanglin interpréta comme vaguement approbateur. Demain je vais voir l'autre personne que vous m'avez indiquée, avait-il poursuivi, et celle dont j'ai eu l'adresse par Orson Wells. Par qui ? avait demandé Ba Yu. C'est le nom de mon informateur indien, avait répondu Wanglin, et en prononçant ces mots il avait eu le sentiment d'être devenu un personnage de polar. Orson Welles ? avait répété Ba Yu, incrédule, vous vous fichez de moi ? Non non, je vous jure, c'est son nom. Je vous laisse, il est tard ici. Je vous rappelle bientôt. Et il avait raccroché. Puis s'était mis au lit, avait lu quelques pages de son livre sur les univers parallèles, et s'était endormi.

Au matin Xuechen avait répondu à Wanglin, dans le style lapidaire et résolument non empathique qui la caractérisait.

Grand frère je suis parfaitement au courant pour les baijis. Tu sembles oublier que je fais partie depuis dix ans de la Fondation chinoise pour la protection des animaux et que, outre les combats que nous menons pour améliorer la condition des animaux domestiques, nous nous préoccupons aussi de la faune sauvage et nous battons aussi bien pour l'adoption d'une loi sur la consommation de viande de chien que sur la protection animale en général. Hélas pour les baijis, la Fondation a été créée après leur disparition. Une amie envisage d'écrire une biographie de Lü Bicheng, une féministe qui militait dans les années 1930 pour que soit créée en Chine une association pour la défense des animaux. Voilà. À part ça, j'espère que ça va pour toi à Paris. À plus

Xuechen

Encore ensommeillé, Wanglin lui répondit.

Petite sœur, je suis heureux et presque surpris de constater que tes centres d'intérêt ne se limitent pas à George Eliot, Jane Austen et les mathématiques pures. Pour la Fondation, j'étais au courant, même si je ne te savais pas si engagée – mais une féministe, même chinoise, j'avoue que c'est nouveau. Tout va bien ici, pour toi aussi j'espère. Je t'embrasse et t'envoie un poème de Bai Juyi

Qui a dit que la vie des animaux valait moins ?
Comme nous ils sont faits de chair et d'os.
Ne tirez pas sur les oiseaux dans les arbres
Car les jeunes attendent le retour de leur mère.

Le matin était ensoleillé, et la diminution drastique du nombre de moineaux parisiens, dont trois sur quatre avaient disparu en quinze ans, avait-il lu quelque part, ne semblait pas avoir eu une quelconque influence sur le raffut qu'ils faisaient dans les arbres du boulevard Raspail. "Au printemps le sommeil cesse dès l'aurore / Partout se font ouïr les gazouillis d'oiseaux", récita intérieurement Wanglin. Tout en se félicitant de la pérennité apparente – mais pour combien de temps encore ? – de ces vers de Meng Haoran vieux de treize siècles, et appris à l'école dans ses jeunes années, il décida de retourner à l'Alliance, où il tenta d'obtenir à nouveau, mais sans succès, quelques renseignements sur Meijie

– ce n'était pas la même personne à l'accueil, ça valait peut-être la peine, s'était-il dit –, mais aussi cette fois sur Wang Bo, son petit ami. Il n'apprit rien de précis non plus, juste son adresse en Chine, ou plutôt celle de ses parents, à Dali, dans le Yunnan. Il ressortit bredouille, comme précédemment.

L'adresse que lui avait donnée le père Wells se situait tout près de l'endroit où il avait dîné la veille avec les Ménard. Il n'en avait d'ailleurs pas fini avec eux, du moins avec Alain-Pierre : il serait à Marseille pour un colloque en même temps que Wanglin, avait-il appris, et ils étaient convenus de s'y retrouver un midi pour déjeuner.

Il décida de marcher. Les métros puent, les bus sont tributaires des embouteillages et parfois bondés, il fait beau, les oiseaux chantent, la marche est de loin le meilleur moyen de s'inscrire dans les lieux, et Paris, somme toute, est une petite ville – voilà ce qu'il se disait. C'était d'ailleurs une des choses qui le surprenait le plus : tout ou presque ici pouvait se faire à pied. L'agglomération dans son ensemble avait beau être relativement grande et peuplée, quoique deux fois moins peuplée que celles de Pékin ou Shanghai, et trois fois moins que celle de Chongqing, la ville elle-même n'était pas plus grande que l'hypercentre pékinois. Avec ses cent kilomètres carrés et deux millions d'habitants, ainsi qu'il l'avait lu quelque part, elle serait à peu près à la quarantième place en Chine. En fait c'était assez pratique, pour peu qu'on aime marcher.

Donc il fit du tourisme. Passa par le jardin du Luxembourg, le Panthéon, les arènes de Lutèce, le Jardin des plantes, fit une halte à la galerie de l'Évolution et rejoignit le pont d'Austerlitz. Il était onze heures lorsqu'il atteignit la Bastille, puis la rue du Faubourg-Saint-Antoine, qu'il remonta jusqu'au numéro que lui avait indiqué Orson Wells. Une vaste porte cochère s'ouvrait sur une voie pavée qui s'enfonçait entre les immeubles sur une cinquantaine de mètres et donnait sur une petite place fermée, entourée de façades couvertes de lierre. Il chercha une boîte aux lettres portant le nom de Lu Hua.

— Vous cherchez quelqu'un ? lui demanda une grosse dame qui entrait dans un des immeubles.

Wanglin n'avait pas compris, mais il se doutait du sens de la question.

— Lu Hua, articula-t-il du mieux possible.

— Ah, la petite Chinoise. Juste à votre gauche, au sous-sol.

Il n'avait pas davantage compris, mais le geste de la main de la grosse dame lui indiqua où regarder. Il y avait des fenêtres au ras du sol. C'étaient des caves aménagées en studios, dont l'accès se faisait aussi bien par un couloir que l'on empruntait au bout de la cour après avoir descendu quelques marches, que par les fenêtres elles-mêmes, équipées d'une petite échelle intérieure pour atteindre le local. Certaines étaient éclairées, dont celle située à sa gauche. Un store prévenait des regards. Il se pencha et frappa à la vitre.

Au bout de quelques instants le battant de la fenêtre s'entrouvrit et une tête ébouriffée fit son apparition. Manifestement ce n'était pas Lu Hua, mais un jeune homme en débardeur blanc qui lui fit penser à Toshirō Mifune dans *Rashōmon*.

— C'est pour quoi ? lui demanda-t-il en français.

— Je cherche Lu Hua, répondit Wanglin en se baissant, et en anglais – là encore, le contexte ne laissant guère de place au doute, il avait compris sans comprendre. Une pensée lui traversa l'esprit : à quoi bon les mots, finalement ?

— Hua, c'est pour toi, fit Toshirō Mifune en mauvais chinois.

C'était bien un Japonais. Il descendit l'échelle et reflua vers l'intérieur. Une autre tête prit la relève : une jeune fille au très joli visage, grave et interrogateur.

Wanglin lui tendit le papier que lui avait remis Orson Wells, sur lequel celui-ci avait écrit son nom, celui de Lu Hua, et l'adresse des deux.

— Je cherche quelqu'un, dit Wanglin en chinois. Le père Wells m'a dit que vous pourriez m'aider.

— Il vous a dit ça ?

— Il me l'a fait comprendre.

La jeune fille hésita. Elle est vraiment très belle, pensa Wanglin.

— Attendez une minute, fit-elle. Et elle referma la fenêtre.

Wanglin se redressa et regarda autour de lui. Le lieu semblait hors du temps. Il se disait qu'il aurait très bien pu, sans s'en rendre compte, avoir été magiquement projeté en 1930, ou même avant. La cour était déserte et silencieuse, baignée d'une lumière tiède. Des pavés, des herbes folles, de belles façades du XIXe siècle aux élégantes fenêtres. Des arbustes, du lierre, des fleurs en pots. Rien de contemporain, n'étaient deux vélos attachés à un piquet. Une petite vie chiche, minutieuse, dissimulée aux regards. Un chat passait par là, qui s'arrêta, fixa Wanglin pendant quelques instants, et fila se mettre à l'abri sous un fourré. De là il put le contempler à son aise. Sur sa droite, ça sentait un peu le rat, bien qu'il n'y en eût aucun alentour. Mais il y en avait eu un, quelques heures plus tôt. Il vit l'homme tourner sur lui-même, lever les yeux vers le haut des immeubles, les baisser, se passer la main dans les cheveux, s'accroupir, le chercher du regard sous son fourré en faisant des bruits de bouche censés le faire venir à lui, ce qui le fit se rencogner un peu plus. Puis il vit celle qui le nourrissait de temps en temps émerger de sa propre cachette, l'endroit chaud où il avait parfois le droit d'entrer. L'inconnu se redressa, les deux échangèrent quelques sons, et partirent ensemble. Le chat resta encore quelques instants sous son fourré, huma les odeurs d'herbe fraîche qui subsistaient de la nuit, rangea quelque part en lui l'image du grand type inconnu et l'associa au souvenir du rat qu'il percevait encore quelque part sur sa droite, bien que cela n'eût probablement aucun rapport avec "Chen-face-de-rat", autre surnom que Wanglin avait supporté pendant des années – encore qu'avec les chats, on ne sache jamais. Lorsqu'ils eurent disparu, il émergea de sa cachette, s'avança précautionneusement vers la fenêtre à présent refermée d'où était sortie la jeune fille, y colla son museau et discerna à travers les lattes du store l'autre homme, celui qu'il connaissait déjà, qui traçait des signes sur un papier en crachant de sa bouche une fumée blanche, épaisse et, il le savait, assez désagréable.

8

Inutile et impuissant

Une fois qu'il eut quitté Lu Hua, en tout début d'après-midi, après avoir déjeuné avec elle d'une omelette-salade accompagnée d'un verre de chablis, et avoir longuement parlé, elle surtout, avec entrain et vivacité, de la difficulté pour une jeune Chinoise de se faire à la vie et à la mentalité françaises et d'avoir un minimum de vie sociale, car les étudiants français n'étaient pas spontanément accueillants ni très chaleureux, quoique pas vraiment hostiles non plus, juste indifférents, d'ailleurs Haruki lui aussi était solitaire et suivait les mêmes études qu'elle, avait-elle indiqué, c'est ainsi qu'ils s'étaient rencontrés, mais ils n'étaient pas ensemble, n'est-ce pas, juste colocataires, avait-elle précisé, comme s'il s'agissait là d'une avance déguisée, signifiant ainsi à Wanglin qu'elle était libre, hypothèse que l'intéressé se refusait à considérer, car quel que fût le charme de la jeune fille, auquel il était loin d'être insensible, il n'entendait pas céder à quoi que ce fût qui pût constituer un semblant de début de trahison à l'égard de Bei, aussi avait-il balbutié, lorsque Hua lui avait indirectement fait part de la liberté qui était la sienne, quelques mots ou grommellements convenus du genre "ah d'accord", ou "hm hm" – une fois, donc, qu'il eut quitté Hua, après qu'ils eurent échangé adresses mail et furent devenus "amis" sur WeChat, se promettant mutuellement de se revoir avant qu'il reparte à Pékin, Wanglin fut pris d'un brusque accès de tristesse et de mélancolie. Il se demandait avec de plus en plus de force ce qu'il faisait si loin de chez lui et de Bei, à courir après une jeune fille qui n'avait peut-être fait que vivre sa vie sans rien dire à personne. Après tout elle était majeure, et si jamais ce n'était pas une disparition volontaire, si un drame était survenu, l'affaire était de toute façon hors de sa portée. Il se sentait inutile et impuissant, soumis à des forces qu'il ne maîtrisait pas, dans un pays superficiel et indéchiffrable. Il décida de se rendre au musée du Louvre, après quoi il irait à l'hôtel pour torcher rapidement trois ou quatre brefs articles sur, au choix, les quartiers chinois et indiens de Paris, le goût des Français pour la contestation et les manifestations, la conservation des monuments, l'accueil des réfugiés ou le statut des étudiants étrangers.

Ainsi fit-il. Il sortit du Louvre à dix-sept heures environ, rentra à l'hôtel et, avant d'écrire les articles, envoya un mot à Bei, dans lequel il lui disait qu'il s'ennuyait loin d'elle, lui exposa une fois encore sa théorie selon laquelle où que l'on aille on ne trimballe jamais que soi-même, lui parla toutefois du Louvre, de la pyramide, des magnifiques *Saisons* de Poussin, de la salle des Van Gogh, des *Noces de Cana* de Véronèse et de quelques Delacroix, lui répéta qu'elle lui manquait et qu'elle prendrait sans doute plus de plaisir que lui, elle qui aimait voyager, à rechercher au bout du monde une jeune fille qui n'avait peut-être rien fait d'autre que s'éclipser momentanément pour vivre sa vie. Il lui recommandait de ne pas oublier de changer l'eau de Boy George tous les trois jours, et d'y vaporiser le produit anti-chlore, sans quoi les branchies se boucheraient et l'animal finirait par mourir. Il lui répétait qu'il l'aimait, avec un peu plus d'insistance que d'habitude peut-être, tout pénétré qu'il était encore du trouble qu'il avait ressenti face à Hua, sa belle voix grave, ses yeux rieurs, ses lèvres brillantes, l'ovale parfait de son visage, encadré d'une masse de cheveux souples savamment emmêlés, et peut-être aussi fier, d'une certaine manière, de ne pas y avoir succombé. Puis il écrivit ses articles qu'il envoya à Ba Yu.

Le téléphone de la chambre sonna. Il était vingt heures. Le réceptionniste l'informa qu'une jeune femme désirait le voir. En un éclair il pensa : c'est Meijie, et demain je rentre chez moi. Je vous la passe, continua le réceptionniste. Puis une petite voix légèrement rauque lui dit, dans un chinois sommaire et appliqué : Bonsoir, je suis Emily Bly, c'est votre patron Ba Yu qui m'a donné vos coordonnées, et comme j'avais à faire dans le quartier, je me suis permis… Bref, il aimerait que nous nous voyions, seriez-vous libre ? Wanglin hésita un peu, reconnut cependant le nom d'un des deux contacts parisiens que lui avait indiqués Ba Yu et, ne sachant trop que dire, il bredouilla un Oui bien sûr. De toute façon il se voyait mal refuser, et surtout, c'était là un de ses problèmes, il ne *savait* pas refuser.

9
Une barque sur un lac

Et d'ailleurs, se dit Chen Wanglin, en descendant l'escalier, si je savais refuser, je ne serais pas là mais tranquillement chez moi en train de dormir avec Bei. Rousseau non plus ne savait pas refuser, se disait-il aussi – comme souvent, le fait de recourir à d'illustres prédécesseurs pour ce qui concernait les petites misères de l'existence en atténuait le désagrément et l'aidait à se sentir moins seul –, je me souviens très bien de ces pages des *Confessions* où j'ai trouvé tant de points communs entre lui et moi, comme son incapacité à répondre spontanément ou avec esprit lors d'une attaque, et même lors d'une simple situation imprévue.

Emily Bly attendait debout près du comptoir. C'était une jeune femme grande, mince et blonde, au visage très doux en dépit de traits un peu asymétriques.

— Pardonnez-moi si je vous ai dérangé, fit-elle en s'avançant vers lui. Mais nous devions nous contacter, alors…

— Bien sûr, fit Wanglin en lui tendant la main, de toute façon je comptais vous écrire bientôt.

Il demeurait debout face à elle, un peu gauche, cherchant quelque chose à dire.

— Vous… vous débrouillez bien en chinois. Depuis quand l'étudiez-vous ?

— Deux ans. C'est très difficile. Si vous voulez bien, on passera à l'anglais de temps en temps. Là je n'ai pas de problème.

— Oui, bien sûr. À propos, votre nom est anglais mais… vous êtes française, non ? Votre accent…

— Mon père était américain. Lointain cousin du poète Robert Bly, vous connaissez ?

— Non, dit Wanglin – je connais très mal la poésie américaine, ajouta-t-il comme pour s'excuser.

— Je l'ai un peu traduit, d'ailleurs. On m'a baptisée Emily, à l'anglaise aussi, avec un *y*, en référence à Emily Brontë et Emily Dickinson. Mes parents adoraient l'une et l'autre. Mais oui, je suis française : je suis née et ai toujours vécu en France.

— Elles, je les connais, ne put s'empêcher de dire Wanglin en redressant légèrement le torse. Ma sœur est une fan absolue de la première.

— Je la comprends. Quelle famille, les Brontë… Mon second prénom, d'ailleurs, est Charlotte. Emily

Charlotte. Mais voulez-vous que nous allions prendre un verre quelque part ? Ou dîner ?

Wanglin accepta, un rien interloqué. Bien qu'il n'y eût manifestement aucune arrière-pensée dans l'esprit d'Emily Bly, jamais en Chine une inconnue ne lui aurait proposé ça. Les Françaises, même un peu américaines, étaient sans doute ainsi, se dit-il.

C'était encore un restaurant italien, tout à côté de l'hôtel. On y mange toujours bien, avait dit Emily. Wanglin n'avait pas compris si elle parlait des restaurants italiens en général ou de celui-ci en particulier.

— Ba Yu m'a dit que vous étiez écrivain, dit Emily une fois qu'ils furent assis.

— Pas vraiment, répliqua Wanglin. Je suis journaliste, c'est tout. Ba Yu se fait beaucoup d'idées.

— Je comprends, dit Emily en hochant la tête. Il faut bien gagner sa vie.

— Et vous ? Traductrice, donc ?

— Oui, de littérature américaine du XXe, surtout. Et de poésie en particulier – dont mon homonyme et cousin. Je connais Ba Yu, c'est un ami de mon père. Il m'a dit que je pourrais vous renseigner.

— Vous connaissez sa fille ?

— Meijie ? À peine. Je sais qu'il n'a plus de nouvelles d'elle.

Était-ce la disponibilité simple et amicale de la jeune femme, le fait qu'elle parle chinois, sa spontanéité, son regard franc et direct, ou bien était-ce dû au fait qu'il se sentait ce soir-là un peu vide à l'intérieur, ou alors à tout cela à la fois – toujours est-il que Wanglin, d'ordinaire peu bavard, se mit à lui raconter par le menu son emploi du temps depuis son arrivée en France, les rencontres qu'il avait faites, et l'espèce de désarroi dans lequel il se trouvait. Il avait le sentiment, lui dit-il, d'être une barque sur un lac, très calme en apparence mais aux courants puissants en profondeur, qui l'éloignaient toujours plus du rivage.

— Soyez un clou, dit Emily, vous trouverez le toit.

— Pardon ?

Elle se mit à rire.

— Désolée, je pensais à un des poèmes de Robert Bly que je viens de traduire.

Et elle récita :

Des centaines de bateaux cherchent encore le rivage.
J'ai plus d'espoir que je ne l'imaginais.
Le petit clou de la toiture gît à terre, et réclame le toit.
Un petit os dans nos pieds espère le paradis.

— J'aime bien, dit Wanglin. Même si je ne saisis pas tout.

Un serveur vêtu de grenat déposa devant eux deux assiettes : raviolis aux truffes pour lui, tagliatelles au basilic pour elle.

— Tenez, dit Emily en lui tendant un petit livre par-dessus les assiettes, c'est bilingue, anglais-français. Des poèmes de Bly. Je l'ai imprimé moi-même.

Wanglin saisit le livre et le feuilleta :

N'abandonnez pas, les amis. Quelque part en nous,
Jacob prend soin des moutons de notre vieille ferme.
Les anges continuent d'envoyer des messages à Joseph.

— Merci, dit-il, je lirai ça avec attention. Ça parle d'espoir et de spiritualité ?

— Si on veut, dit Emily. Et aussi du plaisir d'être vivant parmi les hommes et les bêtes. C'est beau, vous verrez.

Emily n'avait, en fait, pas grand-chose à apprendre à Wanglin. Ba Yu les avait simplement mis en contact parce qu'elle parlait chinois et connaissait sa fille, qu'elle avait vue une ou deux fois à Paris. C'était tout. Elle avait cependant donné à Wanglin le nom d'un ami marseillais, qu'elle avait aussi indiqué à Meijie lorsque celle-ci s'était rendue à Marseille, mais elle ne savait pas s'ils s'étaient rencontrés. En somme elle ne savait rien : ni où était Meijie, ni ce qu'elle faisait. Elle était une nouvelle impasse. Souriante, agréable, et s'efforçant de parler chinois devant une bonne assiette de raviolis aux truffes, mais une impasse. Comme un labyrinthe dont on arpente les couloirs avec confiance, jusqu'au moment où on se rend compte qu'ils aboutissent tous à un mur. Comme dans les *hutongs* pékinois, comme au 83, passage Brady – sauf que là, il était impossible de bifurquer sur la droite ou sur la gauche : il fallait faire demi-tour, les épaules tombantes, déçu et accablé. De cela, de cette étrange *déceptivité* sans à-coups, lente et grise, répétitive, monotone, entêtante, Wanglin avait pris son parti. Il avait admis qu'il n'avancerait qu'à l'aveuglette – si du moins il avançait un jour, car pour l'instant, il avait beau arpenter Paris – et encore, très peu – il ne progressait pas vraiment. Il pensait à un précepte taoïste : "Il faut laisser agir le non-agir." Il s'y appliquait à merveille, ne faisant guère que cela. Il se mit à penser au détective Zhu Wenguang, dit Zuo Luo, ou Zorro, dont il avait un jour écrit l'histoire, qu'il avait ensuite vraiment rencontré, avec qui il s'était rendu dans la région de l'Amour et à Vladivostok, et qu'il avait par la suite à nouveau intégré dans un de ses récits demeuré inachevé, un de ceux dont il s'était débarrassé juste avant de venir en France. Dans ce dernier récit, Zuo Luo se trouvait quelque part dans le Sud-Ouest américain, en compagnie de son acolyte Bec-de-canard, à la recherche d'une jeune fille disparue, la fille d'un de ses cousins, qui tenait un restaurant chinois à New York. Depuis qu'il était arrivé en France, Wanglin ne s'était pas encore avisé de la similitude des situations – sauf qu'au contraire de Zuo Luo, lui n'était qu'un Quichotte esseulé dans une Mancha française désespérément vide, et sans le moindre Sancho à ses côtés. Dans le récit, Zhu Wenguang lui aussi errait entre deux mondes, loin de chez lui, sans réelle piste à suivre, déstabilisé par l'étrangeté des lieux, l'inadéquation des comportements et des mécanismes de pensée. Il fallait devenir chaman, disait-il, un détective-chaman qui œuvre entre les mondes. Qu'est-ce que cela peut bien vouloir dire, pensa Wanglin. Si j'avais l'auteur en face de moi, je le lui demanderais.

V

1

COMME LA VIERGE MARIE

Ragnvald s'éveilla et grogna. Où était-il, déjà ? Ah oui, dans cet hôtel perdu au fond du trou du cul du monde. Il se frotta les yeux, puis le sexe, puis le nez. Il aimait bien cette expression. Il l'avait lue dans un roman. Pas que cet hôtel-là précisément était perdu au fond du trou du cul du monde, bien entendu, et d'ailleurs qui pourrait bien avoir l'idée de fourrer cet hôtel minable dans un roman, mais il avait lu quelque part l'expression "au fond du trou du cul du monde", et elle lui semblait parfaitement convenir à l'endroit où ils avaient atterri, le lieutenant Nyyrikki Amburn et lui, la veille au soir. Un hôtel sans intérêt, presque un motel, sauf que les chambres ne donnaient pas sur un parking mais sur une piscine vide, un local à poubelles et un parterre d'herbes mortes. Tout autour, rien.

Enfin, presque rien : une petite ville, morne et plate, et un long lac mort, sur les rives duquel ils avaient roulé la veille. Mais à part ça, rien.

Enfin, presque rien : sur les rives du lac il y avait des ensembles de mobile homes déglingués, et puis quelques autres petites villes aussi, plus ou moins abandonnées, vaguement peuplées de gens louches, fauchés, paumés, drogués peut-être, allez savoir. Que du pas très net, quoi. Mais à part ça, rien.

Quelle heure était-il ? Sept heures. Il avait donc dormi huit heures. Très bien. Les trois dernières journées l'avaient épuisé. Il faut dire qu'elles avaient été chargées, estima-t-il *in petto*. Ils avaient à peine bouclé cette affaire de trafic d'ambre gris dans lequel trempaient des proches du gouverneur du Nevada, une histoire à laquelle il n'avait d'ailleurs pas tout compris, qu'avait dit le lieutenant Amburn déjà ? que c'était "un secret de l'intestin des cachalots" ou quelque chose comme ça, pourquoi diable fallait-il que cela reste un secret, des résidus d'intestin, je vous demande un peu, qui coûtent une fortune en plus, combien avait-elle dit ? 50 000 dollars le kilo ? tout ça pour de ridicules petites crottes intestinales ? bref, ils avaient fait le job, le réseau avait été démantelé, lui-même avait assommé un type qui menaçait directement le lieutenant, laquelle l'avait remercié d'un sourire aimable mais pas plus, jamais rien de plus que ce putain de sourire professionnel, pourtant un peu de chaleur humaine bordel ça ne ferait pas de mal, depuis le temps qu'ils se connaissaient, jamais un baiser, toujours une poignée de main virile, distante, jamais de contact physique, rien, aucun geste, signe, regard qui eût pu indiquer que quelque chose d'autre eût été possible, et pourtant il en rêvait souvent – à proprement parler : il rêvait souvent qu'ils faisaient l'amour le lieutenant et lui, c'était tendre et sauvage à la fois, assez beau en fait, d'abord ils s'embrassaient avec fougue, une fougue enfin libérée de tant d'années d'indifférence, puis il lui caressait les seins, les hanches, les fesses, elle lui massait le sexe à travers le pantalon, puis ils se dévêtaient avec hâte, elle se collait à lui, l'embrassait goulûment, il la retournait et la prenait par-derrière, enserrait de ses mains le soleil de ses fesses splendides et elle se cabrait contre lui, réclamant sa bouche, ses lèvres, gémissant de plaisir, et en général il se réveillait à ce moment-là, surexcité, tendu, presque douloureux. Mais non, cela n'arrivait jamais, et il se disait qu'elle ne devait aimer que les femmes, sinon, si elle aimait les hommes, pourquoi diable ne l'aimerait-elle pas, lui, il était pourtant à son avantage, pensa-t-il en s'examinant nu devant la douche, bel homme avec son torse avantageux, ses bras gonflés de muscu, ses cheveux blonds ramenés en arrière, sa taille plutôt fine pour son âge et malgré la bière, sa mâchoire carrée, ses yeux bleu métallique. Bref, ils avaient donc fait le job, et à peine cette affaire d'ambre gris intestinal et secret était-elle terminée qu'il avait fallu repartir *dans la journée*, dans la même putain de journée, pas un jour de repos, rien, pour cette histoire de disparition d'un jeune type qui n'avait plus donné de nouvelles à papa et maman depuis un ou deux mois. La fugue d'un gamin de vingt-cinq ans qui veut faire sa vie, je vous demande un peu, est-ce qu'il est vraiment nécessaire d'enquêter là-dessus, mais apparemment en haut lieu on avait décidé que oui, donc allons-y, et ils avaient traversé de grandes étendues vides et mornes, des petites villes vides et mornes, dormi dans un motel vide et morne, chacun sa chambre évidemment, pas de promiscuité, et ils avaient rendu visite le lendemain au couple Springfield à Las Vegas, vide et morne lui aussi, un Chinois tout nerveux et une grosse blonde. Lorsque le lieutenant Amburn et lui étaient entrés chez eux pour leur poser les quelques questions habituelles, se renseigner sur les circonstances exactes de la disparition de leur fils, ses habitudes, son caractère, ses centres d'intérêt, ses amis, ses opinions politiques, ses préférences sexuelles, ses goûts alimentaires, depuis quand exactement ils n'avaient plus de nouvelles, était-il vraiment, vraiment, nécessaire de faire intervenir la police – même si cette question-là ils ne l'avaient pas posée, c'était juste qu'elle lui trottait dans la tête –, bref, lorsqu'ils étaient entrés chez les Springfield pour mener leur enquête, il y avait cette femme qui se trouvait là, l'air abattu, prostrée sur le canapé rose, ses longs cheveux blonds pendouillant tristement de part et d'autre de son visage émacié, une sexagénaire manifestement dépressive que le couple Springfield avait présentée comme étant leur "voisine et amie" et qui, voyant débarquer deux policiers, s'était mise tout de go à leur raconter son histoire, qu'elle estimait liée à la disparition du fils Springfield, c'est très important, officiers, très, très important, écoutez bien ce que je vais vous dire. Son nom était Miesha Johnston et elle avait vécu avec des extraterrestres, avait-elle déclaré sans préambule. L'année de ses seize ans, avait-elle expliqué, un être grand, blanc et luminescent l'avait emmenée dans l'espace, et à vingt ans elle avait été fécondée, sans pénétration, comme la Vierge Marie. Mais le bébé avait disparu : sans doute lui avait-il été enlevé pendant son sommeil, car elle avait fait une hémorragie et le médecin qu'elle était allée voir aux urgences de la ville lui avait demandé où était passé le bébé, étant donné que son utérus était dilaté et qu'il restait du placenta. Mais elle ne savait rien de ce bébé. Elle avait ensuite eu la visite d'un autre extraterrestre, un reptile vert aux yeux jaunes, très beau, très grand, très musclé, qui portait une cape noire et se nommait Iyano. Un jour il l'avait emmenée dans une nurserie remplie de bébés hybrides humains-aliens, dont treize étaient les siens. Un quatorzième était un enfant reptile à la peau écailleuse et verte, et elle avait compris qu'il était le fruit de ses amours avec Iyano. Plus tard un autre reptile, plus gros, plus inquiétant, lui avait transmis des images télépathiques où des hommes découpaient devant elle les membres de sa famille. Alors elle en avait eu assez, et avait dit qu'elle voulait tout laisser tomber. Depuis, avait-elle conclu d'un ton posé, monocorde, les yeux fixés au sol dans le salon rose des Springfield, sous le regard compatissant de Winona, un peu gêné de Walter, interloqué de Nyyrikki et méfiant de Ragnvald, elle n'avait plus eu le moindre contact physique avec des extraterrestres. Elle avait par ailleurs trois enfants parfaitement humains qui vivaient sur cette planète. Mais elle était persuadée, et c'est là qu'elle voulait en venir, que Wolf avait été capturé par ces aliens, très probablement pour participer, en tant que mâle humain procréateur, à ce vaste programme d'hybridation, comme elle-même avait été femelle humaine procréatrice. Et il n'était pas impossible, avait-elle ajouté, que Wolf eût été transporté sur leur planète, constituée pour l'essentiel de continents de roches rouges sous un ciel violet dans lequel luisaient deux soleils. Mais il reviendra, avait-elle dit en posant une main doloriste sur l'épaule de Winona qui l'écoutait en hochant la tête, ne vous en faites pas, il reviendra, j'en suis sûre, regardez, je suis bien revenue, moi, et en pleine santé. Les extraterrestres ne sont pas mauvais, vous savez, mais leurs buts nous échappent parfois.

Nyyrikki avait regardé Ragnvald et pour la première fois il avait senti s'établir entre eux une sorte de complicité dans l'interlocution – non, l'interlocation – non plus, comment dit-on lorsqu'on est interloqué, se demanda Ragnvald en s'ébrouant le visage au petit lavabo de la chambre nue de l'hôtel Pegasus de Calipatria. Une sorte de complicité dans l'incroyabilité, changea-t-il son fusil d'épaule.

Très bien, avait diplomatiquement dit Nyyrikki, merci beaucoup pour votre témoignage, madame Johnston, nous en tiendrons le plus grand compte, mais dites-moi, s'était-elle tournée vers Winona, depuis quand exactement votre fils ne vous a-t-il plus donné de nouvelles, etc., etc. Et les Springfield avaient parlé de la caravane, sise quelque part en Californie dans un endroit bizarrement nommé Bagdad, d'une jeune Chinoise qui apparemment était partie avec Wolf mais qu'ils n'avaient pas vue parce qu'ils étaient en visite à Los Angeles chez la sœur de Winona, dont le mari est un connard, avait pensé Walter, mais il ne l'avait pas dit, et aussi de leur fille Wanda, qui vivait dans une communauté alternative à Slab City, tout près de Salton Sea, un grand lac mort vers lequel ils se dirigeraient s'ils ne trouvaient pas Wolf et sa Chinoise à la caravane. Mais vers la caravane ils n'iraient que le surlendemain, avait appris Ragnvald en sortant de chez les Springfield, car le lieutenant Amburn avait finalement réussi à obtenir trente-six heures de repos, qu'ils passeraient ici même, à Las Vegas, n'ayant pas le temps matériel de rentrer chez eux. Pendant ces trente-six heures Ragnvald et elle ne s'étaient pas vus ni croisés, chacun logeant dans un hôtel différent, organisant sa vie diurne entre lit et piscine, nocturne dans les casinos, boîtes de nuit, salles de spectacle ou le secret de sa chambre, et ignorant totalement ce que faisait l'autre – même si l'un des deux eût bien aimé savoir à quoi sa supérieure occupait ses journées et ses nuits. Lui en tout cas s'était bien amusé, avait beaucoup joué jusque très tard dans la nuit, et n'avait perdu que 750 dollars, ce qui somme toute était raisonnable, se disait-il. Mais il avait très peu dormi, si bien que le bénéfice de ses trente-six heures de repos était parti en fumée, et qu'il se retrouvait, lorsqu'ils reprirent leur enquête, aussi fatigué que lorsqu'ils l'avaient laissée en suspens.

Le surlendemain donc ils étaient partis, en fin de matinée, et très vite ç'avait été la route monotone, la chaleur, quelques somnolences dues à la clim, suivies d'un exposé de Ragnvald sur les soupçons que depuis deux jours il nourrissait, relatifs à un réseau de terrorisme international qu'ils avaient peut-être découvert – parce que Bagdad, tout de même, avait-il dit à Nyyrikki qui conduisait, vous ne trouvez pas que c'est un peu bizarre ? Est-ce un hasard ? Et avec une Chinoise en plus, qui d'ailleurs n'est peut-être même pas chinoise mais nord-coréenne, qu'est-ce qu'on en sait, tout ceci me semble lié à une affaire de vaste importance, peut-être faudrait-il prévenir le FBI ou la CIA, s'était-il enflammé. À quoi Nyyrikki avait rétorqué qu'il y avait sur le territoire américain au moins cinq villes ou lieux-dits nommés Bagdad, dont un pas très loin d'ici, dans le Nevada, comme il y avait aussi des Tripoli, des Damas, des Paris, des Berlin, des Alger, des Casablanca, des Delhi, et même un Téhéran dans l'Illinois, toutes sortes de villes aux noms de capitales africaines, asiatiques, européennes, moyen-orientales, alors vous savez, Hollingsworth, avait-elle conclu, si j'étais vous je laisserais tomber cette piste du terrorisme international, je ne crois pas qu'elle vous mène à grand-chose. Ragnvald n'avait rien répondu mais n'en avait pas moins ajouté, *in petto* : avec une Nord-Coréenne en plus. Non, je reste fidèle à mes convictions, à mon intuition : je mènerai l'enquête de mon côté. Puis il avait pensé à autre chose, et ç'avait été, de la part du lieutenant Amburn surtout, des moqueries sur les propos de Miesha Johnston l'avant-veille, même si Ragnvald, toujours méfiant, se disait prudemment qu'après tout on ne savait jamais, pouvait-on balayer d'un simple revers de la main ce qui à première vue nous semble incroyable ? Non, il fallait faire preuve de circonvolution – de circonspection, Hollingsworth, l'avait repris Nyyrikki, mais ne dites pas n'importe quoi, elle est malade cette femme, c'est une mythomane absolue, une psychotique, pas besoin d'être diplômé de Harvard pour s'en rendre compte. Ragnvald avait froncé les sourcils puis avait dit : Ah oui ? Et la petite aux cheveux blancs qui chantait en je sais plus quelle langue que vous compreniez, et sa grand-mère qui parlait en avalant les mots et qui savait ce qu'on pensait, c'est pas de l'incroyable de chez incroyable, ça ? Nyyrikki, pour la première fois depuis qu'ils travaillaient ensemble, avait semblé prendre au sérieux ce qu'il disait : Vous avez raison, Hollingsworth, avait-elle lâché. Vraiment, lieutenant ? avait-il répondu, surpris. Oui, vous avez raison, c'est inexplicable. Et la langue, c'était du finnois. Ragnvald avait souri, heureux de trouver un point d'accord avec le lieutenant Nyyrikki Amburn. Mais là, avait-elle ajouté, c'est du grand n'importe quoi. Voyons, Ragnvald, des fécondations d'aliens, des Vierges Marie, une tortue Ninja, et puis quoi encore ? Ragnvald avait grogné, et s'était dit que, quand même. Ils avaient continué à rouler, puis s'étaient égarés en fin de journée quelque part dans le désert de Mojave, ou un peu à l'extérieur, ils ne savaient plus très bien, leur GPS était tombé en panne et leur carte était peu précise, et ils avaient atterri dans un café de bord de route fréquenté surtout par les mineurs du coin, mais ce soir-là il n'y avait personne, un café baptisé *Chez Misra*, du nom de la propriétaire, Misra Samjak, qui avait croisé une ou deux fois Wolf dont la caravane se situait, par chance, non loin de là. Ils avaient passé la soirée chez, et avec Misra, mais comme il n'y avait que deux couchages, la galanterie naturelle de Ragnvald, dont il mettait un point d'honneur à faire preuve en toutes circonstances, lui avait enjoint de laisser le lit surnuméraire au lieutenant Amburn, et il avait dormi dans la voiture, mal d'ailleurs, tant sa position était inconfortable et les températures nocturnes basses. Au matin il avait soupçonné que Misra et Nyyrikki avaient passé la nuit ensemble, auquel cas il aurait pu, tout de même, se voir attribuer le canapé-lit restant, mais rien ne venait prouver cette hypothèse, et il n'avait pas osé poser de questions à ce sujet, qui était délicat, craignant de se faire, au pire, sanctionner pour irrespect, au mieux simplement rembarrer par le lieutenant Amburn – ce qui arrivait, il devait l'avouer, assez fréquemment, et la plupart du temps sans raison, preuve cependant qu'il ne lui était pas indifférent, se disait-il, car si c'était le cas, elle ne prendrait même pas la peine de le reprendre à tout bout de champ, fût-ce pour se moquer de lui ou lui faire la morale. Je ne lui suis pas indifférent, se répétait-il en se coiffant devant le miroir à peine ébréché de sa chambre d'hôtel. Ils avaient quitté le café de bord de route, et roulé jusqu'à ce qu'ils aperçussent, à cet endroit supposément nommé Bagdad bien que rien ne l'indiquât nulle part, qu'il n'y eût aucun signe d'un quelconque village que ce fût, et que rien ne le distinguât du désert alentour, la cabane isolée près de laquelle se tenaient la vieille Deidre Womack et sa petite-fille Betelgeuse Grider – du moins selon les dires du lieutenant Amburn, car lui n'en savait rien après tout, n'ayant pas échangé le moindre mot ni la moindre pensée avec aucune des deux. À partir de là ils avaient atteint la caravane où, apparemment, avait vécu Wolf Springfield. Mais la visite n'avait rien donné, et ils avaient repris la route, jusqu'à cet hôtel minable d'où ils allaient partir ce matin, en direction de Slab City. Le petit-déjeuner était servi à partir de sept heures, il était sept heures trente à présent, et Ragnvald se demandait s'il y aurait des Cheerios. Il aimait beaucoup les Cheerios.

2

EAU COULEUR DE CIEL

Nyyrikki et Ragnvald étaient à la machine à café.

Vous avez vu ça, lieutenant ?

Quoi donc ?

Les types là-bas.

On les a déjà vus en entrant, non ?

Ragnvald désignait du menton trois hommes assis, penchés sur leurs bols, à l'autre extrémité de la salle du petit-déjeuner – les seuls autres clients de l'hôtel, apparemment.

Ils sont loin, continua-t-il, on ne peut pas entendre la langue qu'ils parlent.

Ils ne parlent pas, Ragnvald. Ils mangent.

Non, mais celle qu'ils parleraient s'ils parlaient. Ils sont asiatiques en tout cas. Vous croyez que ce sont des Nord-Coréens ? chuchota-t-il.

Nyyrikki soupira.

Disons qu'on en voit assez peu dans le coin, mais sait-on jamais.

Leurs mugs convenablement remplis d'un café translucide, ils se dirigèrent vers une table, y posèrent leur plateau, et s'assirent. Ragnvald contempla d'un air satisfait ses œufs, bacon et toasts grillés, et surtout son bol de Cheerios.

C’est tout de même bizarre, non, lieutenant ? dit-il sans quitter son plateau des yeux.

Quoi donc, Hollingsworth ?

Ben les Nord-Coréens, là, fit-il d’un autre mouvement du menton, sourcils froncés.

Nyyrikki soupira à nouveau. Elle se pencha vers lui.

Mais enfin, Ragnvald, chuchota-t-elle, qu’est-ce que vous avez avec les Nord-Coréens ? D’abord, qu’est-ce qui vous fait dire qu’ils pourraient être nord-coréens ? Leurs yeux bridés ? Vous délirez ou quoi ?

Ils sont quoi alors ? Pas américains, ça se voit.

Qu’est-ce que j’en sais moi ? Peut-être chinois, ou thaïlandais, ou sud-coréens. Mais surtout : on-s’en-fout, Ragnvald, articula-t-elle.

Chinois, c’est pas mieux, dit Ragnvald, subitement raide, tout imprégné de dignité patriotique. Le Président dit que ce sont nos ennemis.

Nyyrikki secoua la tête. Trop, c’est trop, pensa-t-elle. Elle mordit dans son toast.

Déjà, continua Ragnvald, le type qu’on cherche est à moitié chinois. Même si Springfield n’est pas un nom chinois, je vous l’accorde – mais justement : ces gens-là sont habiles pour brouiller les pistes. Vous avez vu son père ? À moins que ce soit son père adoptif, soliloqua-t-il. Mais non, suis-je bête : on a sa photo, il est bien à moitié chinois, ça se voit. Ou coréen. Enfin, de par là-bas.

Vos Cheerios vont refroidir, Ragnvald.

Et en plus, ajouta-t-il, il a disparu avec une Chinoise. Comme par hasard.

Une Américaine d’origine chinoise, corrigea Nyyrikki.

Qu'est-ce que ça change ?

Rien, dit Nyyrikki. Rien du tout. Rien ne change jamais rien à rien, Ragnvald. C'en est même déprimant.

Ils se turent. Ragnvald avalait ses Cheerios, gardant toujours un œil, au cas où, sur les trois types assis à l'autre bout de la salle. Deux lui tournaient le dos, le troisième lui faisait face. Il se figea.

Vous êtes originaire d'où, Ragnvald ? demanda soudain Nyyrikki.

Pardon ? revint-il à lui-même.

Vos parents, ou grands-parents, je ne sais pas : d'où venaient-ils ?

Ragnvald s'essuya les lèvres.

Eh bien… Maman est née à Minneapolis, Minnesota, et papa à Fargo, Dakota du Nord.

Une pensée traversa l'esprit de Nyyrikki.

Savez-vous pourquoi il y a deux Dakota ?

Non, lieutenant.

Pour rien. C'est une idée des républicains, pour renforcer leur poids au Sénat. Mais peu importe, continuez.

Continuer quoi, lieutenant ?

Vos origines. Votre prénom par exemple, d'où vient-il ?

Ah ça, je l'ignore, lieutenant.

Vos grands-parents, arrière-grands-parents, vous avez une idée d'où ils étaient originaires, non ?

Eh bien, du Dakota, en partie, j'imagine. Et du Minnesota.

Je vois…, soupira-t-elle à nouveau. À propos, savez-vous d'où vient le nom "Minnesota" ?

Non, lieutenant.

Ragnvald se sentait comme à l'école : un élève pris en flagrant délit d'ignorance. C'était assez fréquent avec le lieutenant Amburn, que dans ces moments-là il associait confusément à sa maîtresse de maternelle. Il ne savait dire si cela lui déplaisait, ou s'il en retirait une sorte de plaisir.

Dans la langue des Indiens dakotas, qui occupaient les territoires des deux Dakota actuels, d'une partie de l'Idaho et du Minnesota, *mnisota* désignait la rivière qui coulait là. Le mot signifie "eau couleur de ciel". On retrouve le mot *mni*, l'eau, associé au nom signifiant "ville" en grec, dans "Minneapolis", d'où vous êtes originaire.

Ragnvald écarquilla les yeux.

Eapolis, ça veut dire "ville" en grec ?

Presque : *polis*.

Comment vous savez tout ça, lieutenant ?

Disons que je m'intéresse aux origines des noms, des lieux et des personnes. Vous, non, apparemment. Vous ignorez d'où vous venez, c'est ça ?

Ben je vous l'ai dit. Du Dakota du Nord et du Minnesota.

Pour la quatrième fois, Nyyrikki soupira.

Non mais… Bon, capitula-t-elle, je vais vous dire, Ragnvald. Votre prénom, il est suédois.

Suédois ? Mais c'est en Europe, ça, non ?

Oui : Ragnvald, c'est un nom donné à plusieurs rois de Suède, aux alentours de l'an mille. Vos ancêtres sont certainement suédois. Tout le Midwest, et en particulier le Minnesota, est un territoire d'immigration suédoise.

Ça alors, dit Ragnvald. Comment savez-vous tout ça ? répéta-t-il.

Elle a peut-être fait des recherches sur moi, pensa-t-il. Je ne lui suis pas si indifférent, je le savais.

Vous vous souvenez de mes origines, Ragnvald ?

Eh bien… non, pas vraiment. Vous avez parlé du finnois, je crois. Mais je ne sais pas bien ce que ça veut dire, avoua-t-il.

Ça veut dire que ma famille vient de Finlande. Mais c'est la langue qui est finnoise. Mes origines sont finlandaises. Vous savez ce qu'est la Finlande ?

Un pays ? hasarda Ragnvald.

Très bien, Ragnvald. Mais un pays situé où ?

Je ne sais pas, lieutenant. Je vois bien que vous vous moquez de moi, vous savez, c'est déstabilisant. Je n'ai pas fait d'études de géographie, moi, contrairement à vous.

Je n'ai jamais fait d'études de géographie, Ragnvald, et je ne me moque pas de vous. Mais peu importe : la Finlande et la Suède sont limitrophes. Cela signifie qu'elles ont une frontière commune, se hâta-t-elle de préciser.

Comme le Mexique et les États-Unis ?

Exactement, mais beaucoup plus au nord. Ce que je veux vous dire, c'est que nous venons vous et moi du nord de l'Europe. Votre prénom est celui d'un roi suédois, le mien celui d'un dieu finnois.

Le visage de Ragnvald s'illumina.

Vous voulez dire qu'on est peut-être cousins ? Ce serait marrant, ça.

Très marrant, convint Nyyrikki. Hilarant, même. Ce que je veux vous dire aussi, Hollingsworth, c'est que le fils Springfield n'est sans doute pas plus chinois que vous êtes suédois, ou moi finlandaise.

Vous croyez ?

J'en suis sûre.

Ragnvald se pencha vers elle.

En attendant, les trois types, derrière vous, ils sont complètement chinois, ou alors coréens, ou je sais pas quoi, mais pas le moins du monde américains, ça je peux vous l'assurer. J'ai l'œil pour ces choses-là.

C'est possible, Ragnvald.

Et surtout, je voulais vous dire… Je crois que je connais l'un d'eux.

Nyyrikki immobilisa la cuillère qu'elle portait à la bouche.

Pardon ?

Celui qui est en face de moi, là-bas. Je connais son visage.

Nyyrikki se retourna. Les trois types étaient toujours assis. L'un des trois dit quelque chose aux deux autres, qui se retournèrent aussi. Tous les cinq se regardaient en silence.

Jamais vu, dit Nyyrikki en revenant à sa position initiale.

Ragnvald hésita.

Moi si. Mais… Comment vous dire…

Il n'osait pas.

Allez-y, Hollingsworth.

Je l'ai vu… dans un rêve, voilà.

Nyyrikki se racla la gorge.

Dans un rêve…

Oui, hier, quand je dormais dans la voiture. J'ai rêvé d'un Chinois dans le désert. Eh bien il avait exactement le visage et les traits de celui qui est là-bas, de face.

Il se leva, se dirigea vers la machine à café.

J'en veux bien un moi aussi, dit Nyyrikki en lui tendant son mug.

Oui, bien sûr. Pardon, lieutenant.

Ces choses-là arrivent, Ragnvald.

Non, lieutenant, j'aurais dû penser à vous en proposer.

Je parle des Chinois. Votre rêve. C'est une coïncidence, on voit ça tous les jours.

Je n'en suis pas si sûr, dit Ragnvald, sourcils froncés. Il y a quelque chose de louche là-dedans. On devrait aller les interroger, non ? Qu'est-ce qu'ils font là, d'abord ?

Nyyrikki soupira et ne répondit rien. Ragnvald attendit un peu puis, ne voyant rien venir et ne sachant que dire de plus, se mordit l'intérieur des joues en une moue dubitative. Ce faisant, il projeta ses lèvres vers l'avant, et en vint à entretenir une involontaire ressemblance avec le Chinois de son rêve et celui de la table tout au fond, qui étaient peut-être le même. Ils restèrent songeurs quelques instants, lui debout près de la machine à café, contemplant le liquide clair qui coulait en ronronnant, elle perdant son regard dans les miettes et les traces d'œuf dans les assiettes. Derrière les grandes baies vitrées, une lumière sèche commençait d'accabler le parterre de graviers autour de la piscine vide. Les arbustes agonisaient de soif. Plus loin la plaine tremblotait. C'est vrai, pensa-t-elle, que peuvent bien faire trois Chinois dans un endroit si désert, si abandonné, que personne ne connaît, et où il n'y a rien à voir ? Elle fit à nouveau demi-tour sur sa chaise, histoire de vérifier à quoi ressemblait le Chinois du rêve de Ragnvald. Mais il n'y avait plus de Chinois : tous trois avaient quitté la salle.

VI

1

LA PURETÉ ORIGINELLE

Ai-je un corps ou n'en ai-je pas
Suis-je moi ou ne le suis-je pas
Ainsi ma pensée s'interroge
Assis contre la falaise le temps s'écoule lentement
Entre mes pieds poussent les herbes vertes
Sur le haut de ma tête tombe la poussière rouge

Han Shan, dit Bec-de-canard.

Hm, approuva Zuo Luo.

C'est la falaise, je l'ai reconnue. Je ne savais pas qu'il était traduit ici.

Il l'a été pas mal, apparemment. Plusieurs poèmes de lui dans ce recueil en tout cas.

J'en connais un. Avec la falaise aussi. Son ermitage devait être tout en bas.

La falaise est froide, personne ne vient,
Les nuages blancs sans cesse s'amoncellent,
Les herbes tendres pour couverture,
Joyeux, la tête sur une pierre,
Je laisse ciel et terre poursuivre leur changement.

Au suivant, les poètes, grogna Menfei en sortant de la salle de bains, le ventre ceint d'une serviette blanche.

Wenguang s'y dirigea.

J'ai faim, dit Bec-de-canard.

Le petit-déjeuner est à partir de sept heures, dit Menfei. C'est dans un quart d'heure, ça te laisse le temps de prendre une douche.

Il laissa choir la serviette au sol et fouilla sans son sac, intégralement nu, un gros lombric. Bec-de-canard se demanda pourquoi il s'était mis une serviette autour du bide pour s'en débarrasser si vite.

J'ai pris une douche hier soir, après le sumo, murmura-t-il.

Il se disait que Menfei, pour peu qu'il engraissât à peine, rajeunît de quelques années et s'entraînât, probablement beaucoup, pourrait être un *sumotori* tout à fait acceptable.

La veille au soir, après le sumo pour l'un, les bières et les souvenirs d'enfance pour les autres, ils étaient allés chercher ensemble un endroit pour dîner, vu que l'hôtel, fantomatique et vide, tenu par un Indien aussi souriant que perpétuellement désolé, ne proposait rien. Mais vous ne faites *pas du tout* restaurant ?, avait demandé Menfei. *No sir*, avait répondu l'Indien en dodelinant la tête de gauche et de droite comme le font les Indiens, d'un élégant mouvement à la fois ferme et gêné. Pas même un sandwich, rien ? *No sir, sorry sir* – même mouvement de balancier, même sourire désolé. Des cacahuètes ? *Sorry, sir.* On n'en tirera rien, avait dit Zuo Luo. Allez, on sort.

Les deux autres lui avaient emboîté le pas, ils avaient franchi la double porte vitrée de l'hôtel et avaient plongé dans la nuit chaude et vide, aussitôt assaillis par une touffeur âcre qui leur collait aux narines. Quelques rares voitures passaient par là, s'engouffrant derrière des bâtiments géométriques non loin, des entrepôts sans doute, au-delà desquels, avait dit le patron toujours dodelinant de la tête, se trouvait une rue avec des commerces – mais peut-être tous fermés, avait-il précisé, *sorry sir*.

Et ç'avait presque été le cas. Rien d'ouvert, sauf une sorte de fast-food tenu par une Mexicaine dodue prénommée, de toute évidence, Wendy.

Qu'est-ce qu'elles ont toutes à afficher leurs prénoms sur leur poitrine, avait grommelé Bec-de-canard.

Pas uniquement les femmes, avait dit Menfei, les hommes aussi. Ça crée du lien et ça rapproche les clients des commerçants.

Bullshit, avait dit Bec-de-canard, satisfait de pouvoir caser un des rares mots d'anglais qu'il connaissait.

I agree, avait dit Menfei, usant d'un vocabulaire qui, cette fois, excédait les compétences linguistiques de son interlocuteur.

Ils avaient commandé six paninis-frites, et s'en étaient retournés à l'hôtel, engouffrant alternativement paninis et bières en canette, doigts plongés dans les frites, face à la télé qui ne diffusait rien de compréhensible, ni même de regardable. Ah si, tiens, un combat de catch.

C'est pas du *bökh*, mais c'est pas mal, non ? avait dit Zuo Luo.

C'est quoi, le *bökh* ? avait demandé Menfei.

De la lutte mongole, avait dit Bec-de-canard. C'est super.

Menfei : Tu veux dire le *buku* ?

Bec-de-canard : Ah non ! Rien à voir.

Menfei : Rien à voir, ça m'étonnerait, c'est presque le même nom.

Zuo Luo : Le *buku*, c'est mandchou.

Menfei : C'est bien de la lutte, non ?

Zuo Luo : Ouais.

Menfei : *Buku*, *bökh*, vous n'allez pas me dire que c'est très différent ? Même sport, même nom ou presque. C'est pareil, je suis sûr.

Bec-de-canard : Je te dis que ça n'a rien à voir. Le *bökh*, c'est l'origine. La pureté originelle. La base. Le *buku*, c'est une forme dégénérée du *bökh*. Le sumo, n'en parlons pas. Tout le reste, c'est des conneries.

Zuo Luo : Cherche pas, Menfei. C'est son truc.

Bec-de-canard : N'empêche que c'est vrai. Quant au catch, là, ça n'a aucun rapport, même de très très loin. Mais c'est amusant. Qu'est-ce qu'ils sont ridicules, avec leurs costumes ! Regardez, y en a même un avec un masque.

Menfei : Et pourquoi tu t'intéresses tant à ce truc mongol, toi ?

Bec-de-canard : Ma mère était mongole.

Menfei : Et ton père ?

Bec-de-canard : Bouriate, pourquoi ?

Menfei : Russe, donc ?

Bec-de-canard : Oui. Enfin, de nationalité en tout cas.

Menfei : Et toi, tu es chinois ?

Bec-de-canard : Ben oui. J'ai été naturalisé à vingt ans.

Menfei : C'est pour ça que la pureté originelle, ça te parle ? Moi je suis 100 % chinois, et la pureté, je m'en fous.

Bec-de-canard se renfrogna. Il plongea ses doigts gras dans le sachet de frites et fit mine de trouver passionnément intéressante la puissante collision entre un mastodonte chevelu grimé en Hells Angel et un autre affublé d'une cape rouge et d'un masque mexicain.

Le lendemain un peu après sept heures, Menfei et Zuo Luo tout propres, Bec-de-canard un peu moins, s'asseyaient dans la salle de restaurant, vaste et vide comme l'étaient la plaine tout autour, le lac mort pas loin, le ciel au-dessus et les centaines de kilomètres de désert sec dans quoi ils s'enfonçaient depuis des jours.

2

SÉCURISER LE PÉRIMÈTRE

Toujours pareil, dit Zuo Luo.

Quoi ? demanda Menfei.

Il n'y a rien de bon. Juste du café dégueulasse, du thé dégueulasse, des confitures dégueulasses, des toasts trop sucrés, des jus de fruits trop sucrés, des viennoiseries trop sucrées, des céréales pour les gamins, du lait – que des conneries. Non mais quel pays de débiles. Ça ne serait quand même pas compliqué de mettre un peu de riz, quelques *baozi*, deux raviolis, des légumes et une soupe.

Il y a du fromage, dit Bec-de-canard.

Dégueulasse, dit Zuo Luo.

Et du jambon.

Zuo Luo soupira, secoua la tête et prit un peu de jambon, un œuf dur, des toasts et un café.

Ils s'assirent tous trois à la table la plus éloignée de l'entrée, près de la grande baie vitrée qui donnait sur rien. Ou presque : une piscine vide, du gravier, un balai appuyé contre un mur de parpaings, des arbustes desséchés.

Bon, dit Menfei, le programme : on part d'ici, on va dans cet endroit nommé Slab City. On cherche la dénommée Wanda Springfield. On lui demande si elle sait où est son frère. Si elle l'a vu récemment.

Si oui, s'il était accompagné d'une jeune fille. Là je lui montre une photo de Yu. Et ensuite on avise.

Et si elle ne sait pas où est son frère ? demanda Bec-de-canard. Si elle ne l'a plus vu depuis des mois ?

Ça m'étonnerait. On verra bien.

À propos, Menfei, dit Zuo Luo.

Oui ?

On ne t'a pas demandé, mais... Ta fille, pourquoi elle t'a pas dit qu'elle allait rejoindre ce type ?

Menfei baissa les yeux.

On était... un peu en froid, disons. C'était à un moment où elle voulait prendre ses distances avec sa mère et moi.

C'est la vie occidentale, ça, dit Bec-de-canard d'un ton docte. Les enfants sont trop libres. Ils ne respectent plus leurs aînés.

En froid, pourquoi ?

Je sais pas trop. Enfin, si. Peut-être parce qu'on avait insisté un peu lourdement, sa mère et moi... bon, surtout moi, pour qu'elle reprenne le restaurant. Nous, on se serait mis un peu en retrait, tu comprends. Trente ans qu'on bosse comme des malades, jamais de congés ou presque. On s'est dit qu'on pouvait passer la main. En plus elle sait y faire. On le lui a proposé, elle n'a pas voulu. On a insisté, insisté, et j'ai peut-être gueulé un peu fort à une ou deux reprises. Ou trois. Ou plus. Et elle s'est barrée. Elle est partie habiter chez une amie, dans Greenwich. Ça a duré trois mois. Sa mère l'avait de temps en temps au téléphone. Moi, elle ne voulait plus me parler. Un jour elle lui a dit qu'elle allait à Las Vegas chez une amie de lycée, cette Beatrix qu'on a rencontrée. On la connaissait un peu, on ne s'est pas alarmés. Et puis voilà. À la place, elle est venue rejoindre ce type, qu'elle avait rencontré je ne sais où.

Et elle n'a même pas prévenu sa copine, dit Bec-de-canard.

La copine, c'était un prétexte, dit Zuo Luo.

Apparemment, elle devait passer la voir, continua Menfei, et ne partir que le lendemain avec Wolf, après être allée chez lui récupérer quelque chose. Mais il a dû arriver un jour plus tôt, si bien qu'au lieu de récupérer un sac ou je ne sais quoi, c'est lui qui l'a récupérée, et ils sont partis ailleurs.

Enfin, le bon côté de l'affaire c'est qu'elle vous a tout de même prévenus qu'elle partait à Las Vegas, dit Bec-de-canard.

Menfei leva le nez de son bol et regarda tour à tour les deux autres.

Ben c'est vrai, elle était pas obligée.

Il a raison, dit Zuo Luo.

Bec-de-canard eut un sourire satisfait. Il engouffra une gaufre nappée de confiture.

Elle aurait pu ne rien vous dire du tout, si vous vous parliez à peine depuis trois mois, continua Zuo Luo. Or elle vous a prévenus. Comme pour vous dire : papa, maman, je vais vivre ma vie, on se revoit d'ici deux mois, six mois, un an. Mais sans oser vous le dire tout à fait. Tout en vous le disant. Histoire que vous sachiez tout de même où elle est. Sans le savoir vraiment.

Hm, fit Menfei.

Tous trois plongèrent le nez dans leurs bols et assiettes. Un couple entra dans la salle : grands et blonds l'un et l'autre, lui un peu raide, regardant de part et d'autre comme s'il s'agissait de sécuriser le périmètre, expression qu'il affectionnait particulièrement et à laquelle, d'ailleurs, il pensait au moment même, fort pénétré de son rôle, commentant intérieurement ce qu'il était en train de vivre, ainsi qu'il en avait l'habitude, mais cela les trois autres ne pouvaient pas le savoir ; elle assez fringante, arpentant la salle d'un pas assuré, silhouette élégante et longs cheveux ramenés en chignon sur la nuque, une belle femme, pensèrent ensemble Zuo Luo, Menfei et Bec-de-canard lorsque les deux passèrent à une dizaine de mètres d'eux, simples silhouettes longeant leur champ de vision, avant d'aller s'installer à l'autre bout près de la machine à café.

On n'est pas seuls dans l'hôtel, dit simplement Menfei.

J'avais vu leur voiture, dit Zuo Luo. J'ai noté le numéro, au cas où.

Et ils continuèrent à avaler toasts et café, omelette et jambon, voire gaufres et confiture, mais toujours pas de riz, ni rien de civilisé, pensait Zuo Luo, qui avait une légère tendance à ressasser ce qui le contrariait.

Quelques minutes passèrent. Ils mangeaient. Bec-de-canard était assis face aux deux autres. À l'autre bout de la salle, les deux Américains étaient aussi face à face, la blonde leur tournant le dos à tous trois, l'autre face à Bec-de-canard, à qui il semblait qu'il le dévisageait avec insistance.

Qu'est-ce qu'il veut, celui-là, grommela-t-il.

Qui ça ? fit Menfei.

Le type, là-bas, il n'arrête pas de me regarder.

Peut-être que tu lui rappelles sa grand-mère.

Ou la chèvre de sa grand-mère, dit Zuo Luo.

L'un haussa les épaules, les deux autres rirent sans bruit, et tous les trois se consacrèrent à nouveau à leur pitance. Mais Bec-de-canard continuait à jeter de temps en temps des coups d'œil vers la table du fond. Les deux parlaient à voix basse. Peut-être parlaient-ils d'eux.

Ça alors, dit-il soudain, la bouche pleine et les yeux ronds.

Quoi ?

Wenguang, vise la femme là-bas.

Zuo Luo et Menfei se retournèrent. La blonde aussi s'était retournée. Tous les cinq se regardaient en silence.

Tu la reconnais ? chuchota Bec-de-canard.

Celle de la télé, non ?

De la télé ? fit Menfei.

Oui, on l'a vue l'autre jour, aux infos, je sais plus où.

Elle est flic, dit Zuo Luo. Le type aussi, sans doute.

La blonde se retourna. Zuo Luo et Menfei firent de même.

Et vous vous souvenez du visage d'une flic vue aux infos ?

C'est à cause de son nom. Il était inscrit sur l'écran. Elle s'appelle Nyyrikki. Or on en connaît une à Guangzhou.

Nyyrikki ? C'est quoi, ce nom ?

Justement, dit Zuo Luo. C'est finlandais. Il y a un café de ce nom à Guangzhou. C'est pour ça que ça nous a frappés.

C'était pour une histoire de trafic d'ambre gris, dit Bec-de-canard.

C'est quoi, ça ? demanda Menfei. Putain, les mecs, des fois je vous suis plus.

Le grand blond se leva et se dirigea vers la machine à café. Il leur tournait le dos.

Un truc dont on se sert pour les parfums, dit Zuo Luo. Enfin, peu importe. On est dans un trou complètement paumé, et les seuls clients de l'hôtel sont deux flics et trois détectives.

Je ne suis pas détective, dit Menfei.

Moi non plus, dit Bec-de-canard.

Bon. Un détective, un indic et un patron de restaurant qui mènent une enquête ensemble, ce qui ressemble beaucoup à un travail de détective.

Et alors ? dit Menfei.

Alors rien, dit Zuo Luo. C'est étonnant, voilà tout. Allez, on y va.

Et il se leva. Il avait soudain le vague sentiment de reprendre la main. Les deux autres le suivirent, et ils quittèrent la salle en silence.

3

LES REBUTS DE LA SOCIÉTÉ

Tu lisais, toi, enfant ? demanda Bec-de-canard.

Jusqu'à douze-treize ans, oui.

Et après ?

Après j'ai été adolescent et je suis devenu con.

Ouais, moi pareil.

Plus tard on s'en rend compte, et on passe le reste de notre vie à essayer de redevenir aussi subtil, curieux, intelligent, malin et ouvert à tout qu'on l'était jusqu'à douze-treize ans.

Ça dépend des individus. Moi je suis devenu con plus tôt. À onze ans, maximum.

C'est que tes hormones ont travaillé avant les miennes. J'étais peut-être en retard pour mon âge.

Et toi, Menfei ?

Menfei conduisait lentement. Il cherchait un panneau indicateur qui indiquât Slab City, ou quelque chose d'approchant.

Moi j'ai toujours été con, dit-il. Ah, voilà.

Il y avait un carrefour. Sur la droite, une route empoussiérée qui rejoignait le centre-ville, si cette appellation avait un sens, d'une bourgade nommée Niland. En face, un chemin de terre qui s'enfonçait entre deux allées de buissons. À gauche, une petite route qui serpentait entre deux étendues désertes et sèches. Un peu plus à gauche, une autre, que rien ne différenciait de sa voisine. Entre les deux, un bâtiment abandonné, sans doute anciennement administratif, tout à fait incongru en tout cas, envahi de sable, posé là en plein milieu de rien. Juste devant lui, un panneau comme on en voit dans certains westerns, en bois rongé, avec une inscription à la main : "Salvation Mountain", et au-dessous, en plus petit, à la peinture rouge : "Slab City", avec une flèche indiquant la route à suivre. Et que, par conséquent, ils suivirent.

Qu'est-ce que c'est que ce truc ? dit Menfei après quelques centaines de mètres.

Il arrêta la voiture devant un panneau "Salvation Mountain". Il y avait, au-dessous d'un arbre mort, un antique autobus envahi de slogans à la gloire de Jésus, derrière lequel d'autres vieilles camionnettes datant plus ou moins des années 1930 et quelques voitures et caravanes déglinguées servaient, apparemment, de refuges à une poignée d'individus, bien qu'il n'y eût personne alentour. Mais il était clair qu'une petite vie se déroulait là : une guitare était posée contre un pneu, des chaises, des peluches, des tables de camping entre deux voitures qui n'avaient plus roulé depuis des générations. Et partout, sur les vitres, les portières, les carrosseries, des citations bibliques, majoritairement évangéliques, le plus souvent réduites à leur simple référence – *"St John 4-6"*, *"Acts 2-38"*, *"Thessalonians 5-23"* –, et d'autres qu'on devinait plus spontanées, *"Jesus loves you"*, *"God is love"*, *"Repent"* ou *"O Lord forgive my sins"*. Derrière les quelques véhicules ainsi décorés s'élevait un monticule intégralement peint de couleurs vives figurant des fleurs, arbres, sentiers, ruisseaux ou simples motifs géométriques, orné lui aussi de slogans débordant d'amour et de confiance, *"Love is universal"*, *"You are loved by God"*, *"God never fails"*, etc., sur lequel il était possible de grimper en suivant un petit chemin de briques jaunes, comme dans *Le Magicien d'Oz*, et d'en atteindre le sommet, à une vingtaine de mètres de hauteur. Plus loin sur la droite, cette "montagne du salut" se transformait en une espèce d'habitat troglodyte, dans lequel étaient percées quelques fenêtres, ou lucarnes, au-dessus d'une ouverture béante surplombée d'un *"Jesus"* rouge vif.

C'est dingue, dit Bec-de-canard.

Ils sont vraiment accros à leur Jésus, dit Menfei.

Comme si c'était un dieu, ou je sais pas quoi.

Menfei et Zuo Luo échangèrent un regard.

Ben… c'est le cas, dit Zuo Luo.

Comment ça ? Il est pas mort crucifié ?

Et alors ?

Et alors, depuis quand les dieux sont mortels ?

Il a ressuscité, dit Zuo Luo.

Ah, c'est ça…

C'est ce que croient les chrétiens en tout cas. Mais ce sont peut-être ses disciples qui ont volé son corps après sa mort.

De toute façon, si ça se trouve c'était un bâtard, dit Menfei.

Ah bon ? fit Bec-de-canard.

Il y en a qui disent que sa mère, une toute jeune fille, peut-être une prostituée, a été engrossée par un soldat romain nommé Pantera. Ce serait pour ça que Jésus a toujours été proche des prostituées, des mendiants, des lépreux, des éclopés, de tous les rebuts de la société : il en était un lui-même. Mais un dieu, peut-être pas.

Ah bon, répéta Bec-de-canard. Moi ça me le rendrait plutôt sympathique, remarque.

D'où tu sors ces choses sur Jésus, toi ? dit Zuo Luo.

Ma femme est chrétienne, tu savais pas ?

Non.

Une lubie, aux alentours de ses vingt ans. Elle s'est convertie. Mais c'est pas elle qui m'a dit ça, c'est une amie à elle, Martha, une juive qui vient souvent au restaurant. Cette histoire de soldat romain, c'est dans le Talmud, il paraît.

Et ta fille, elle est chrétienne aussi ?

Oui. On l'a fait baptiser. Ma femme y tenait. Moi je m'en foutais.

On grimpe là-haut ? fit Bec-de-canard. Un peu de tourisme, ça ne ferait pas de mal, non ? Bientôt une semaine qu'on est dans ce foutu pays, et on n'a vu que des villes désertes, du sable, des roches et un lac mort. C'est pas qu'ici ce soit très différent, mais au moins c'est coloré. Et puis il est tôt, on a le temps.

Zuo Luo et Menfei se regardèrent, le visage impassible. Leurs yeux ne cillaient pas. Leurs sourcils ne bronchaient pas. Leurs lèvres ne remuaient pas. Rien n'indiquait qu'ils partageassent la moindre information. Mais ce fut sans doute le cas, puisque :

Cinq minutes, pas plus, dit Menfei en ouvrant la portière.

Dix minutes après, ils redescendaient par la petite *yellow brick road* du sommet de Salvation Mountain, d'où ils avaient embrassé du regard la plaine désertique qui tremblait à l'horizon et, à quelques centaines de mètres de là, le campement de Slab City, un assemblage de tentes, caravanes et mobile homes où vivaient, leur avait dit un vieux type en short qu'ils avaient croisé en montant, une petite centaine de personnes. Ils retournèrent à la voiture.

C'est qu'on n'a pas que ça à faire, dit Menfei en redémarrant.

Une autre voiture arrivait, à qui il dut laisser le passage. Elle roulait à vive allure, soulevant une telle poussière qu'il était impossible d'en discerner l'intérieur. Elle fila vers la gauche, dans la direction de l'endroit d'où ils venaient, en les enveloppant d'un nuage ocre. Eux s'engagèrent à droite, vers Slab City.

Histoire de Chen Wanglin,
auteur réticent et enquêteur perplexe

10
On ne pense pas toujours de la même manière

— Je ne sais plus très bien dans quelles circonstances votre patron et moi nous sommes rencontrés, avait dit Arnaud Lacépède, assis avec Wanglin à une terrasse sur le Vieux-Port à Marseille, mais c'était il y a cinq ou six ans, à Pékin. Nous nous sommes revus quelques fois ensuite. Et récemment il m'a écrit pour me prévenir de votre arrivée. Il paraît que vous êtes écrivain ?

— Non, pas vraiment, dit Wanglin. En réalité je suis journaliste.

— Je comprends, fit Lacépède, il faut bien gagner sa vie.

Wanglin eut un mouvement de surprise. Cette réponse, il l'avait déjà entendue.

— Vous connaissez Emily Bly ? demanda-t-il.

— Qui ça ?

— Emily Bly. Une traductrice, que connaît aussi Ba Yu.

— Non, je ne vois pas.

Il parlait très vite et faisait oui de la tête à la fin de chaque phrase, même lorsqu'il s'agissait d'une phrase négative, comme celle qu'il venait de prononcer. Ce détail agaçait un peu Wanglin.

Ils n'étaient pas très loin de la mairie, face à Notre-Dame-de-la-Garde. La lumière était plus vive, plus claire, plus coupante qu'à Paris, se disait Wanglin – et infiniment plus qu'à Pékin. Les reliefs, les lignes, les contours de chaque bâtiment, de chacun des bateaux qui oscillaient doucement devant eux, se dessinaient avec force, autonomes dans leurs géométries propres. Les perspectives s'en trouvaient comme étirées, et le poids des choses comme mieux inscrit dans le monde. Tout semblait plus net, plus vif, plus affûté – plus violent aussi. Il y avait quelque chose d'intensément pictural là-dedans. Pas étonnant que nombre de peintres soient venus s'établir dans la région, pensa-t-il.

Arnaud Lacépède était un sexagénaire grisâtre. Il avait un petit visage aux traits mous, avec de grands yeux bleus légèrement humides et de longs cils. Il était voûté, empressé dans le moindre de ses gestes, de ses propos. Il ne lui manquait qu'un pardessus et un chapeau, et il aurait été la caricature de ces fonctionnaires anonymes, interchangeables et soumis que l'on trouve dans certains romans des années 1950. Wanglin se demandait ce qu'il pourrait avoir à lui apprendre sur une jeune Chinoise dynamique et à peine trentenaire. Ils s'étaient donné rendez-vous quelques heures après l'arrivée de Wanglin qui, une fois qu'il eut déposé ses affaires dans un hôtel près du port, avait eu le temps de déambuler dans les rues du centre, frappé par leur côté interlope, par les habitats anciens et précaires du côté de la Canebière et de Noailles, et la sensation de pauvreté urbaine qui s'en dégageait. La ville, en fait, semblait plutôt miséreuse – dans ces zones-là du moins. C'était la deuxième ville française qu'il voyait, mais la comparaison avec Paris n'avait pas lieu d'être, se disait-il : il n'y avait strictement rien de commun entre les deux. Les différences étaient sans doute plus grandes encore qu'entre Pékin et Shanghai, pourtant bien différentes l'une de l'autre. Et puis Shanghai, si "ville du Sud" soit-elle, était globalement plus élégante que Pékin, ce qui n'était pas le cas de Marseille par rapport à Paris – c'était peut-être même l'inverse. Il y avait ici un côté débraillé, sale et bordélique, qui la rendait plus proche des petites villes du Sud de la Chine. Une intensité brute et parfois dérangeante, quelque chose de noir et de violent dans le regard des habitants, leurs gestes, leurs attitudes. La tragédie grecque, pensa instantanément Wanglin. Quelque chose de joyeux aussi, mais davantage dû à la lumière intense et vive qu'à la mine des passants – sauf les plus jeunes, souvent issus de l'immigration, qui arpentaient les rues d'un pas alerte, parlant fort et faisant le spectacle. Ensuite il était descendu vers le quai de Rive-Neuve, où il avait vu des pêcheurs vendre sur un étal de fortune le produit de leur pêche, daurades, merlans, rascasses, petits poissons multicolores, et quelques poulpes qui gisaient, flasques et pitoyables, à l'intérieur de boîtes en polystyrène blanc. Il s'était souvenu d'avoir lu quelque part un article sur l'intelligence des pieuvres et des poulpes, qui transmettent émotions et significations complexes en changeant la couleur et la texture de leur peau, possèdent une intelligence jugée équivalente à celle d'un chien, peuvent faire preuve d'esprit d'analyse, d'observation et de déduction, sont capables de calcul et possèdent une forme de conscience dite "primaire", à base de perception et de traces mémorielles leur permettant d'interpréter ce qui leur arrive à un moment donné, bénéficient d'une grande capacité d'apprentissage, d'un esprit ludique qui leur permet de jouer avec des objets qui ne leur sont d'aucune utilité, capables d'interpréter des symboles aussi bien qu'un enfant humain de trois ou quatre ans, et dont les huit bras sont comme autant de cerveaux autonomes possédant chacun plus de cinquante millions de neurones, capables d'accomplir des actions indépendantes et complexes, et pouvant aussi travailler collectivement dans un but bien précis. En contemplant le contenu des caisses de polystyrène posées devant une grosse dame en tablier qui haranguait par moments les passants, majoritairement des touristes, il s'était soudain senti envahi d'une immense tristesse – comme si les poulpes flasques alignés là reflétaient toute la misère du monde.

— J'habite en face, dit Lacépède. Vous voyez Notre-Dame-de-la-Garde ? Juste derrière, un peu au-dessous. C'est un quartier calme, avec de petites rues pentues, du silence, des mimosas en février, des bougainvilliers au printemps, des oiseaux. Un quartier assez favorisé, je dois dire. Vous devriez venir vous perdre un peu dans l'entrelacs des ruelles. C'est très différent du centre, vous verrez. Et ça vaut le coup d'œil. Je vous y emmène si vous voulez. Vous en profiteriez pour monter à Notre-Dame-de-la-Garde. La vue n'est pas mal de là-haut.

— Pourquoi pas, dit Wanglin. Mais je repars demain soir, et j'ai encore une ou deux personnes à voir.

Une sorte de puissant ricanement se fit entendre. Wanglin eut l'air surpris.

— Le goéland, juste là, dit Lacépède, désignant un gros oiseau blanc qui semblait plastronner sur un conteneur à poubelles à côté d'eux – fier et hautain, ne put s'empêcher de penser Wanglin, qui se méfiait pourtant des analogies anthropomorphiques. Un des oiseaux qu'on voit beaucoup dans mon quartier. Ils pullulent par ici. Et leurs cris sont impressionnants. En été ils nous réveillent dès l'aube, mieux qu'un coq. Comme tous les animaux, ils sont plus complexes qu'il n'y paraît, enchaîna Lacépède. Savez-vous qu'ils disposent de quarante cris différents, et d'une quinzaine de postures, selon qu'ils veulent signifier la faim, le quémandage sexuel, la colère, la peur, la détresse, etc. ?

— Non, dit Wanglin, mais vous, vous semblez vous y connaître.

Lacépède eut l'air gêné.

— Je m'intéresse aux animaux, disons.

— Je comprends. Moi aussi, d'une certaine manière. Enfin, ma sœur surtout. Et sinon, prit-il le taureau par les cornes, vous connaissez Meijie, la fille de Ba Yu ?

— Un peu, dit Lacépède. Je l'ai rencontrée une ou deux fois.

— C'était il y a longtemps ?

— Il y a deux ou trois mois, je pense. Mais c'est surtout mon cousin qui la connaît. Enfin, mon petit-cousin, en réalité : le fils de ma cousine. Ou plus précisément, une de ses amies. Elle est à moitié chinoise, d'ailleurs. Nous faisons partie de la même association, et Meijie venait assister à nos réunions.

— Une association ?

— Oui, pour la défense et la protection des animaux, justement. Une association internationale, basée au Royaume-Uni, dont un des objectifs est d'obtenir aux animaux un statut juridique qui leur accorderait certains droits fondamentaux – comme celui d'être en vie, en liberté, et de n'être pas maltraités, ni physiquement ni psychologiquement. Interdiction de maltraitance, et obligation de bientraitance, en somme. Cela semble aller de soi, mais ça n'est pas le cas. En fait le but est de leur accorder un statut de personne non humaine. C'est un peu long à expliquer dans le détail. Ce statut existe ailleurs, sur des cas bien précis. Mais en France nous sommes particulièrement en retard sur ce point, et sur bien d'autres dans ce domaine – sur à peu près tous, en fait. Dans l'association, j'assiste à quelques réunions et donne des conférences sur le droit et la philosophie animale – ou plus exactement sur la philosophie appliquée à notre relation avec les autres animaux.

— Vous êtes philosophe ?

Il haussa les épaules.

— C'est beaucoup dire. J'ai juste été professeur de philosophie. À présent, disons que je me suis un peu éloigné de la pensée philosophique occidentale : je fréquente plutôt le taoïsme, en essayant de concilier les deux. Dans la mesure de mes possibilités, bien sûr. C'est une longue histoire – qui d'ailleurs n'est pas sans rapport avec mon intérêt pour la cause animale. Une histoire de cheminement personnel, vous voyez ?

— Oui et non, dit Wanglin.

Philosophe et bavard, pensa-t-il.

— Peut-être puis-je essayer de vous expliquer ça brièvement, dit Lacépède. Après tout, cela a quelque chose à voir avec votre pays. Si cela ne vous embête pas, bien entendu.

— Non, non, bien sûr, dit Wanglin, qui pensait exactement le contraire.

Il soupira intérieurement. Il n'avait aucune envie d'entendre Lacépède s'engager sur ce sujet de cheminement personnel. Il considérait ses grands yeux bleus un peu larmoyants et craignait le pire : du pathos, de la découverte de soi, de la sagesse à deux balles. Mais après tout pourquoi pas, se raisonna-t-il. Qu'avait-il de mieux à faire ? Il était tôt encore, et il avait le temps. Dans trois heures il avait rendez-vous avec l'ami d'Emily Bly, celui qui connaîtrait peut-être Ba Meijie. Puis le soir il irait dîner avec Rosario Traunberg, qu'il avait prévenu de son passage à Marseille – Rosario, qu'il n'avait plus vu depuis dix ans, mais avec qui il était toujours resté en contact plus ou moins lointain, notamment par rapport à son roman *Les Aventures de Zuo Luo le renard justicier*, qu'il avait réussi à faire traduire en français par un de ses amis, un Franco-Chinois nommé Paul Hu. Et il demanderait à Lacépède les coordonnées de son cousin, ou de l'amie de son cousin, qu'il essaierait de voir dans la journée du lendemain, avant de rentrer à Paris, et après avoir déjeuné avec Alain-Pierre Ménard. Rien d'insurmontable. Il avait le temps.

Le ciel était limpide et l'atmosphère paisible. Des goélands tournoyaient au-dessus des mâts qui se balançaient doucement devant eux, portés par le lent clapotis des eaux du port. Il regarda Notre-Dame-de-la-Garde en face et se dit qu'il allait peut-être accepter l'invitation de Lacépède et se rendre là-haut avec lui pour voir la basilique, et l'ensemble de la ville. Tout à l'heure, avant son rendez-vous.

— J'ai longtemps enseigné et pratiqué la philosophie, commença Lacépède. Au lycée, pas à l'université. Plus jeune j'ai été successivement nietzschéen, schopenhauérien, puis wittgensteinien. Pour des raisons personnelles et familiales sur lesquelles je n'ai pas envie de m'étendre, j'ai, pour dire les choses grossièrement, très tôt éprouvé une espèce de rejet de moi-même, et pratiqué à l'égard du monde une forme d'ironie grinçante. J'ai partagé l'idée de Tolstoï selon laquelle il était impossible de vivre dès lors qu'on n'était pas "ivre de vie", car "à peine dégrisé on ne pouvait pas ne pas voir que tout cela n'était que tromperie, et tromperie stupide". J'ai aussi constaté ma propre lâcheté face à ce constat. J'ai été prêt à accueillir n'importe quelle religion pourvu qu'elle ne vienne pas contredire ma raison – mais je n'en ai pas trouvé. J'ai pratiqué l'ironie comme une vertu, me suis moqué avec arrogance de ceux qui croyaient penser le monde, ou qui croyaient aider à le penser, qui refusaient l'absurdité, qui espéraient trouver un semblant de sens à tout ce fatras. J'ai éprouvé cette forme de nihilisme hautain, armé d'un petit sourire supérieur, à l'égard de ceux qui semblaient estimer que quelque chose pouvait exister hors de ce qu'exprime le langage articulé. Vous connaissez peut-être la phrase de Wittgenstein : "Les limites de mon propre langage signifient les limites de mon propre monde."

Wanglin fit non de la tête. Il n'avait jamais rien lu de Wittgenstein. Il savait juste qu'il aimait les films américains populaires, les films noirs, les westerns et les comédies musicales, qui lui apportaient plus de satisfaction, disait-il, et plus d'enseignement, que les films européens à prétention artistique – et cela le lui rendait plutôt sympathique.

C'était d'ailleurs plus ou moins sa propre position vis-à-vis de la musique. Le serveur vint récupérer sans un mot la petite coupelle avec le montant qu'ils avaient réglé. Lacépède se tut, attendit qu'il s'éloigne et reprit :

— J'ai partagé cette idée. J'ai réfuté toute forme de profondeur, celle de la psychanalyse aussi bien que celle de la métaphysique. Ne parlons même pas de la littérature. Je tenais que les prétendues réponses détruisaient la beauté des questions, et n'engendraient qu'une prolifération cancéreuse de mots, inutiles et risibles. Il y a une phrase de Hofmannsthal là-dessus, sur les mots qui pourrissent dans la bouche comme des champignons moisis. Et puis un jour, à la suite d'un documentaire sur le sort réservé aux animaux de ferme, j'ai eu une sorte de "crise", ou de révélation – je ne sais pas comment la définir. Un peu comme Nietzsche qui a sombré dans la folie après avoir embrassé le museau d'un cheval battu à mort par son propriétaire à Turin, un jour de 1889. Mais je ne suis pas devenu fou – du moins je ne le crois pas. J'ai soudain, *raisonnablement*, volontairement, opté pour la compassion. J'ai fait le *pari* de la compassion, en somme. Cela a été le fruit d'une décision, soudaine et irréversible. Compassion pour les humains, certes, mais aussi pour les animaux, si vulnérables, à qui nous faisons vivre l'enfer sur terre, et qui sont loin d'être "pauvres en monde", comme le disait stupidement Heidegger – bien au contraire, ainsi que nous le savons tous désormais. Les animaux dont le monde, si riche, si complexe et si intense, si diversifié aussi, n'est précisément, et par définition, *pas* limité par le langage – qu'il déborde de toutes parts, en quelque sorte. La brusque prise de conscience de tout ceci venait réfuter en profondeur mes propres croyances, mon propre système de pensée et de représentation. J'ai relu Montaigne, m'attardant notamment sur le long chapitre de ses *Essais* dans lequel il vante l'intelligence, le courage, la charité et la magnanimité des animaux en regard des mêmes vertus chez les humains, et où il divise les philosophes en trois catégories : ceux qui pensent avoir trouvé la vérité, ceux qui affirment qu'elle est introuvable, et ceux qui la cherchent encore – et pour lui bien entendu seuls sont dans le vrai ceux qui relèvent de la troisième catégorie, car les autres pèchent par dogmatisme.

Il fit une pause, but une gorgée de sa tasse de thé, perdit quelques secondes son regard dans les lentes oscillations des mâts, puis continua :

— Alors j'ai voyagé. C'est de famille : j'ai un cousin qui a disparu un jour, parti vivre et mourir en Patagonie. Je n'ai peut-être pas connu la mélancolie des paquebots, les froids réveils sous la tente, l'étourdissement des paysages et des ruines, ni l'amertume des sympathies interrompues, encore que pour ce dernier point cela se discute, dit-il en souriant, mais j'ai longtemps séjourné en Chine. J'ai découvert votre pays, ou une partie de votre pays, son histoire, sa littérature que je connaissais déjà un peu, et sa pensée – du moins parfois, lorsque je pouvais y comprendre quelque chose. Et surtout j'ai découvert le taoïsme. J'ai séjourné dans les monts Wudang, dans le Hubei. Je ne suis pas devenu moine, ni évidemment prêtre. Tout ceci n'était finalement qu'un moyen égoïste de trouver un semblant de sens à la confusion que je percevais autour de moi, et en moi. Je suis revenu.

J'ai lu. L'illusion du moi, les non-réponses comme réponses ultimes, l'acceptation du non-sens, l'attention à l'invisible et à l'infime – voilà ce qui m'a réconcilié à la fois avec la compassion, la religion sans dieu et sans système, et la lucidité ultime et tragique de Wittgenstein, de Nietzsche et de quelques autres. Après ça, je me suis engagé dans la défense et la protection des animaux. Voilà.

Il termina son thé.

— On fait ce qu'on peut, n'est-ce pas, conclut-il en souriant.

Wanglin le regardait, surpris. Il ne s'attendait pas du tout à un tel discours, qui venait passablement contredire l'impression générale qu'il s'était faite du bonhomme – celle d'un petit prof à la retraite, timide, étriqué, vulnérable et sentimental, gris et un peu mou avec ses grands yeux bleus larmoyants. Il l'imaginait mal en cynique arrogant et ricaneur, même quarante ans plus tôt. L'autre avait sans doute deviné ses pensées, car il donna un petit coup du plat de la main sur le plateau de la table et se leva en disant :

— Vous savez, à vingt-cinq ans et à soixante, on ne pense pas toujours de la même manière. Vous verrez. Cela ne signifie pas qu'on pense mieux à soixante. C'est peut-être même l'inverse, parfois. Vous voulez aller à Notre-Dame-de-la-Garde ?

Le goéland, qui, perché sur son conteneur à poubelles, avait écouté toute la conversation sans dire un mot, s'envola en poussant une espèce de grand miaulement répétitif et plaintif qui décrut puis se perdit dans le lointain.

11
Le bon fil dans le bon chas

Les étoiles salées sentent la ruine du monde.
Mon père était un nomade dans les plaines mongoles.
Tous les jours il nourrissait mille agneaux d'Astrakan.

Wanglin avait terminé le petit ensemble de poèmes que lui avait donné Emily Bly. Souvent, lorsqu'il lisait un livre, il se livrait à une sorte de divination de poche. Il comptait le nombre exact de pages de texte, le divisait par deux, se reportait à la page correspondante, et y choisissait, de préférence vers le milieu, une phrase quelconque, qui souvent se trouvait être particulièrement emblématique du livre. En examinant plus attentivement l'ensemble, il s'avérait parfois que le livre entier s'organisait *autour* de cette page ou de cette phrase, que tout s'y répondait de part en part, à égale distance du centre. Il était ainsi parvenu à établir une sorte de structure concentrique, bien entendu volontaire chez certains auteurs, mais peut-être involontaire chez d'autres, dont rien ne laissait envisager qu'ils fussent très soucieux de symétrie cachée. D'autres fois il ouvrait le livre au hasard. La phrase ainsi révélée pouvait alors lui apparaître comme un message parfois incompréhensible – ce qui d'ailleurs en accentuait l'aspect quelque peu ésotérique, conforme en cela à la vieille tradition des sorts virgiliens où, à l'aide de dés, une pareille méthode était utilisée en guise de divination avec le support des *Bucoliques*. Il décida de faire de même avec les poèmes qu'il avait en mains. Il tomba un peu plus loin que l'exacte moitié. Le milieu de la strophe au milieu du poème disait :

La tâche que nous avons acceptée est de descendre
Renouveler notre amitié aux choses misérables.

Bien sûr cela lui fit penser à ce que lui avait dit Lacépède un peu plus tôt sur la compassion à l'égard des animaux, si bien qu'il se trouva tout près de croire en l'efficacité des sorts virgiliens. Puis il calcula le centre exact du livre de poèmes et tomba sur ces deux vers :

Le poinçon traverse le cuir,
Et le fil le chas de l'aiguille.

Et là aussi cela lui rappelait quelque chose.

Après qu'il s'était rendu à Notre-Dame-de-la-Garde avec Arnaud Lacépède, que celui-ci lui eut donné quelques informations sur l'histoire de Marseille, lui indiquant sommairement les étapes de la fondation et de l'élargissement de la ville, après qu'il eut admiré le site, le panorama urbain et la somptueuse vastitude de la mer étincelante que sillonnaient quelques voiliers – vue d'ici Marseille semble tournée vers la mer, avait dit Lacépède, mais la réalité de la ville est que, comme la plupart des ports méditerranéens, elle lui tourne le dos, d'ailleurs les Marseillais quittent peu Marseille, certes ils ont le port, les bateaux et l'ouverture vers l'infini maritime, et cela alimente l'imaginaire lié aux voyages, mais eux-mêmes voyagent peu, au contraire des Suisses ou des Anglais : ils *parlent* de voyages, ce qui n'est pas la même chose ; après qu'il eut vu l'intérieur de la basilique aussi, avec tous les ex-voto maritimes qui lui firent penser, par la foi naïve dont ils témoignaient, à tous les colifichets colorés liés aux rituels populaires des temples bouddhiques ; après qu'en redescendant de la colline il eut évoqué, avec son Virgile, l'état de la protection animale en France, pas brillante selon Lacépède, imaginez, cela ne concerne que les animaux domestiques, les sauvages en sont exclus, et s'ils ne font pas partie des espèces par ailleurs protégées, ils sont considérés soit comme chassables, donc soumis à des périodes d'abattage précises, soit comme nuisibles, et on peut les tuer n'importe quand et en n'importe quelle quantité – et cette répartition entre chassables et nuisibles, continuait Lacépède, concerne quatre-vingt-dix espèces, et représente quarante millions d'animaux morts par an ; après qu'ils eurent aussi évoqué l'état des diverses lois de protection animale, domaine dans lequel la Chine, disait Lacépède, n'est pas précisément pionnière, mais la France non plus, et même d'assez loin, surtout comparée aux pays anglo-saxons ; après tout cela, ils avaient arpenté ensemble, à pied, les belles ruelles en pente du quartier où vivait Lacépède, du côté de Bompard, puis ils s'étaient séparés, Lacépède était rentré chez lui et Wanglin s'était rendu non loin de là, toujours à pied, flânant dans les ruelles bordées de belles et anciennes maisons entourées de hauts murs, jusqu'au bas d'Endoume, puis du côté de l'abbaye Saint-Victor, pour rencontrer, dans un bar sans cachet, l'homme dont Emily Bly lui avait donné à tout hasard les coordonnées. Il s'appelait Christian Garcin. Celui-ci n'avait cependant rien eu à lui apprendre concernant Ba Meijie : il se souvenait qu'en effet Emily lui avait donné son nom et dit que Meijie le contacterait sans doute pendant son séjour à Marseille, mais la jeune fille n'en avait rien fait, et Garcin n'avait jamais rencontré Meijie, ce qu'il n'avait d'ailleurs pas dit à Emily, puisqu'ils ne s'étaient plus écrit depuis des mois, avait-il dit – mais c'est normal, avait-il ajouté, j'étais en voyage, et nous nous écrivons finalement assez peu. Il avait en outre demandé à Wanglin quelques renseignements sur Pékin, où il devait se rendre dans quelques mois, et aussi de lui parler de ce détective privé surnommé Zorro, qu'il connaissait car il se trouvait qu'il avait lu le livre que Wanglin avait écrit, *Les Aventures de Zuo Luo le renard justicier*, d'ailleurs traduit par quelqu'un qui vit ici à Marseille, vous étiez au courant ? avait-il demandé à Wanglin, qui ne l'était pas, sachant seulement qu'il s'agissait d'un ami de Rosario Traunberg mais ignorant son lieu de résidence. Et par la suite, évoquant la quête de Wanglin qui l'avait amené à se déplacer à Paris, puis à Marseille, et se rendant compte que le jeune Chinois était un peu découragé et ne savait plus très bien à quoi servait ce voyage, Garcin avait tenté de le rassurer, lui disant qu'à force de patience il allait bien réussir à faire passer le bon fil dans le bon chas et à assembler ensuite entre eux tous les fils de la tapisserie qui peu à peu se dessinerait devant lui et en lui – et c'est à cette phrase-là que lui faisaient penser les deux vers qui se trouvaient au centre exactement du livre de poèmes qui lui avait offert Emily Bly, et qu'il venait de lire.

Un tintement se fit entendre. Il leva les yeux. Rosario venait d'entrer dans le restaurant, accompagné de deux autres personnes – un couple d'amis chinois, avait-il dit à Wanglin.

12
La lumière est uniquement à l'extérieur

Une phrase traversa l'esprit de Wanglin : Les jeunes filles disparaissent dans l'air tiède.

Où l'avait-il lue ? Un poète français du début du XXe peut-être. Il n'était pas sûr.

Il marchait le long du port et se dirigeait vers son hôtel, passant devant le théâtre de la Criée où il avait rendez-vous le lendemain avec Alain-Pierre Ménard pour déjeuner. Il était un peu plus de minuit. Un gros et vieux rat l'observait, à l'abri d'un carton posé près d'un conteneur à poubelles, dans une rue perpendiculaire. Il leva le museau, ses moustaches frémirent, il sentit chez cet humain une sorte de désarroi tranquille qui ne laissait présager aucune menace à court terme, si bien qu'il se remit à fouiller les épluchures qu'il était en train d'extirper d'un sac mal fermé. Wanglin, lui, ne l'avait pas vu, pas plus qu'il n'avait remarqué le chat qui, installé sur le capot tiède d'une voiture, l'avait quant à lui repéré, mais il préférait observer le rat, tout en restant cependant sur ses gardes : vu la taille de l'animal, il n'était pas sûr d'avoir le dessus en cas de combat. Wanglin poursuivit sa route, et le chat et le rat leurs activités respectives sans plus se soucier de lui. Ils ne le recroisèrent jamais, si bien que pendant les deux cent cinquante-deux jours qui restaient à vivre à l'un et les neuf cent trente-sept à l'autre – pour ce qui concerne Wanglin nous ne dévoilerons pas ici le décompte – aucun des deux animaux ne se soucia plus jamais du troisième, qui ne les avait pas vus et qui, perché sur ses deux pattes, déambulait le long du port de Marseille. Les terrasses étaient pleines. À cette heure et en ce lieu, la ville semblait être exclusivement peuplée de trentenaires insouciants et hilares, avec une forte proportion féminine. Il avait lu récemment une phrase de Conrad au sujet des Marseillaises, "de robustes filles avec des profils purs, de superbes chevelures noires coiffées avec un art compliqué, des yeux noirs, des dents éblouissantes de blancheur". C'était avant l'uniformisation générale des comportements et des apparences, mais pour ce qui concernait les cheveux et les yeux noirs, voire les dents blanches, ou du moins le fait de les exhiber en riant volontiers, cela n'avait guère changé. Il se souvenait d'avoir lu aussi que Conrad parlait l'anglais, langue dans laquelle il écrivait pourtant, avec un accent "horrible", et le français avec l'accent marseillais – et cette information, sans qu'il sût pourquoi, l'amusa. Il continua son chemin, perdu dans ses pensées. Il menait une enquête après tout, qui commençait à ne plus trop lui déplaire. Que ferait Zuo Luo en une pareille situation ? Il lui fallait en tout cas agir comme un enquêteur, c'est-à-dire récapituler, déduire, induire, déceler des logiques souterraines, laisser les lignes de force émerger. S'il y en avait. Il récapitula mentalement les informations qu'il avait obtenues dans la soirée, dans ce restaurant où Rosario était entré, accompagné d'un couple dont l'élément masculin, Paul Hu, se trouvait être le traducteur de son roman *Les Aventures de Zuo Luo le renard justicier* – surprise ménagée par

Rosario. Paul était accompagné de son amie, franco-chinoise comme lui, nommée Yu Yan. Après les salutations d'usage et les chaleureuses manifestations de retrouvailles, Wanglin avait mentionné à Rosario et ses amis l'objet de sa venue à Marseille, ainsi que sa rencontre avec Arnaud Lacépède un peu plus tôt.

— Attends… l'avait interrompu Rosario, tu as rencontré un nommé Lacépède aujourd'hui ?

— Oui…

— *Arnaud Lacépède ?* Sérieux ?

— Euh… oui. Pourquoi ?

— Pour rien…

Rosario, comme désireux de se donner une contenance, avait saisi la carafe posée sur la table et rempli les quatre verres.

— Sauf que c'est mon cousin.

— Quoi ?

— Enfin, le cousin germain de ma mère. Je ne sais pas comment on dit. Mon grand-cousin, peut-être.

Et comme en cascade, les révélations, ou coïncidences, s'étaient enchaînées : Paul Hu ici présent était donc le traducteur de son livre *Les Aventures de Zuo Luo le renard justicier*. Rosario était donc le cousin dont lui avait parlé Arnaud Lacépède. Et Yu Yan l'amie chinoise de ce cousin, celle qui connaissait Meijie – même si elle ignorait ce qu'elle était venue faire à Marseille, avait-elle dit à Wanglin lorsque celui-ci lui eut posé la question. Peut-être rien de particulier. Apparemment elle n'était pas étudiante. Elle semblait donc avoir laissé tomber les études d'anthropologie qu'elle suivait à Paris. Yu Yan se souvenait qu'elle cherchait à donner des cours de chinois. Sans doute envisageait-elle de rester ici.

Peut-être y est-elle restée, d'ailleurs, avait-elle dit aussi. Elle ne donne plus de nouvelles, voilà tout, et on ne la voit plus à l'association. Yu Yan avait aussi rencontré une fois Wang Bo, le petit ami de Meijie : un grand costaud assez taciturne, avait-elle dit, au contraire de Meijie, qui était petite, vive et très expressive. Meijie et elle avaient noué contact au sein de l'association, puis s'étaient vues quelques fois en dehors, en compagnie de Paul – Yu Yan et lui étaient ravis de pouvoir parler chinois, ce qui leur arrivait rarement, sauf à l'occasion de rares rassemblements familiaux. L'association organisait parfois des leçons, ou conférences, comme celles qu'avait mentionnées Lacépède sur la philosophie et le droit des animaux. La dernière fois que Yu Yan avait vu Meijie, c'était lors de l'un de ces cours, où il avait été question de la disparition des colombes voyageuses américaines. Tu connais ?

Wanglin ne connaissait pas.

— La plus mystérieuse des disparitions de masse de l'Histoire : plusieurs *milliards* d'oiseaux totalement exterminés en moins d'un demi-siècle. On n'a jamais très bien su comment. Aujourd'hui encore, on n'en est qu'à des conjectures. La dernière de ces colombes, une femelle, est morte dans un zoo en 1914.

La disparition de Meijie était beaucoup moins spectaculaire, et certainement moins tragique, du moins fallait-il l'espérer, mais assez mystérieuse elle aussi pour l'instant, et ni Yu Yan, ni Paul, ni Rosario – qui quant à lui ne l'avait vue qu'une fois – n'avaient ses coordonnées, ni ne connaissaient quelqu'un qui pût les avoir. Yu Yan n'avait pas grand-chose à dire sur elle, sauf qu'elle paraissait éprouver quelque réticence à parler de sa famille en Chine, disant qu'elle n'avait ni frère ni sœur ni mère, qu'elle avait vécu avec son père jusqu'à l'année précédente, mais qu'elle était loin de lui à présent – et la manière dont elle avait dit "loin" laissait penser à Yu Yan qu'il ne s'agissait pas d'une simple indication géographique. Au détour d'une phrase elle avait cru comprendre qu'elle s'opposait à lui sur un point bien précis, plus ou moins politique semblait-il, ou ayant peut-être quelque chose à voir avec la surveillance, mais tout cela était resté flou et mystérieux, lointainement évoqué, à peine à demimot et encore – elle n'en savait pas plus. Wanglin était étonné. Même si certains pensaient que, pour avoir la possibilité de diriger son journal dans une relative et sans doute illusoire indépendance, il devait forcément avoir quelques accointances avec le pouvoir, il n'imaginait pas que Ba Yu puisse être impliqué politiquement d'une quelconque manière. L'homme était trop prudent. Mais si Meijie s'était opposée à lui, cela signifiait sans doute qu'il soutenait plus ou moins la politique officielle, et cela le surprenait – quoique pas davantage, à vrai dire, que si on lui avait dit le contraire. C'est étrange, avait-il dit aux trois autres, concernant Meijie j'ai l'impression d'avoir fait longtemps du surplace, et maintenant de reculer, tout cela sans jamais avoir eu l'impression d'avancer. Y a-t-il une expression, en français, pour dire qu'on avance sans avancer ? Pédaler dans la semoule, avait dit Yu Yan. Ou dans la choucroute, avait ajouté Paul. Et Rosario : C'est la faute à Marseille. Cette ville est à la fois ouverte et fermée : ouverte sur l'horizon, et refermée sur ses secrets. Ici la lumière est uniquement à l'extérieur.

Allez, buvons un coup et parlons d'autre chose. Ce ne sont pas les sujets qui manquent, non, depuis le temps ?

Marseille est une ville secrète, avait aussi dit Lacépède à Wanglin plus tôt dans la journée. Il ne faut pas se fier aux apparences – la faconde méridionale, la sociabilité facile, les plaisanteries qui fusent. Tout cela, c'est du folklore, une façade destinée à tenir l'autre, quel qu'il soit, à distance. Les gens ici sont majoritairement sombres et austères. Depuis toujours l'espace méditerranéen est un lieu de tragédies, d'ombres coupantes et de rudes destins : il n'y a qu'à lire les Grecs, ceux de Grèce comme de Turquie – d'où sont venus les marins qui ont fondé Massalia voici vingt-sept siècles. Croyez-moi, la grisaille, le secret, la dissimulation et le sens violent de la tragédie gouvernent depuis toujours cette ville, comme la plupart des villes méditerranéennes, d'ailleurs. Ceux qui vous diront le contraire sont des touristes.

En retrouvant la chambre impersonnelle et propre de son hôtel, il avait été surpris d'éprouver quelque chose comme une satisfaction diffuse, un sentiment rassurant de retour au bercail. Rien pourtant dans cette chambre ne signalait particulièrement sa présence : n'importe qui d'autre aurait pu y séjourner, cela n'aurait fait aucune différence. Les reproductions sur le mur tendu de moquette beige étaient aussi convenues que partout ailleurs. Le décor aussi banal. Wanglin était particulièrement soigneux et ne laissait rien traîner sur le lit ou les fauteuils, aussi la chambre était-elle vierge de tout signe extérieur pouvant signaler trop ostensiblement sa présence. De plus, il n'y avait pas encore dormi. Il n'avait même pas déballé sa trousse de toilette, et avait laissé sa valise dans l'entrée. La chambre était totalement neutre, sans cachet, semblable à n'importe quelle autre. Wanglin trouvait cela très bien.

VII

1

UNE VASTE ÉTENDUE D'EAU CALME

Neil Armstrong était né le 21 juillet 1969, le lendemain du jour où Neil Armstrong, l'autre, avait accompli son petit pas – à moins qu'il ne s'agît d'un pas de géant, étant donné qu'il est communément admis qu'en toutes choses tout dépend de la perspective choisie. C'est son père Louis qui, ayant dû endurer toute sa vie le désagrément, quoique parfois aussi l'avantage amusant, d'être l'homonyme d'une célébrité, avait insisté pour baptiser le nouveau-né du prénom de l'astronaute, désirant peut-être perpétuer ainsi une tradition familiale qu'avait inaugurée son propre père, George, qui était quant à lui l'homonyme du général Custer, lequel se nommait en réalité George Armstrong Custer – ce que la plupart des gens, cependant, ignoraient, si bien que cette homonymie-là n'avait pas été, pour George, particulièrement pesante, ni même source d'amusement. Anne, l'épouse de Louis, elle-même homonyme, tout au moins depuis son mariage, d'une romancière assez obscure du début du siècle, ne vit pas d'inconvénient majeur au choix qu'avait fait son mari du prénom de leur fils. Au demeurant, étant femme de peu de caractère, elle ne voyait d'inconvénient à rien, pourvu que l'idée provînt de son mari. Neil grandit simultanément dans une banlieue de Boulder, Colorado, et dans l'ombre de l'astronaute, sous la férule du trompettiste, et bercé par l'affection distante, quoique réelle, d'une romancière méconnue. Son esprit cependant était un peu flottant. Il ne semblait jamais concerné par rien de ce qui se disait à la maison, ni par ce que diffusait la télévision perpétuellement allumée dans le salon. Il n'avait pas d'amis, à peine quelques camarades de classe, qui le plus souvent se moquaient de lui, de son air parfois ahuri, de ses absences prolongées, regard vide et bouche entrouverte, de ses cheveux en bataille, son regard de myope et son léger bégaiement, de ses résultats scolaires catastrophiques, sauf en dessin. Seul son cousin Wilfried La Bria, le fils de la sœur de sa mère, donnait l'impression de se soucier un peu de lui, et ils passaient parfois du temps ensemble. Wilfried avait dix ans de plus que lui. Il était passionné d'astronomie, s'intéressait presque exclusivement à la découverte spatiale, et Neil Armstrong, l'autre, était une de ses idoles. Il est donc envisageable que l'affection qu'il témoignait parfois à son cousin ne fût qu'un lointain écho de l'intérêt qu'il portait à son homonyme, mais ceci n'est pas certain – et du reste la suite devait plutôt prouver que non. Néanmoins, Neil ne se posait pas tant de questions, et appréciait son cousin Wilfried, un jeune homme grand, gros, affable et bavard, qui l'avait à une ou deux reprises défendu contre des groupes d'enfants moqueurs qui le persécutaient en riant, avec la lâcheté cruelle et moqueuse dont font preuve les enfants, sinon les êtres humains en général, dès lors qu'ils font meute. Car dans ces circonstances, Neil ne savait se défendre, se recroquevillant et attendant que ça passe, se préparant à endurer des coups si besoin, et incapable de répliquer. Le dessin était la seule chose qui semblât l'intéresser, même si chacun jugeait ses productions obscures, tarabiscotées et incompréhensibles, voire dérangeantes, témoignant en tout cas d'un esprit tourmenté. Un artiste, disait néanmoins sa mère. Un crétin, disait son père, déçu de ce que son fils n'eût jamais envisagé le moins du monde d'entreprendre, plus tard, des études. L'eût-il voulu d'ailleurs qu'il ne l'aurait pas pu, et le fait est qu'il ne s'attarda pas longtemps à l'école. Il était néanmoins doué pour le calcul mental, et voyait partout des combinaisons supposées délivrer des messages cachés, à la fois sur la marche collective du monde et la destinée individuelle de chacun, informations cryptées que seuls quelques initiés, dont il était, avaient la capacité de déchiffrer. Lorsque Neil eut quinze ans, Louis et Anne périrent dans un accident de voiture sur une route de montagne verglacée, du côté de Loveland Pass, où se partagent les eaux entre Atlantique et Pacifique. C'était en février 1984. Neil se rendit compte qu'Anne avait survécu vingt-six ans à la femme de lettres, et Louis treize, soit deux fois moins, au musicien. Son grand-père George, mort en 1928, ayant quant à lui survécu cinquante-deux ans exactement au général Custer, soit deux fois plus que sa mère à la romancière, et quatre fois plus que son père au trompettiste, Neil estima qu'il s'agissait là d'un compte à rebours qui s'achèverait avec lui, et en déduisit qu'il survivrait à l'astronaute deux fois moins que son père au trompettiste, soit six ans et demi. Ainsi passa-t-il le reste de son existence à guetter la mort de son illustre homonyme. Lorsqu'elle survint, le 25 août 2012, Neil en conclut logiquement qu'il s'éteindrait en février 2019 et, à partir de là, se prépara à mourir.

Après le décès de ses parents, il avait été recueilli par ses oncle et tante La Bria, les parents de Wilfried. Ensuite il avait été ballotté de centre spécialisé en institution, et avait été embauché, à l'âge de vingt ans, comme agent d'entretien dans une des cliniques dans lesquelles il avait séjourné. On lui avait trouvé un logement à peu près décent, dont le loyer était prélevé sur son salaire. Il ne lui restait pas grand-chose pour vivre, mais la clinique le nourrissait le midi, et il ne sortait jamais. Lorsqu'il ne travaillait pas il dessinait, peignait d'étranges tableaux surchargés et obscurs, souvent d'inspiration biblique – le seul livre qu'il possédât – et échafaudait de complexes théories numérologiques afin de découvrir la marche secrète du monde et du cosmos, la logique souterraine de l'univers. La seule personne à qui il s'en ouvrait parfois était son cousin Wilfried, qui l'écoutait patiemment, soupirant et haussant mentalement les yeux au ciel, lequel d'ailleurs constituait son centre d'intérêt principal. Ainsi Neil vécut-il jusqu'en ce jour d'août 2012 où mourut son homonyme astronaute, à l'âge de quatre-vingt-deux ans. Qu'allait-il faire pendant les six ans et demi qui lui restaient à vivre ? Il était parvenu à mettre de côté de maigres économies. Wilfried l'aida à accomplir d'interminables démarches lui permettant d'obtenir un statut de handicapé léger qui lui garantissait une minuscule pension. La clinique accepta de le licencier avec une petite indemnité. Il quitta Boulder et rejoignit Bombay Beach, dans le Sud de la Californie, une de ces villes plus ou moins abandonnées qui s'échelonnent autour d'un grand lac salé nommé Salton Sea, où Wilfried, ayant lu qu'il était possible d'y loger à peu de frais, lui avait acheté pour une somme dérisoire un petit mobile home climatisé – cadeau qui ne lui coûtait pas grand-chose, car il s'était considérablement enrichi ces dernières années en se déclarant unilatéralement propriétaire de divers corps célestes tels que la Lune, Mars ou Vénus, dont il vendait, certificat à l'appui, des parcelles à quelques individus ou institutions désireux de s'offrir ou d'offrir à autrui des titres de propriété aussi originaux qu'inestimables – cadeau qui ne lui coûtait pas grand-chose mais cadeau néanmoins, qu'il estimait conforme à la décence, à la générosité et au sens de l'entraide familiale d'offrir à ce cousin vulnérable, inoffensif et misérable. Neil ignorait à vrai dire si c'était lui ou son cousin qui avait réglé les frais d'acquisition du mobile home. Du reste il ne se posait même pas la question, mais il s'y trouvait bien, tout au moins au début. Il se disait qu'il n'avait plus qu'à y attendre paisiblement, peignant et dessinant face à une vaste étendue d'eau calme, ce mois de février 2019 où il rejoindrait enfin son créateur.

Mais Bombay Beach n'était pas, contrairement aux apparences, un lieu de tout repos. La majorité de ceux qui vivaient là était des laissés-pour-compte de la société, vétérans sans pension ou en bout de course, familles surendettées, retraités ne parvenant plus à joindre les deux bouts, les uns comme les autres globalement inoffensifs – mais il y avait aussi des groupes de squatteurs, constitués le plus souvent de drogués attirant des trafiquants de toute sorte, et il n'était pas rare qu'éclatassent bagarres et sommaires règlements de compte. Plusieurs fois il avait été pris à partie par des types surexcités au regard fou, et l'un d'entre eux lui avait même cassé sa porte d'entrée avant de lui éclater une bouteille sur le crâne puis, voyant Neil gisant ensanglanté sur le plancher, il avait pris la fuite. Un voisin charitable, Roger, ancien GI marqué par cinq années de guerre et quatre décennies de galères, lui avait recousu le cuir chevelu du mieux qu'il avait pu. Peu de temps après, un autre type, ou peut-être était-ce le même, il ne savait pas très bien, avait pénétré chez lui en lui tenant des propos incompréhensibles sur de l'argent qu'il aurait dissimulé, ou qu'il lui devait, ou qu'il lui demandait de lui prêter, là non plus Neil ne savait pas. Il se recroquevillait sur son lit en gémissant, tenant entre ses bras un de ses tableaux, celui d'un petit garçon contemplant dans la nuit entre deux hautes montagnes noires et effilées l'incendie d'une maison dans laquelle se tordaient des silhouettes enflammées. Roger était intervenu, et avait chassé l'agresseur. Mais Neil n'en pouvait plus. Il avait peur. Ne dormait plus la nuit. Se nourrissait à peine. Son cousin Wilfried ne lui avait plus donné de nouvelles depuis qu'il avait emménagé à Bombay Beach. On était en juin 2018, il ne lui restait que huit mois à vivre, et Neil Armstrong ne voulait pas les passer là.

2

LA PREMIÈRE INVITATION

Quelques jours plus tard, Roger proposa à Neil de venir dîner chez lui, où un ami devait lui rendre visite. Roger était un septuagénaire à peine alcoolique et parfaitement vigoureux, qui avait servi au Viêtnam plus ou moins jusqu'à la naissance de Neil, puisqu'il avait été rapatrié le jour même où l'autre Neil avait accompli son pas de géant – à moins qu'il ne s'agît d'un petit pas, puisque tout dépendait de la perspective choisie. Il avait fait partie d'un des cinq bataillons d'infanterie qui accompagnaient la 101e division aéroportée, dite "Les Aigles hurlants", dont la mission était de prendre possession d'une colline, "hautement stratégique" avait-on dit, tenue par les Viêt-công dans la vallée d'Ashau, non loin de la frontière laotienne. La mission avait été à la fois un succès et une boucherie – inutile par surcroît puisque, sitôt la colline prise, après cinq jours de violents combats, quatre cent cinquante tonnes de bombes, sept cents morts et quatre cents blessés, elle avait été abandonnée "pour raisons stratégiques", les mêmes sans doute qui avaient présidé à sa prise. La colline avait entre-temps été baptisée Hamburger Hill, la colline de la viande hachée, ce qui donnait une idée de la teneur des combats qui s'y étaient déroulés. Grièvement blessé à la tête et au thorax, et après presque trois mois passés à l'infirmerie, Roger avait été rapatrié en compagnie de quelques camarades, dont un nommé Hoyt Singleton, le seul qu'il retrouverait par hasard trente ans plus tard, un jour de 2001, lors d'une réunion de vétérans à Las Vegas où il vivait à l'époque avec une Nippo-Coréenne de vingt ans plus jeune que lui nommée Shirley. Singleton, lui, vivait avec d'autres sans-abris dans un des tunnels d'évacuation des eaux de la ville, et Roger l'avait à peine reconnu tant il avait maigri depuis l'époque où, côte à côte dans l'avion qui les ramenait de Saigon à Washington, ils avaient partagé quelques silences lourds de souvenirs enfouis. Plus tard Shirley avait tiré sa révérence, et Roger avait atterri à Bombay Beach, où il était resté. Il s'y trouvait bien. S'y était fait, sinon des amis, quelques connaissances. Était à peine importuné, de temps à autre, par les squatteurs chargés de méth qui se querellaient plus ou moins violemment, et plutôt plus que moins, ainsi que par les défilés de dealers en tout genre autour de quelques caravanes non loin de chez lui, mais son âge, sa carrure et son allure à la fois débonnaire et solide les dissuadaient probablement de venir lui chercher noise, à compter qu'ils en eussent eu l'intention. À peine s'était-il vu proposer une ou deux fois de s'approvisionner auprès d'eux, invitation qu'il avait poliment déclinée, et c'en était resté là. Il aimait la petite vie paisible et misérable de Bombay Beach, la solitude et le silence, l'air chargé de sel, les rives désertes du lac, le ciel blanc, la vastitude brûlante dans quoi il se perdait, le plus loin possible des forêts sombres et humides, de la boue, des marécages, du grouillement, du vacarme, de l'obscurité, de la moiteur étouffante et de la mort omniprésente de ses années vietnamiennes, pourtant bien loin à présent, se disait-il, mais si denses encore au fond de lui, si épaisses et si noires.

Un jour il avait rencontré un jeune type, accompagné de sa sœur qui vivait dans une communauté post-hippie de gratteurs de guitare fumeurs de joints pas très loin de là. Il était tout bonnement venu voir à quoi ressemblait ce grand lac mort et salé, naguère fréquenté par le Tout-Hollywood et des milliers de touristes, ainsi que la ville, si on pouvait appeler ça une ville, de Bombay Beach, où il envisageait peut-être de venir s'établir – en somme, il venait faire du tourisme et repérer les lieux, ce que Roger avait considéré avec un rien de méfiance, voire de raide suspicion. Le jeune homme vivait encore à Las Vegas chez ses parents, disait-il, mais cet état de choses ne pouvait plus durer selon lui, et il allait en partir bientôt. Il possédait, à cent cinquante miles environ plus au nord, une caravane en plein désert dans laquelle il pensait venir s'établir un temps, mais l'endroit était franchement inhospitalier, aussi entendait-il se rapprocher de sa sœur. Les deux jeunes gens avaient finalement paru sympathiques à Roger, et il les avait accompagnés, leur indiquant telle caravane susceptible d'être louée, tel mobile home susceptible d'être squatté, ou l'inverse. Mais il leur avait dit aussi qu'ils feraient peut-être mieux de chercher ailleurs, tout au moins à meilleure distance des environs immédiats de ce lac si pollué qu'on disait que le taux de cancers tout autour était plusieurs fois supérieur à celui du reste des États-Unis. Mais cela n'avait pas semblé émouvoir les deux jeunes gens. Ils étaient repartis pour Slab City, la communauté de gratteurs de guitare fumeurs de joints, après que le jeune homme eut envisagé de louer une caravane située pas très loin du mobile home de Roger, un peu semblable à celle qu'il possédait déjà dans cet endroit nommé Bagdad.

Ensuite était arrivé ce gars bizarre, qui disait s'appeler Neil Armstrong. Lorsqu'il le lui avait dit, Roger s'était tout d'abord demandé s'il se foutait de lui, mais un rapide examen de l'apparence, du discours, du maintien, des regards et de l'élocution dudit Armstrong semblait plutôt infirmer cette supposition : l'ironie, l'humour, et surtout le goût de se moquer d'autrui, s'était dit Roger, lui étaient manifestement étrangers. Il s'agissait donc bien d'une simple homonymie, et Neil lui avait expliqué que son père l'avait baptisé ainsi car il était né le lendemain de l'alunissage d'*Apollo 11*, donc du jour où Roger était rentré du Viêtnam. Le soir Roger lui avait montré, dans le ciel, une lune presque pleine et lui avait dit : Elle est le lien entre toi et moi, mon gars. Puis il lui avait raconté son retour du Viêtnam, la veille de sa naissance. Neil avait paru prodigieusement intéressé par cette coïncidence de dates. Tu es rentré, je suis sorti, lui avait-il simplement dit en souriant. Dans pas longtemps on retournera tous les deux d'où on vient. Roger n'avait rien compris, et n'avait pas insisté.

Un jour de juin, peu après que le doux et fragile Neil eut été victime d'une agression de la part d'un de ces camés qui fréquentaient parfois les lieux, le jeune homme avait annoncé sa venue, et indiqué qu'il allait peut-être louer une caravane qu'il avait repérée, dans laquelle il comptait s'installer en compagnie d'une amie. Roger lui avait suggéré de venir casser une graine chez lui avec elle, ainsi qu'avec sa sœur s'il le voulait, et il avait proposé à Neil de se joindre à eux. Depuis qu'il vivait à Bombay Beach, c'était la première invitation qu'il lançait.

VIII

1

LE CORPS INTERROGE L'OMBRE

Petite route en terre ocre, désert, poussière – la routine.

Menfei au volant, Zuo Luo à ses côtés, Bec-de-canard à l'arrière.

Bec-de-canard, *se penchant vers Zuo Luo* : Ça va ?

Zuo Luo, *sans le regarder, immobile, comme endormi, yeux mi-clos face à la route empoussiérée* : Qu'est-ce que tu veux dire par là ?

Bec-de-canard : Ben, je sais pas. Je te demande si ça va, c'est tout.

Zuo Luo, *même attitude impassible* : Et pourquoi ça n'irait pas ?

Bec-de-canard : Pour rien. Juste que je trouve que tu n'as pas l'air dans ton assiette. On ne t'entend pas beaucoup.

Zuo Luo, *même attitude* : Pourquoi ? Tu me trouves bavard d'habitude ?

Bec-de-canard, *soupirant* : C'est pas ça. Mais tu vois ce que je veux dire, non ?

Zuo Luo, *même attitude* : Pas du tout.

Bec-de-canard : D'habitude tu es plus… je ne sais pas. Plus présent, quoi. Moins soucieux.

Menfei : Wenguang…

Zuo Luo, *même attitude* : Hm ?

Menfei : Il n'a peut-être pas tout à fait tort.

Zuo Luo, *même attitude* : Hm.

Bec-de-canard : Mais si tu ne veux pas répondre, c'est ton affaire, hein.

Menfei : Il s'étiole, depuis qu'il est ici.

Zuo Luo, *haussant à peine les épaules* : Qu'est-ce que tu racontes ?

Menfei : C'est ce que tu me disais hier soir, non ? Tu broies du noir parce que tu as l'impression de ne servir à rien.

Bec-de-canard : C'est vrai ?

Menfei, *à Zuo Luo* : Je peux le lui dire à lui, c'est pas un secret. *À Bec-de-canard* : Il lui semble qu'il ne fait que suivre le mouvement, sans influer d'aucune manière sur les situations. Il n'est pas habitué.

Zuo Luo, *agacé* : C'est comme ça, si je n'agis pas, ça ne va pas. Ce que je sais faire, c'est filer les gens, les interroger, les forcer à parler si besoin, recouper les informations, déduire, enchaîner, résoudre, conclure. Ici, rien de tout ça. Je ne pèse sur rien, je ne parle à personne, je ne me heurte à personne, je ne cogne personne. Je ne comprends rien à ce pays. Je ne sers à rien.

Menfei : C'est tant mieux.

Zuo Luo, *avec un léger sursaut* : Quoi ?

Menfei : C'est tant mieux qu'on n'ait pas eu à galérer, ni à nous battre, ni à nous trouver en danger d'aucune manière. On a rencontré des gens simples, on mène une enquête paisible, on avance pas à pas, je ne vais pas me plaindre.

Zuo Luo : Moi, si. Ça manque de piment. Un SDF, un couple de soap-opéra et une vieille givrée, tu parles d'une enquête. Et deux flics dans un hôtel.

D'ailleurs, c'est eux qu'on a croisés tout à l'heure. Ils sont venus ici juste avant nous.

Menfei : Tu es sûr ?

Zuo Luo : J'ai reconnu la voiture. C'était la seule qui était garée au parking de l'hôtel, à part la nôtre.

Bec-de-canard : Qu'est-ce qu'ils viennent faire par ici ?

Menfei : Va savoir. Chercher le fils Springfield, peut-être.

Zuo Luo : En attendant, je serais resté à Guangzhou, ce serait pareil.

Menfei : On a déjà parlé de ça, cousin. Je ne suis pas d'accord, tu le sais. Si je retrouve Yu, ce sera grâce à toi – enfin, à vous.

Un silence.

Zuo Luo : Avant j'étais à la fois le corps qui décidait et l'ombre qui suivait. À présent je ne suis plus que l'ombre.

Bec-de-canard :

> *En ce moment, perdant la trace du sentier,*
> *le corps interroge l'ombre : que suis-tu ?*

Zuo Luo : Arrête un peu avec Han Shan.

Sur la droite, un petit chemin d'accès vers Slab City. Menfei s'y engagea.

On arrive. Tu cherches quoi, au juste ? Des dealers, des truands, des mafieux ? Il y en aura peut-être par ici, va savoir.

Ils sortirent. Il semblait n'y avoir ni mafieux ni truands – quelques dealers occasionnels, peut-être, mais c'était assez difficile à déterminer. Un rapide examen indiquait plutôt que les lieux étaient occupés par une majorité de hippies vieillissants, des couples de jeunes gens dont certains avec enfants en bas âge, quelques vieillards solitaires qui flottaient dans des nippes trop amples. Une partie de ce petit monde s'activait doucement autour de tentes ou caravanes, d'autres grattouillaient une guitare, d'autres ne faisaient rien, d'autres partageaient un café ou un thé, l'air paisible et souriant, comme s'ils avaient trop fumé – ce qui était peut-être le cas.

C'est Woodstock, ma parole, murmura Menfei.

C'est quoi, Woodstock ? dit Bec-de-canard.

Zuo Luo lui jeta un regard de marbre.

C'est dingue. Tu ne connais vraiment rien de rien.

Bec-de-canard se raidit, mais n'insista pas. Menfei se dirigea vers une jeune femme aux cheveux rouges vêtue d'une longue robe indienne multicolore qui soulignait agréablement ses formes. Elle fit un signe de la main vers une caravane devant laquelle était assis un grand type maigre et blond à dreadlocks, penché sur ses orteils. Lorsqu'elle leva le bras l'échancrure de sa robe laissa apercevoir une partie de ses seins, et Bec-de-canard en fut ému.

2

DIX MINUTES D'INTERVALLE

Un peu plus tôt, assis sur le marchepied de sa caravane, David Mueller se coupait les ongles des pieds en tirant sur son joint. Il était seul : Wanda était partie la veille à Bombay Beach avec son frère et sa copine, elle rentrerait dans la journée. Il plissait les yeux. Un petit auvent de fortune, qu'il avait bricolé lui-même quelques mois plus tôt, le protégeait du soleil, dont les crocs commençaient à sévir. La terre alentour était d'un ocre presque rouge. Le ciel au-dessus d'un blanc presque bleu. L'air était sec et chaud. On entendait, à quelques dizaines de mètres de là, les accords métalliques d'une guitare pas très bien accordée. La plupart des occupants des tentes, caravanes et mobile homes qui, disséminés là, formaient la petite communauté de Slab City, étaient debout depuis un bon moment déjà. On se réveillait tôt, par ici. Il y avait bien de temps à autre des soirées communautaires assez arrosées qui entraînaient des réveils tardifs, mais en général le rythme de chacun suivait plus ou moins celui du soleil. Sauf pour le vieux Elbenazar qui dormait le jour et vivait la nuit, s'en allant marcher pendant des heures dans le désert, pour ne rentrer qu'au petit matin. Il cherchait son fils, un randonneur disparu vingt ans plus tôt dans la région sans laisser la moindre trace – enlevé par des extraterrestres, selon lui. Ainsi parcourait-il la nuit des kilomètres de désert pour trouver des traces d'aliens, de vaisseaux spatiaux, des lueurs dans le ciel, une preuve quelconque de leur présence ici, quelque chose qui pourrait enfin donner à la disparition de son fils une explication satisfaisante. Au fil des années il s'était rendu dans le Nevada et au Nouveau-Mexique, avait rencontré plusieurs personnes qui enquêtaient sur les phénomènes extraterrestres, comme Frank Kimbler, qui avait découvert un débris métallique supposé provenir du site du crash de Roswell de 1947, le physicien Bob Lazar, qui avait dévoilé certaines des activités secrètes de la zone 51 située dans le désert au nord de Las Vegas, déclarant avoir lui-même travaillé dans un laboratoire secret nommé Secteur 4 au réaménagement d'un vaisseau extraterrestre endommagé, ou encore le journaliste George Knapp, qui avait pour la première fois interviewé Bob Lazar en 1989, et qui avait dit à Elbenazar qu'il n'était pas impossible que notre réalité ne fût, en fait, qu'une simulation par ordinateur, une fiction dont nous serions les personnages, mise en place par d'autres intelligences situées sur d'autres plans – considérations auxquelles Elbenazar n'avait rien compris. Certaines de ces rencontres, et d'autres encore, l'avaient cependant intéressé, mais aucune ne lui avait pour autant donné la moindre information, ni fourni le moindre début d'explication plausible sur la seule chose qui l'intéressât, à savoir la disparition de son fils. De guerre lasse, il était venu s'établir au plus près de l'endroit où son fils avait pour la dernière fois donné signe de vie, à savoir ici, à Slab City, où on le considérait, souvent avec un mélange de bienveillance et de distance, comme un original un peu fêlé. Wanda avait parlé avec lui un jour, expliquant ensuite à David qu'elle connaissait une femme un peu timbrée, une voisine de ses parents, à Las Vegas, qui disait avoir été enlevée, et même fécondée, par des extraterrestres. Elle l'avait raconté à Elbenazar, qui s'en était trouvé réconforté. Quelqu'un le comprenait : d'autres que lui avaient été confrontés à ce type de problèmes, et cela lui faisait beaucoup de bien.

Les gens sont vraiment malades, avait dit David en secouant la tête. Peut-être, avait répondu Wanda, mais surtout ils souffrent, et ne savent pas comment canaliser cette souffrance. David avait acquiescé. Wanda avait toujours été douée pour l'écoute et la compassion.

Il y eut un bruit de moteur. Deux portières claquèrent. Un silence d'environ une demi-minute suivit. Puis un homme et une femme en uniforme firent leur apparition à l'entrée du campement, avançant d'une allure martiale – surtout l'homme, qui surjouait un peu, pensa David. Ils s'adressèrent au vieux Nathaniel, qui était planté là, à fumer devant sa caravane. Il fit un geste dans sa direction. Les deux s'avancèrent vers lui : un grand blond, une grande blonde.

Ça devait arriver, pensa David. Il l'avait dit à Wolf : ses parents s'inquiétaient de ce qu'il ne leur donnait aucun signe de vie. Après plus d'un mois, ils finiraient bien par avertir les flics. Et un jour ou l'autre, ils débarqueraient ici.

Il soupira, chaussa ses tongs et se redressa. La femme les présenta l'un et l'autre en montrant leurs insignes et lui tendant une carte. L'entrevue fut brève. Sans surprise aucune, les deux flics voulaient savoir si Wanda était là. Ils avaient été chez ses parents à Las Vegas, et cherchaient des renseignements sur Wolf. Un avis de recherche avait été lancé. David les toisa du regard : la femme avait un regard franc et droit, tandis que le type semblait emprunté, un peu comme un mauvais acteur. D'ailleurs il fut le seul à vouloir jouer au flic : raide et supposément digne, il lui demanda de lui présenter ses papiers, et les examina l'air pénétré, comme s'ils étaient susceptibles de lui révéler une vérité cachée. N'y trouvant rien qu'un nom, une date de naissance et aucun signe particulier, il les lui rendit avec un regard qui signifiait à peu près "C'est bon pour cette fois, mais tenez-vous à carreau". David se demanda s'il s'agissait d'un numéro décidé à l'avance, comme les *good cop / bad cop* des interrogatoires, ou si le type était réellement aussi ballot. La femme semblait ignorer son partenaire. Elle demanda à David si Wanda Springfield vivait bien là, s'il connaissait son frère Wolf, et si par hasard il savait où celui-ci se trouvait. Il estima plus simple de dire la vérité. Après tout il n'y avait rien à cacher. La femme le remercia, l'homme aussi mais du bout des lèvres, n'omettant cependant pas de lui lancer un regard qu'il voulut pénétrant. David les regarda s'éloigner. La femme avait une superbe silhouette, pensa-t-il. Les portières claquèrent, le moteur démarra, le silence se réinstalla. Il se rassit, ôta ses tongs et s'occupa de son autre pied.

Quelques minutes plus tard, il entendit un autre bruit de moteur. Trois claquements de portières, cette fois. Deux bagnoles à dix minutes d'intervalle, se dit-il, on n'a pas eu ça depuis quand ? Trois hommes arrivèrent. Des Asiatiques. L'un d'eux aborda Laurie, qui passait là, à peu près à l'endroit où les deux autres avaient abordé le vieux Nathaniel. Elle fit un geste dans sa direction. Les types s'avancèrent vers lui.

Encore ? pensa-t-il.

3

PAS DE MÉCHANTS

À Bombay Beach, les matins se suivent et se ressemblent : vers sept heures, il y a un oiseau qui vient se poser sur l'antenne au-dessus du mobile home à l'abandon qui appartient à un couple de San Diego que Roger n'a vu qu'une fois, et dont il a oublié le nom. Mais il n'a pas oublié celui de l'oiseau : un quiscale à longue queue – un mâle, intégralement noir avec des reflets violets sur le dos. Il vient tous les matins ou presque, parfois accompagné de sa femelle, plus petite et plus claire. Une fois il avait vu au même endroit un autre oiseau, beaucoup plus coloré : un tangara à tête rouge – mais ils étaient rares par ici, préférant les forêts et les zones plus humides. Celui-ci avait dû s'écarter de son itinéraire migratoire. En tout cas il n'était jamais revenu. Il lui est aussi arrivé de voir dans les parages un moucherolle noir, un tohi brun, et même, un jour, un colibri d'Anna qui semblait un peu perdu. Depuis qu'il vivait ici, Roger passait du temps à observer les oiseaux. Mais leur nombre diminuait chaque année, comme diminuait le reste des vivants autour du lac, et le lac lui-même. Seule l'odeur semblait persister. Car ce lac puait, surtout au petit matin. Une odeur âcre qui piquait à la gorge, mélange de pourriture et d'émanations de phosphates dû à la pollution de ses eaux et aux milliers de cadavres de poissons qui en jonchaient les rives. Ce n'était pas encore un lac tout à fait mort : les plus résistants des poissons s'étaient habitués à la pollution et à la forte salinité des eaux. Mais si résistants qu'ils fussent, un jour ou l'autre ils crèveraient eux aussi, car l'une comme l'autre ne cessait d'augmenter. Roger avait lu quelque part qu'il s'agissait de tilapias, et que c'étaient les poissons que Jésus avait multipliés dans les Évangiles. Ici, constatait-il, c'était plutôt la multiplication des cadavres.

Et cela n'irait pas en s'arrangeant. Les phosphates et les pesticides utilisés pour l'agriculture qui, au fil du temps, s'étaient déversés dans le lac remontaient à la surface à présent qu'il s'évaporait, et se répandaient tout autour au gré des tempêtes qui frappaient parfois la région. C'est dans le même article qu'il avait lu que les taux de cancer du poumon et de maladies respiratoires étaient ici quatre fois plus élevés que dans le reste des États-Unis. Bientôt, si le lac continuait à s'assécher et la pollution à augmenter, toute la région deviendrait inhabitable. Rien ne pouvait être fait contre l'assèchement du lac, mais des mesures pouvaient encore être prises pour protéger l'environnement et les quelques milliers de personnes qui vivaient autour du lac. Seulement, ces gens étaient pour l'essentiel des laissés-pour-compte, des retraités fauchés, des vétérans comme Roger, des paumés, des Latinos dont le sort n'intéressait pas les autorités. Et c'est ici que Wolf et sa copine avaient choisi de venir vivre. Lorsque Wolf lui en avait parlé, Roger avait essayé de l'en dissuader, mais sans résultat.

Quelques passereaux, une vague odeur de pourriture à laquelle on s'habituait, des températures encore clémentes, la transparence de l'air et le calme absolu : telles étaient les matinées. Équipé de puissantes jumelles, Roger buvait son café sous l'auvent de son mobile home, attentif au moindre mouvement d'ailes. Puis la lumière se faisait plus sèche, la chaleur plus mordante, les oiseaux disparaissaient, et l'odeur diminuait, comme annihilée par la chape brûlante qui s'installait. En général, c'était signe qu'il était temps de rentrer.

La veille au soir, Neil s'était pointé chez lui, la démarche hésitante, un pack de bières dans une main, dans l'autre un dessin encadré représentant un décor de montagnes noires au-dessus d'une ville détruite dans les décombres de laquelle une femme échevelée et hilare, vêtue d'un manteau pourpre, se tenait à cheval sur un monstre rouge à têtes et cornes multiples, et au-dessous était écrit *Apoc. 17 ; 1-7*. Le dessin était surchargé, sombre, irrespirable – pas le moindre espace, tout était saturé. Roger était impressionné.

Tu lis la Bible ? avait-il demandé d'un ton faussement léger.

Je ne lis que ça, avait dit Neil, s'excusant presque.

Ensuite étaient arrivés Wolf, sa sœur Wanda, et Yu, la petite amie de Wolf, une jeune fille un peu boulotte, aux origines chinoises manifestement plus marquées que Wolf et Wanda. Ils avaient aussi apporté de la bière. Roger avait préparé des lasagnes.

Pas de barbecue, désolé, avait-il dit. Pas les moyens d'acheter de la barbaque.

Pendant le repas Neil avait peu parlé. Roger avait montré aux trois autres son dessin, qu'il avait installé bien droit sur une petite table, et Wolf avait été poliment admiratif. Wanda et Yu avaient écarquillé les yeux de surprise, mais elles n'avaient fait aucun commentaire sur la teneur sombre, douloureuse et puissamment tourmentée du dessin, qui pourtant les impressionnait l'une et l'autre.

C'est l'Apocalypse ? avait demandé Yu. La prostituée de Babylone ?

Neil avait fait oui de la tête avec un sourire gêné.

Il ne lit que la Bible, avait dit Roger.

Puis, sans transition, il avait demandé à Yu où elle était née.

À New York, avait-elle dit, mes parents ont un restaurant dans Chinatown.

Elle avait un peu parlé d'eux, et avait conclu en disant que ses parents la croyaient à Las Vegas depuis plus d'un mois, mais qu'elle avait besoin, en ce moment, de prendre ses distances, et ne les avait plus contactés depuis.

Un peu comme toi, non ? avait demandé Roger à Wolf.

Comme nous, avait précisé Wolf en désignant Wanda, qui avait approuvé en indiquant toutefois qu'elle n'habitait plus chez leurs parents depuis longtemps, au contraire de lui. Mais oui, un peu de distance était salutaire parfois. Le seul problème, avait-elle continué, était que leurs parents étaient probablement inquiets et avaient peut-être prévenu la police – à quoi Wolf avait haussé les épaules en disant qu'il s'en foutait, qu'il était majeur et ne faisait rien de mal.

Les parents… avait dit Roger en hochant la tête.

Wolf lui avait demandé quelles avaient été ses relations avec les siens, lorsqu'ils vivaient tous les deux.

Ils sont toujours vivants, avait dit Roger : quatre-vingt-dix-huit et quatre-vingt-seize ans, tous les deux en maison de retraite médicalisée, tous les deux atteints d'Alzheimer, chacun croyant que l'autre est un extraterrestre qui a pris possession du corps de son conjoint. Ils ont deux chambres séparées mais lorsqu'ils se croisent parfois mon père demande à ma mère où elle a mis sa véritable épouse dont elle a pris l'apparence, et ma mère fait de même avec lui. Ils se crient dessus. Parfois ils se mordent. Du moins c'est ce que disent les lettres de mon frère, qui s'occupe d'eux et se charge de tout. Moi je ne les ai plus vus depuis plus de trente ans : après mon retour du Viêtnam, mes années de galère, la dope, et toutes les conneries que j'ai faites qui m'ont valu quelques séjours à l'ombre, ils n'ont plus voulu me voir.

Wolf avait hoché la tête.

Et toi, avait-il demandé à Neil, tes parents ?

Mon père était trompettiste, avait prudemment dit Neil, ma mère romancière et mon grand-père général. Moi je suis astronaute et je vais mourir en février. J'ai aussi un cousin qui vend des morceaux de lune.

Les trois jeunes gens le regardaient, interloqués. Roger avait alors sommairement raconté l'histoire de Neil, du moins ce qu'il en savait.

Je ne veux plus vivre ici, avait continué Neil, les gens sont mauvais. Je vais le dire à Wilfried.

Pas tous, avait dit Roger.

Neil avait soupiré doucement.

Pas tous, avait-il confirmé. Mais je veux partir.

Roger avait alors raconté les agressions dont il avait été victime de la part des quelques squatteurs, ou dealers, ou ivrognes, ou camés, ou tout cela à la fois, qui traînaient parfois dans les parages.

Je peux te prêter une caravane si tu veux partir d'ici, avait soudain dit Wolf. Tu pourras y rester tant que tu voudras. Elle est à Bagdad.

Il avait ri en disant cela. Roger avait haussé un sourcil.

Non, c'est vrai, l'endroit s'appelle Bagdad, c'est un village fantôme à cent cinquante miles d'ici, en plein désert.

Roger avait tiqué.

Il vaut mieux qu'il ne vive pas complètement seul, avait-il dit.

C'est alors que Wanda était intervenue :

Il n'a qu'à venir à Slab City. On est bien, là-bas. Les gens s'entraident. Personne n'a rien et tout est à tout le monde. Ça te dirait pas, Neil ?

Neil n'avait rien répondu. Il ne savait pas. Ce genre de décisions, il ne pouvait pas les prendre. Il regardait Roger comme s'il attendait une approbation de sa part.

J'en sais rien moi, mon vieux, avait dit Roger.

Il s'était tourné vers Wanda.

Mais n'importe qui peut venir y vivre ?

Wanda avait fait oui de la tête avec un grand sourire.

J'ai une idée, avait dit Yu en se penchant vers Wolf. Il suffirait que quelqu'un aille chercher ta caravane et l'amène à Slab City. Il ne resterait plus à Neil qu'à venir y habiter.

J'ai une bagnole, avait dit Roger, je peux le faire.

Moi aussi, avait dit Wolf.

David aussi, avait dit Wanda.

Roger avait froncé les sourcils.

Qui c'est, David ?

Mon mec.

Ben pourquoi tu lui as pas dit de venir ?

Wanda avait haussé les épaules en souriant.

Je sais pas. On n'est pas collés l'un à l'autre. Mais il me prête sa voiture si je la lui demande.

Wolf aussi avait haussé les épaules.

Pourquoi pas, pour la caravane. Je ne m'en servirai plus là-bas, de toute manière. Ni ailleurs. Et puis elle est trop petite pour deux.

J'ai une autre idée, avait renchéri Roger : tu lui passes ta caravane et lui, il vous loue son mobile home pour pas cher. Ça lui fera un peu de fric, il est toujours fauché. Et vous, vous économisez la location de la caravane que vous deviez prendre ici, et qui aurait été beaucoup plus chère.

Pourquoi pas, dit Wolf. On n'a pas signé encore. Il faut voir à quoi ressemble ce mobile home. Et surtout si Neil est d'accord.

Qu'est-ce que tu en dis, Neil ? avait demandé Roger.

Neil ne savait pas. Il gardait la tête baissée.

Que va dire Wilfried, murmura-t-il au bout d'un moment.

Rien, que veux-tu qu'il te dise ? C'est chez toi, tu fais ce que tu veux. Si tu veux le prêter ou le louer à des amis, c'est ton affaire.

Neil avait haussé les épaules et regardé Wanda.

Il n'y a pas de méchants qui cassent des verres sur ma tête là-bas ?

Pas de méchants, l'avait rassuré Wanda. Tu pourras dessiner tranquillement, personne ne viendra t'embêter. En plus, si tu lis la Bible, tu seras servi. Juste à côté il y a une sorte de… je ne sais pas comment dire… d'installation, de mausolée, de land art d'inspiration biblique – enfin tu verras.

Roger, ce matin-là, était content. Wolf et la petite Yu seraient bientôt ses voisins, et Neil ne serait pas loin, tranquille à Slab City où Wanda s'occuperait de lui : il serait bien mieux entouré qu'ici. Il sourit. Il était neuf heures trente, il buvait son café. Le quiscale à longue queue était venu, puis reparti. Wolf et Yu dormaient dans sa chambre. Wanda était restée aussi, aucun des trois ne voulant conduire après les quantités de bières ingurgitées. Elle dormait sur un matelas gonflable près du lit. Roger avait investi le canapé du petit salon. Neil était rentré chez lui vers une heure. Roger se disait que, pour la première fois depuis des lustres, les choses semblaient s'assembler les unes aux autres dans le bon sens, et sans trop de heurts.

C'est à ce moment-là qu'une voiture se gara devant chez lui, de laquelle sortirent deux flics, un homme et une femme.

Histoire de Chen Wanglin,
auteur réticent et enquêteur perplexe

13
Un pavillon niché là, invisible à tous

Alors que le train traversait de doux reliefs bruns et vallonnés sur lesquels, comme des jouets, étaient posés des vaches, un tracteur, une ferme au toit rond, un chemin sinueux, le tout dessinant, dans la lumière rasante de la fin d'après-midi, un ensemble champêtre et parfaitement reposant, Chen Wanglin se disait qu'il pourrait passer sa vie là – pas forcément dans la réalité physique des lieux, la pesanteur de la terre, la chaude proximité des bêtes, l'alternance des saisons et des pluies, les travaux à la ferme, toute la lourdeur de la vraie vie, mais dans l'image comme miniature, lointaine, rassurante, bien léchée, presque enfantine, qui se dévoilait à lui depuis les vitres – un peu comme il se disait parfois, devant la peinture d'un grand maître des siècles passés, qu'il aimerait pouvoir aller vivre entre ces hautes montagnes couvertes de brume qui s'échelonnaient dans le lointain, le long de ces lacs au bord desquels un minuscule personnage marchait courbé sur un sentier pour rejoindre un pavillon niché là, invisible à tous, dans lequel l'attendait un autre personnage, paisiblement assis à contempler le paysage qui s'ouvrait devant lui.

Il avait écrit quatre articles, qu'il avait aussitôt envoyés à Ba Yu, lequel lui avait instantanément répondu – minuit à Pékin, avait calculé Wanglin, imaginant le gros homme au lit en pyjama devant l'écran de son téléphone ou d'un ordinateur posé sur son ventre –, lui demandant pourquoi il ne l'avait plus appelé, lui disant que ses papiers précédents étaient plutôt bien – "un peu littéraires, non ?" avait-il ajouté moqueur –, mais qu'il en avait sucré deux, un sur les mouvements sociaux et un sur la conservation des monuments, "sujets qui intéressent moins nos lecteurs", avait-il dit. Il tentait aussi de répondre à quelques questions que lui avait posées Wanglin sur sa fille. Meijie est une jeune fille tout ce qu'il y a de normal, j'allais dire de banal, avait-il écrit, elle aime la pop coréenne, les couleurs vives, les peluches et les animaux, elle est assez sentimentale et pleure facilement devant un film, elle considère qu'il faut aller de l'avant et être positif. Comme tout le monde, quoi. Pour le reste, je ne connais pas ses goûts les plus secrets. La mort de sa mère lorsqu'elle était enfant l'a certainement affectée, mais j'ignore dans quelle mesure exactement, ces choses-là sont intimes et secrètes. Il vaut mieux de toute manière ne pas trop se pencher dessus, pourquoi voulez-vous savoir tout cela ?

Pour essayer de mieux cerner votre fille, Big Ba, avait pensé Wanglin en refermant le capot de son ordinateur et s'étonnant lui-même du surnom qu'il venait d'attribuer à son patron, mais je vois que cela ne sert à rien : vous n'êtes pas proches du tout, en fait. Ménard, avec qui il avait déjeuné juste avant de partir, lui avait parlé de sa femme Beatriz, dont le nom de jeune fille était Beatriz Elena Viterbo, comme un personnage de "L'Aleph" de Borges, et il lui avait dit que, pour retrouver Ba Meijie, il lui faudrait peut-être trouver "son" Aleph, le point à partir duquel, de la même manière que le narrateur de la nouvelle de Borges contemple la totalité de l'Univers, il pourrait quant à lui examiner la totalité de son histoire. Peut-être, dans la trame enchevêtrée qui vous la dissimule pour l'instant, avait-il ajouté, y discernerez-vous celle que vous cherchez. Wanglin avait opiné poliment, mais le problème était qu'il ne voyait absolument pas ce que cela pouvait bien signifier. Rien, probablement, se dit-il. Une simple métaphore sur le fait de prendre du recul. Mais quel recul, et par rapport à quoi ? Il se sentait déjà suffisamment loin de l'objet de sa quête. Ces sortes de discours ne faisaient que se mordre la queue, tournaient en rond dans le système de références qu'ils avaient eux-mêmes créé, ne fournissant, en l'état, aucune solution à rien. C'étaient de pures constructions mentales, d'abstraites théories, des passerelles qui pouvaient être, à l'occasion, intellectuellement séduisantes, mais qui restaient déconnectées du réel. Le monde lui parut soudain froid et lointain. Il pensa à Bei. Il aurait aimé l'avoir là, à côté de lui, chaude et rassurante. Elle lui manqua soudain avec tant de force que c'en fut presque douloureux, et il s'avisa que tous les discours qu'il pourrait tenir seraient à jamais impuissants à pallier ce manque. Pourquoi pouvons-nous tout sur nos idées, qui ne sont rien, se demanda-t-il, et rien sur nos émotions, qui sont tout ? Puis, conformément à sa tournure d'esprit qui lui faisait toujours prendre le contrepied de ce qu'il venait de penser ou de formuler – à tel point que cela en devenait parfois épuisant, ou paralysant, d'où cette irrésolution constitutive que Bei semblait pourtant apprécier –, il se dit qu'il était sans doute un peu facile, et probablement faux, de dire que les idées n'étaient rien, et les émotions, tout. Si tel était le cas, pensa-t-il, on ne vivrait qu'à fleur de peau, dans une sorte de perpétuelle hystérie à la fois douloureuse et hébétée.

Il allait rentrer à Paris, n'avait plus de personne à contacter, et n'avait quasiment rien découvert. Il devait juste revoir la jolie Lu Hua, qui lui avait envoyé un message pour qu'ils prennent un café le lendemain, avant son départ.

Il rouvrit son ordinateur, écrivit un mot à Xuechen dans lequel il lui demandait si elle connaissait l'histoire des colombes voyageuses américaines. Au moment où il allait le refermer, s'afficha un mail d'Alain-Pierre Ménard.

Cher ami, je suis impardonnable. Nous avons parlé de Beatriz tout à l'heure, et j'ai oublié ceci : elle m'a dit de vous dire qu'elle avait rencontré quelqu'un qui vous intéresserait peut-être. Un Chinois, à qui elle a parlé de vous. Elle ne m'a pas dit son nom – je ne sais même pas si elle le connaît. Je crois qu'il est stagiaire au département de biologie où elle travaille. À moins que ce ne soit dans un autre département. En tout cas il lui a donné son adresse, et a dit que vous pouviez lui écrire. Je vous la copie-colle ci-après. Bien amicalement, APM

Suivait une adresse mail qui ne comportait aucun nom identifiable, juste une suite de lettres et de chiffres sans réelle signification. Wanglin décida de le contacter tout de suite. Ignorant si le type en question était vraiment chinois, il lui écrivit en anglais, se présentant et proposant qu'ils se voient le lendemain. Il envoya le message. La nuit commençait à tomber.

14
Surtout rien de concret

Wanglin s'assit face à Lu Hua et constata qu'il était toujours troublé par la fraîche beauté de la jeune femme. De plus, elle sentait très bon – une délicate odeur, excitante et légèrement musquée. Bien entendu il faisait tout pour qu'elle ne se doutât pas de son trouble. D'abord, rien ne disait qu'elle l'apprécierait, ni *a fortiori* le partagerait. Et surtout il ne désirait pas qu'il en fût ainsi. Il ne pensait qu'à Bei. Enfin, se ravisa-t-il *in petto* au moment où il se le disait, pas tout à fait, il devait bien l'admettre. Pendant les minutes qu'il avait passées, et qu'il passait à nouveau, en ce début d'après-midi, attablé avec Hua à la terrasse de ce bistrot de la rue de Charonne, il ne pensait plus uniquement à Bei. Il pensait aussi au doux visage de celle qui lui faisait face, à sa belle voix grave, à la délicatesse de ses gestes, au trouble de son regard, à ce qu'il croyait déceler d'invite muette, de séduction larvée, tout cela n'étant peut-être, se disait-il, que sa propre et hasardeuse interprétation de gestes, de propos et de regards que Hua adressait probablement par ailleurs à n'importe qui ou presque, dans n'importe quelles circonstances ou presque. Mais il aimait cette interprétation, la savourait, la chérissait, presque, et elle lui suffisait. Il fallait qu'il en fût ainsi. Il ne désirait surtout rien de concret : il désirait simplement le désir qu'il avait de la regarder, voire de la séduire, autant que faire se peut, mais muettement, sans geste équivoque, sans véritable pas en avant, sans risque d'aucune sorte. Et puis, se raisonnait-il, elle a tout de même un défaut : elle parle beaucoup.

De fait Lu Hua monopolisait la conversation, avec l'enthousiasme juvénile dont elle avait déjà fait preuve la fois précédente. Elle lui parlait de choses et d'autres, et Wanglin sans trop l'écouter la regardait, rayonnante de fraîcheur tonique, sentait son délicat parfum, et la trouvait de plus en plus attirante. Il faillit le lui dire. Ils devaient vraiment se séparer. Certes il était l'heure, mais il le fallait de toute urgence, estima Wanglin.

— Et puis j'oubliais, enchaîna Lu Hua, j'ai revu le père Wells. Juste avant qu'il retourne en Inde. Et il m'a parlé de toi.

— Ah bon ? Et que t'a-t-il dit ?

— Que tu devrais repasser chez sa sœur, là où tu es déjà venu le voir. Peut-être y aurait-il quelque chose qui pourrait t'aider dans ta recherche de Meijie. Mais je ne sais pas quoi. Un truc qu'il t'a laissé là-bas peut-être. Enfin, il m'a dit de t'avertir.

Et c'est maintenant que tu me le dis, pensa Wanglin, désarmé par la spontanéité et le sourire candide de la jeune fille.

— Entendu, j'y vais tout de suite. Après je n'aurai plus le temps.

— Parfait alors, dit Lu Hua. Nous resterons amis sur WeChat, n'est-ce pas. Je rentre en Chine dans six mois, si je passe par Pékin je te ferai signe.

Wanglin hésita une microseconde. Danger, disait une voix en lui.

— Bien sûr, dit-il. Mais je ne suis pas très présent sur les réseaux sociaux, aussi ne t'étonne pas si je ne te réponds pas tout de suite.

Lu Hua eut l'air surprise.

— La surveillance généralisée, dit Wanglin. Tu n'ignores pas que nous sommes le pays le plus en pointe dans ce domaine. Moi j'essaie, dans la mesure du possible, de me rendre invisible. Et ce n'est pas facile. Chez nous, c'est peut-être même impossible, sauf dans les campagnes profondes – et encore, même là tout le monde ou presque a un portable. Je communique peu par WeChat en tout cas. Mais tôt ou tard je verrai les messages que tu m'envoies, et j'y répondrai, sois-en sûre.

Lu Hua eut l'air satisfaite. Sa poitrine se gonfla. Un large sourire illumina son beau visage et fit fondre Wanglin, mais il n'en laissa rien paraître. Un roc, pensa-t-il.

Son téléphone se mit à vibrer. Il lut le message affiché sur l'écran, écarquilla les yeux et le tendit à Lu Hua, interloqué. *"RV passage Brady 83, 16 h"* était-il écrit. Le message provenait de l'adresse sans nom que lui avait communiquée Beatriz Ménard.

15
Un maillage interpénétré

Toujours aussi impassible, vêtue cette fois d'un sari vert pomme, la grosse Bashabi Wells se tenait dans l'embrasure de la porte et observait Wanglin de ses grands yeux inexpressifs. Puis elle lui tourna le dos en marmonnant “le père, pas là” et s’engagea à l’intérieur, laissant la porte grande ouverte.

Considérant qu’il s’agissait d’une invitation à la suivre, Wanglin baissa la tête et pénétra dans la petite pièce, dont il n’avait pas remarqué la première fois que les murs étaient recouverts de vieilles photographies. La plupart mettaient en scène un petit maharadjah bedonnant et moustachu, participant à des chasses au tigre ou figé dans son salon, l’air hautain, posant avec son chien, son fusil, sur son cheval, tout à fait ridicule, raide comme un Mussolini de carnaval. Il se demanda brièvement de qui il s’agissait – peut-être un trisaïeul. Parvenue à l’autre extrémité de la pièce, où une bougie dispensait une lueur falote, Bashabi s’écarta, et laissa Wanglin franchir le rideau multicolore derrière lequel elle s’était engouffrée quelques jours plus tôt. Puis elle le suivit.

La pièce dans laquelle il pénétra était ronde, obscure, et à peine plus vaste que celle qu’il venait de quitter. Il n’y avait personne. À l’opposé de la tenture qu’il venait de franchir s’en trouvait une autre, vers laquelle Bashabi se dirigea en lui faisant signe de rester là et de s’asseoir. Il y avait sur la droite un petit buffet sur lequel brûlaient deux bougies, à gauche un coffre sombre et une sorte de vaisselier sans vaisselle, une fenêtre opaque, une lampe parcimonieuse, au sol des tapis qui dégageaient une légère odeur de moisi, et pour le reste deux fauteuils encadrant un guéridon aux pieds fins et torsadés, trois chaises, et une table ronde en plein centre de la pièce, encombrée de bibelots, parmi lesquels Wanglin remarqua un Ganesh souriant et, posé au centre exact de la table, un petit labyrinthe de bois sculpté. Tout autour de lui ce n'était que silence et pénombre. Il s'assit dans un des deux fauteuils, examina la table, les tentures et les coins d'ombre. Il se disait que quelque chose lui faisait signe, mais il ne savait pas quoi. Sur le guéridon, une petite boîte de corne ou d'ivoire était entrouverte. Il y avait à l'intérieur un papier roulé, sur lequel il put lire : *La clarté de la lune dépend de l'ombre des pins*. Il reposa le papier dans la boîte et considéra le petit labyrinthe sculpté. Un piège à grillons, pensa-t-il. Il y avait, ou il y avait eu, des paris là-dessus, avait-il lu quelque part. On installait un grillon et une feuille de salade dans la chambre centrale, une araignée dans un coin du labyrinthe, et on attendait. Le grillon se préoccupait exclusivement de sa feuille, tandis que l'araignée dévalait à grande vitesse les couloirs du labyrinthe. Si elle se trompait d'itinéraire, la partie était terminée, et le parieur perdait sa mise. Si elle atteignait sa proie sans hésiter, il empochait les gains. Qui est le grillon ? pensa Wanglin. Meijie ou moi ? Et qui empoche les gains ?

Un bruit de pas, le souffle d'un rideau soulevé et le léger fléchissement de la flamme des bougies lui signalèrent que quelqu'un venait de pénétrer dans la pièce.

Il n'avait jamais vu celui qui venait d'entrer, mais il savait qui il était.

— Wang Bo ? fit-il en se levant.

— Pas mal, dit l'autre. Nous ne nous sommes pourtant jamais vus, à ma connaissance.

Ils se serrèrent la main.

— On m'avait dit que vous étiez rentré en Chine.

Wang Bo s'assit dans le deuxième fauteuil.

— Je suis revenu. On peut se tutoyer.

Il croisa les jambes. Il était très grand, athlétique, un peu plus jeune que Wanglin.

Il sortit de sa poche un paquet de cigarettes, en proposa une à Wanglin qui refusa, et alluma la sienne. Il rangea l'allumette éteinte dans sa boîte, et chercha un cendrier des yeux. Il y en avait un sur la table ronde. Il se leva, le saisit et se rassit.

— C'est le père Wells qui t'a dit de me donner rendez-vous ici ? demanda Wanglin.

— Il m'a dit que tu cherchais Meijie.

Wanglin retint son souffle.

— Est-ce que je peux la rencontrer ? Pour rassurer son père. C'est lui qui m'a envoyé ici. Il n'a plus de nouvelles depuis des mois, il est inquiet.

— Je sais, dit Wang Bo en soufflant la fumée de sa cigarette.

Il observa pendant quelques secondes les volutes se déployer dans l'air sombre. Puis il fixa Wanglin et fronça les sourcils. Il semblait réfléchir très vite.

— Dis-lui qu'elle est morte.

Wanglin écarquilla les yeux. Il n'avait jamais envisagé cette éventualité. Il respira profondément, regarda autour de lui la table, les bibelots, le petit labyrinthe, le buffet, les tentures, puis le visage de Wang Bo. Un beau visage, énergique et vigoureux. Il s'entendit demander, tout en s'étonnant du ridicule de sa question :

— Comment ça, morte ?

Wang Bo croisa puis décroisa les jambes, exhala un nuage de fumée et se pencha vers lui.

— Le père Wells dit que tu es quelqu'un de bien. Je fais confiance au père Wells.

Il tira à nouveau sur sa cigarette.

— Aussi je te confie ceci : Meijie est morte. Pour son père.

Il demeura quelques secondes penché vers Wanglin, plongeant ses yeux dans les siens, puis se rassit plus profondément dans son fauteuil.

Très rapidement, Wanglin se demanda si cela signifiait qu'elle était morte *à cause* de son père, ou si elle ne devait être morte *que* pour lui. Tout dépendait en somme d'une minuscule pause dans l'enchaînement des syllabes, dont il ne savait plus s'il l'avait perçue ou non. Avant qu'il ne demandât à Wang Bo de lui fournir quelques précisions supplémentaires, celui-ci poursuivit, l'air plus détendu :

— Il vaut mieux lui dire qu'elle est morte. C'est son souhait en tout cas. Elle ne veut plus rien avoir à voir avec sa vie passée. Voilà. Elle n'a rien contre toi, mais elle a préféré ne pas te rencontrer, et m'a chargé de te transmettre l'information, ou le conseil. Tu en feras ce que tu voudras.

Wanglin soupira.

— Ils sont en si profond désaccord ?

— C'est le moins qu'on puisse dire, sourit Wang Bo. Elle veut tout recommencer, loin de la Chine, pendant un temps du moins, et loin de son père.

— Cela ne me concerne pas vraiment, objecta Wanglin, mais il est inutile pour cela de se déclarer morte au monde, non ?

— C'est sa volonté, dit Wang Bo. Ni toi ni moi n'y pouvons rien. Elle ne veut plus avoir affaire à lui. Il y a eu des histoires entre eux à la mort de sa mère, je ne sais pas vraiment lesquelles… Des secrets de famille… Du passé non révélé… Je n'ai rien à dire là-dessus. Je ne connais pas sa vie d'avant. Je fais partie de la nouvelle.

— Je comprends, dit Wanglin.

Il se sentit soudain abattu, presque triste. Il se disait que, pour ce fantôme qu'il avait poursuivi pendant presque une semaine, il ne faisait partie ni de l'ancienne, ni de la nouvelle : il n'était rien, juste un invisible chaînon – un maillon inexistant entre les deux vies de Meijie.

— Elle a décidé de disparaître, continua Wang Bo – ici aussi, au moins pour un temps. Elle ne fréquente plus les mêmes personnes qu'il y a quelques mois. Elle veut recommencer quelque chose d'intégralement neuf. Avec moi.

Wanglin examina Wang Bo et comprit que celui-ci avait autre chose à dire.

— Mais il n'y a pas que ça, reprit-il en effet après quelques secondes. Depuis qu'elle est en France, Meijie s'est, comment dire… ouverte à certaines choses. À certains domaines.

— La protection animale ? J'ai appris qu'elle faisait partie d'une association à Marseille.

Wang Bo eut l'air surpris.

— Oui, ça aussi. Mais c'était déjà un peu le cas en Chine. Nous appartenons l'un et l'autre à quelques associations. Nous essayons de… d'inciter chacun à modifier ses approches, disons. Nous pensons qu'il ne suffit pas de signer des pétitions ou de sensibiliser les gens sur le sort réservé à telle ou telle espèce, comme les dauphins du père Wells – même si c'est important *aussi*, bien entendu. Non, de notre côté, nous pensons qu'il faudrait prendre du recul collectivement. Adopter le point de vue de Sirius, si tu veux. Avoir une vision beaucoup plus globale.

— C'est-à-dire ?

— Déjà, commencer par se débarrasser de l'idée même de "nature", qui n'a pour effet que de la tenir à distance de nous. C'est sur ce point que nous tentons de sensibiliser les gens. Il faut arrêter de considérer qu'il y aurait la "nature" d'un côté, avec les animaux et les végétaux, et nous de l'autre. La nature n'est pas une pensée lointaine, un "là-bas", une image à observer à distance, même avec bienveillance et compassion, même en désirant la protéger. Elle est en nous, nous sommes en elle. Tout est interconnecté : les animaux, qu'ils soient humains ou pas, les végétaux et la planète entière. Il ne s'agit pas de protéger l'environnement ni les animaux comme s'il s'agissait d'êtres ou d'entités séparés de nous, mais de protéger une part de nous-mêmes, de considérer tout cela comme un maillage interpénétré, indissociable et indissocié.

Wanglin hocha la tête.

— Je comprends, dit-il. Je suis même d'accord. Mais quel rapport avec le père de Meijie ?

— Aucun. Tu m'as parlé de notre activité dans ce domaine, je t'ai répondu. Pour son père, c'est différent. C'est plus… politique.

— Politique ?

Wang Bo soupira.

— Les yeux de Meijie ne se sont pas ouverts que d'un strict point de vue écologique. Écoute…

Il se pencha vers Wanglin.

— Tu sais aussi bien que moi que, dans notre pays, les libertés publiques sont piétinées tous les jours, dit-il en baissant la voix. Ce n'est pas un scoop. Ce n'est pas non plus une question, et tu n'as pas besoin d'acquiescer : je te regarde, je sais ce que tu en penses. Parallèlement à cela, ou plutôt pour appuyer tout cela, s'est développé ces dernières années un système de surveillance et de contrôles généralisés qui font passer les fictions d'Orwell et Huxley pour des propositions d'aimables amateurs.

Il tira sur sa cigarette.

— Tu as entendu parler du "crédit social", n'est-ce pas ?

Wanglin fit oui de la tête.

— C'est contre ce type de projets que nous entendons lutter. Contre les types de comportements qu'il induit. Mais il nous reste à trouver comment nous organiser, selon quels circuits, quelles modalités, avec quels appuis, et quels moyens. Et surtout il nous faut être prudents. En tout cas, nous resterons hors de Chine tant que nous le pourrons. Désormais il nous serait trop difficile de vivre dans un pays où internet est si étroitement contrôlé, où la censure progresse de jour en jour dans tous les domaines, où les données individuelles sont collectées pour alimenter des listes noires de citoyens mal notés par le système parce qu'ils ont eu des opinions politiques un peu dissidentes, ou qu'ils n'ont pas payé leurs amendes, ou fumé dans un espace non-fumeurs, ou qu'ils auront promené leur chien sans laisse – je n'exagère pas, tu le sais bien : on en est là. Comme tu sais que ces citoyens discrédités voient ce que le pouvoir appelle leur "crédit social" dévalorisé, et se trouvent dès lors dans l'impossibilité de contracter un prêt bancaire, de se connecter à internet, ou d'acheter un billet de train ou d'avion, ou même de transports en commun. Ils peuvent aussi être arrêtés et emprisonnés, évidemment. Tout ce système de contrôle à gigantesque échelle se trouve alimenté par un réseau de surveillance omniprésent, qui se développe exponentiellement dans tous les rouages de la société, des ruelles mal éclairées des petites villes aux gigantesques banques de données d'internet. Tout est quadrillé. On étouffe. Ce n'est plus *Big Brother*, c'est *Huge Fucking Brother*. Et c'est là que le père de Meijie intervient.

— Comment ça ?

— Tu n'es pas au courant, je sais. Pour toi il n'est qu'un aimable directeur de journaux. Mais non. Il est un peu plus que cela. Tu as entendu parler du programme "Dove" ?

Wanglin fronça les sourcils.

— Des colombes ? Non…

— Des colombes, oui. Symboles de paix. Mais celles-ci sont des drones à l'apparence de colombes, qui parviennent à imiter 90 % de leurs mouvements, et qui sont aussi silencieux qu'elles. À quelques mètres de distance, on ne voit pas la différence. Indiscernables, indécelables au commun des mortels. C'est un chercheur de Xian qui a mis au point ces robots, les a équipés de caméras qui filment à la verticale tout ce qu'ils survolent, et transmettent leurs images en direct à ceux qui les contrôlent. Ils peuvent atteindre 45 kilomètres-heure, et ont une autonomie de trente minutes. Cinq provinces ont déjà été espionnées, ratissées de long en large ces dernières années, surtout des provinces "sensibles" comme le Xinjiang. Ils commencent à apparaître dans nos villes, qu'ils survolent sans relâche. Tu imagines ce que peut faire de cela un pouvoir comme le nôtre. Les espaces de liberté privée se réduisent de jour en jour. Si ce programme continue à être développé, bientôt il ne sera plus possible de leur échapper d'aucune manière, même dans les coins les plus reculés. Or, il se trouve que le père de Meijie est impliqué là-dedans. Il connaît bien le chercheur de Xian, c'est un de ses amis je crois. Il a aidé à financer les programmes de recherche en alimentant je ne sais quelle caisse de fonds privés étroitement liée au gouvernement. Quoi qu'il en soit, depuis qu'elle a appris ça, Meijie n'a plus voulu le voir, ni lui parler. C'est tout ce que je peux te dire.

Wang Bo écrasa sa cigarette et se leva. Manifestement il avait décidé que l'entretien était terminé.

— Voilà, fit-il avec un léger soupir. Pour des raisons privées que j'ignore, et pour les raisons politiques que je viens de t'exposer, Meijie souhaite être morte pour son père. Il s'agit donc de savoir s'il vaut mieux lui présenter sa disparition comme volontaire ou non. Pour ma part je pencherais pour la première solution. Mais c'est à toi de voir. Elle a conservé son nom, ses papiers et son téléphone, si bien qu'elle est aisément retrouvable si on s'en donne la peine. Peut-être pourras-tu expliquer à Ba Yu qu'il est inutile qu'il s'en donne la peine. Je pense qu'il est assez intelligent pour comprendre la situation. Je te demande simplement de rester discret sur nos activités.

Il lui tendit un papier.

— En fait, elle veut bien te rencontrer. Mais elle tenait d'abord à ce que les choses soient claires entre elle et toi. En ce qui concerne son père.

Wanglin se leva aussi. Il faisait une tête de moins que Wang Bo. Peut-être est-ce la raison pour laquelle il se sentit un peu écrasé, triste et, sans savoir pourquoi, vaguement honteux.

— Tu joues au basket ? fit-il en lui tendant la main.

Wang Bo sourit.

— Ça se voit tant que ça ?

Il se dirigea vers le rideau, se retourna, fit un signe à Wanglin, se courba, et disparut. L'entretien avait duré moins de dix minutes. Wanglin avait un peu froid. Il savait qu'il n'essaierait pas de contacter Meijie.

IX

1

PAS LE PLUS CONNU, L'AUTRE

C'est bien la première fois que je mène une enquête comme celle-là, dit Zuo Luo en tirant sur sa clope.

Bec-de-canard soupira d'un air contrit. Puis il hocha la tête en guise d'approbation. Il fermait les yeux en essayant de se souvenir du titre du film qu'ils avaient vu la veille, après avoir fait la route jusqu'à Los Angeles, où Menfei avait pris dans la soirée un avion pour New York. Le leur était prévu aujourd'hui, en milieu de journée. C'était un polar hongkongais – l'hôtel proposait des chaînes à péage avec des films en VO, et celui-ci était, selon les scènes, en mandarin ou en cantonais. Si bien qu'il avait tout compris, ou presque.

Et quand je dis "je mène", je me trompe. C'est l'inverse.

Il tira à nouveau sur sa clope en fixant le plafond.

C'est bien la première fois qu'une enquête me mène comme ça.

Chacun était allongé sur son lit. Bec-de-canard ne pouvait qu'approuver : comparée à l'intrigue, au rythme, aux courses poursuites, aux combats de rue, au sang versé, aux côtes cassées et aux retournements de situation du film de la veille, et même à l'intrigue, au rythme, aux courses poursuites, aux combats de rue, au sang versé, aux côtes cassées et aux retournements de situation de nombre d'enquêtes qu'ils avaient effectuées ensemble en Chine, celle à laquelle ils avaient participé ici ces derniers jours ne ressemblait à rien de connu. Ne ressemblait à rien tout court, peut-être. D'ailleurs, méritait-elle le nom d'enquête ?

Tu crois qu'on peut vraiment appeler ça une enquête ? osa-t-il.

Zuo Luo grogna.

Tu as raison. Même pas. Juste une promenade pépère dans la poussière et la chaleur. Des motels vides, des villages fantômes, des lacs morts, des rues désertes. Quelques glandus croisés et à peine interrogés – et encore, pas par moi. Et une fin en queue de poisson. De quoi être dégoûté.

Il souffla sa fumée vers le plafond. En entrant dans la chambre, il avait désactivé l'alarme et ouvert les fenêtres. Il repensait aux enquêtes dont il avait l'habitude, chez lui dans le Sichuan, le Guangxi, le Hunan, le Guizhou, le Guangdong, le Hubei et le Shaanxi.

Non mais c'est vrai, continua-t-il. Rappelle-toi toutes les enquêtes qu'on a menées ensemble, chez nous. Il y avait du rythme, des courses poursuites, des combats de rue, du sang versé, des côtes cassées, des retournements de situation. On s'éclatait, putain. Là, c'était fade et mou comme du tofu.

Bec-de-canard écarquilla les yeux.

Ça alors, dit-il.

Quoi, ça alors ?

Ce que tu viens de dire, là.

Qu'est-ce que j'ai dit ?

Le rythme, les courses poursuites, tout ça. C'est mot pour mot ce que je me disais juste avant.

Oui, ben ça veut dire que c'est vrai, ronchonna Zuo Luo.

Non mais… mot pour mot, vraiment. C'est bizarre, quand même.

Zuo Luo haussa les épaules. Bec-de-canard réfléchissait.

Je me demande…

Un silence.

Ton auteur, là, reprit-il après quelques secondes, celui qui a écrit tes histoires… Enfin, c'est comme si c'était lui qui…

Il s'interrompit. Zuo Luo attendait la suite.

Non, dit Bec-de-canard, c'est idiot.

De toute façon, dit Zuo Luo, je ne vois même pas ce qu'il aurait à raconter, là.

Lorsque Menfei, la veille, avait demandé à David Mueller si Wanda Springfield vivait bien là, celui-ci avait acquiescé et demandé pourquoi. Lorsque Menfei lui avait dit qu'en fait il recherchait son frère Wolf, David avait ri et dit : Vous aussi ? C'est une manie, ma parole. Pourquoi ? avait demandé Menfei. Et David lui avait raconté l'entrevue avec les deux policiers, un quart d'heure plus tôt. Menfei avait traduit. À quoi ils servent, ces deux-là ? avait pensé David. Ils ne parlent même pas anglais ? Mais il n'avait pas partagé ses réflexions, se contentant de les regarder d'un air intrigué : un type aux yeux mi-clos, immobile, massif et joufflu, quoique moins que celui qui parlait anglais. Un autre plus petit, moins massif, aux yeux globuleux et aux lèvres épaisses. Il ressemblait un peu à cet acteur japonais, là, comment s'appelle-t-il ? Celui qui joue dans de nombreux films de Kurosawa. Pas le plus connu, l'autre, avec de gros yeux et de grosses lèvres. Si Wanda avait été là, elle aurait su le lui dire. Wolf est parti avec sa sœur où ça ? avait demandé Bec-de-canard. Bombay Beach, avait répondu Menfei. On est passés à côté hier. Apparemment ils sont restés la soirée et la nuit là-bas. Ta fille était avec eux ? dit Zuo Luo. J'en sais rien, je vais lui demander. David écoutait, bercé par les sons chantants de cette langue incompréhensible. C'était la première fois qu'il voyait des vrais Chinois de Chine. Lorsque Menfei lui apprit qu'en fait, ce n'étaient ni la sœur de Wolf ni Wolf qu'ils cherchaient, mais la petite amie de ce dernier, laquelle se trouvait être sa fille, et dont il lui présenta, pour preuve, une photo d'elle posant souriante entre son père et sa mère devant le restaurant *Big Menfei*, David se méfia. C'était bien Yu sur la photo. Mais pourquoi la cherchait-il, si elle était vraiment sa fille ? Elle allait bien, n'était en danger de rien. Pourquoi ne savait-il pas où elle se trouvait ? À la police, il avait donné les renseignements dont il disposait parce que c'était la police et qu'il y avait un avis de recherche concernant Wolf, mais là, qui étaient ces trois types ? Les deux autres, surtout ? Le plus gros était le père, peut-être, admettons. Mais si elle ne voulait pas qu'il sache où elle est ? C'était leur problème, pas le sien. Il soupira. Il ne pouvait plus trop reculer, en fait. Il lui avait dit, comme il l'avait dit aux deux flics, que Wanda vivait bien là, que Wolf était chez eux en ce moment, et qu'ils étaient allés la veille au soir chez ce type de Bombay Beach, un ancien du Viêtnam qu'ils avaient rencontré un jour là-bas et qui les avait invités. Il hésitait. Devait-il le dire aussi à ces types ?

Bon, il accouche ? avait demandé Zuo Luo. Qu'est-ce qu'il attend ? Il la connaît, ou il la connaît pas ? Commence à faire chaud. David Mueller les avait regardés l'un après l'autre, puis avait jaugé le regard inquiet du plus gros, et lui avait dit d'un air qu'il avait voulu être le plus naturel possible que oui, Yu était bien avec eux, et se trouvait présentement à Bombay Beach.

À ces mots, Menfei avait senti son cœur faire un bond dans sa cage thoracique, comme un animal trop à l'étroit. Il manquait d'air. Il s'était un peu affaissé, comme si sa grosse carcasse était sur le point de se dégonfler, comme si une tension interne prodigieuse s'était soudain relâchée, et le laissait là, pantelant, prêt à bientôt s'effondrer. Zuo Luo lui prit le bras. Qu'est-ce qui se passe ? demanda-t-il. Menfei hoquetait. Zuo Luo haussa le ton. Oh, rien de grave ? Non, non, souffla Menfei. Ta fille, il lui est arrivé quelque chose ? s'inquiéta Bec-de-canard. Non, rien. Enfin, je ne crois pas. Attendez, attendez, deux secondes... Il reprenait son souffle. David les regardait, intrigué. Le type semblait vraiment remué. Il est trop gros, pensa-t-il. Le cœur enrobé de graisse, le souffle court. Pourvu qu'il ne fasse pas un collapsus là, juste devant moi. Puis ils avaient échangé quelques phrases, Menfei lui indiquant que son épouse et lui ne savaient plus où se trouvait leur fille depuis qu'elle avait quitté Las Vegas voici presque deux mois, qu'ils étaient très inquiets, qu'ils redoutaient le pire, surtout sa femme, qui se faisait des montagnes de tout, mais lui aussi, il commençait à se demander si quelque chose de grave ne lui était pas arrivé, on en voit tellement, n'est-ce pas, des disparitions soudaines, des assassinats, des *serial killers* en tout genre, c'est pourquoi il avait décidé de mener sa propre enquête, accompagné de son cousin ici présent, un détective privé très connu chez nous en Chine, avait-il précisé en désignant le plus massif des deux autres, et puis son acolyte que voici, et de fil en aiguille, avait-il ajouté, à force d'abnégation et de ténacité, avec aussi un peu de chance, mais il en faut toujours pour tout, n'est-ce pas, ils avaient fini par retrouver la trace de Yu, ou plus précisément celle de Wolf que Yu accompagnait, et ils s'étaient retrouvés ici, à chercher la sœur de Wolf en espérant qu'elle pourrait les renseigner. David avait écouté avec attention. Le type semblait vraiment très troublé. Son soulagement était palpable. Il éprouva pour lui une forme de compassion, lui sourit et lui dit simplement que Yu allait très bien, qu'elle semblait être heureuse avec Wolf, qu'ils envisageaient de s'installer dans le coin, et qu'il n'en savait pas beaucoup plus. Notamment, elle ne lui avait jamais parlé de ses parents. Menfei le remercia chaleureusement. Puis il traduisit à peu près ce qui venait de lui être dit.

Zuo Luo écoutait à peine. Il était sidéré : jamais il n'avait entendu son cousin parler autant.

2

L'ODEUR DU POISSON SÉCHÉ

Ils étaient sympathiques, vous ne trouvez pas, lieutenant ?

Qui ça ?

Les trois jeunes, là. Le vieux aussi, d'ailleurs. Il ressemble un peu à Jeff Bridges, non ?

Si vous voulez, Hollingsworth.

Ils remontaient vers Las Vegas. Il était bientôt midi.

Vous êtes de bonne humeur, on dirait.

Ah ça, lieutenant, c'est parce que j'ai un peu faim.

Pardon ?

Oui, quand j'ai faim, j'ai envie de parler. C'est drôle, hein, mais j'ai toujours été comme ça. Lorsque j'étais enfant, ma mère savait que dès que je me mettais à baragouiner dans tous les sens, c'est qu'il était l'heure de passer à table.

La route filait, imperturbable et sèche. Johnny Cash chantait en sourdine.

On va s'arrêter pour manger un morceau, Ragnvald. Enfin, dès qu'on trouve un endroit. Ce qui n'est pas gagné. Essayez juste de ne pas parler à tort et à travers.

D'accord, lieutenant.

Il y eut un silence.

Je me demande juste où sont passés les Nord-Coréens du motel.

Nyyrikki ne répondit rien. Elle fixait le goudron de la route, légèrement fendillé à présent. Ragnvald l'observait du coin de l'œil. Elle avait un profil magnifique. Un nez fin, un menton volontaire mais pas trop, des lèvres pulpeuses juste ce qu'il faut, de jolis bras bronzés dont le blanc de sa chemise soulignait la belle couleur dorée, une poitrine parfaite, que depuis des années il rêvait de tenir dans le creux de ses mains, de porter à sa bouche, à ses yeux, à son front, pour s'y enfoncer en l'embrassant, la léchant et murmurant son prénom si étrange et distingué.

En tout cas on pourra rassurer les parents du garçon, dit-il.

Qui nous ont dérangés pour pas grand-chose.

Ragnvald la regarda, étonné.

Ils étaient inquiets, lieutenant, il faut les comprendre.

D'accord, Ragnvald.

Il n'y avait rien à dire à ça.

Mais vous ne m'enlèverez pas de l'idée qu'un grand garçon de vingt-cinq ans qui fait sa vie et ne donne pas de ses nouvelles à papa-maman pendant un ou deux mois, ce n'est pas forcément très préoccupant, si ? En tout cas cela ne nécessite pas de lancer un avis de recherche et de faire intervenir la police. Vous avez choisi de faire ce métier pour ça, vous ?

Non, lieutenant, convint Ragnvald. En fait je m'étais dit plus ou moins la même chose, moi aussi.

La petite – pas la sœur, l'autre, sa copine –, je ne dis pas. Elle a dix-huit ans. Sauf qu'elle, personne ne la recherchait. Mais le gars, franchement…

Ragnvald ne savait que répondre. Elle avait peut-être raison.

Vous avez peut-être raison, lieutenant. Avec les trafiquants de machin, là, c'était une autre paire de manches, hein ? lança-t-il d'un ton légèrement claironnant, à la fois désinvolte et familier.

Nyyrikki lui jeta un regard mi-amusé mi-agacé du coin de l'œil.

D'ambre gris. Mais qu'est-ce que vous voulez dire par là ?

Ben, c'étaient de vrais bandits, quoi. Une vraie affaire policière, des arrestations, tout ça.

Nyyrikki tourna la tête et fixa la route à nouveau.

En effet, Ragnvald.

Il y eut un silence. Hollingsworth cherchait quelque chose à dire.

Vous avez l'air tout chose, lieutenant, fit-il au bout d'un moment.

Nyyrikki ne répondit rien. La route ondulait légèrement par endroits, comme le dos d'un gigantesque serpent, et ils faisaient périodiquement de petits sauts sur leurs sièges.

Elle pensait à la vieille édentée et sa petite-fille aux cheveux blancs, à la comptine qu'elle avait entonnée, aux informations qu'elle lui avait données, et qu'elle avait été seule à entendre. Ragnvald n'avait manifestement pas eu la même expérience, c'était indéniable. Cela lui avait été adressé à elle seule. Elle avait clairement entendu la fillette chanter en finnois, sans tout comprendre d'ailleurs, car à son grand regret elle ne maîtrisait pas très bien cette langue, ce dont elle avait un peu honte. Elle se disait que c'était comme si elle avait renié ses origines, oublié la langue et la patrie de ses ancêtres, ce qui la constituait au plus profond et dont elle n'avait pas toujours conscience, bien que nombre de ses pensées secrètes, actions spontanées et réactions intimes fussent sans nul doute guidées par d'innombrables générations de fermiers, de commerçants, d'artisans, de robustes trappeurs, pasteurs, chasseurs et pêcheurs aux cheveux blonds qui l'avaient précédée dans le puits sans fond des âges, reproduisant pendant des dizaines de siècles les mêmes vies minuscules et denses dans de sombres cabanes au cœur des forêts blanches, sur les bords de grands lacs calmes et verts envahis de moustiques ou dans la chaleur des masures enfumées, le cliquetis des fabriques de chaudrons, l'odeur du poisson séché et le crissement des ciseaux qui découpaient les peaux de bêtes, au cœur de villages couchés placidement sous un grand ciel boréal dont les nuits et les jours ne se comptaient pas en nuits et en jours, mais en semaines et mois.

Elle frissonna. Elle se sentait en équilibre au-dessus d'un précipice.

On pourrait s'arrêter chez – comment s'appelle-t-elle, déjà ? Là où on s'est déjà arrêtés ? Pour casser une petite graine, ma foi. Voyez ce que je veux dire ?

Nyyrikki soupira. Qu'est-ce qu'il avait donc à se mettre à lui parler si familièrement, comme s'ils étaient copains comme cochons ?

Ce n'est pas la route, Ragnvald. On est bien plus à l'est.

Ah, vous m'en direz tant. Il faut dire que tout se ressemble ici, hein. C'est plat, gris et ocre, sec, et ça n'en finit pas.

Et elle s'appelait Misra. Misra Samjak. Vous avez du mal avec les noms, hein, Ragnvald ? D'une manière générale, je veux dire.

Ragnvald eut un petit rire forcé. Il ne savait pas très bien s'il s'agissait d'une simple constatation, d'un trait d'humour ou d'une formulation légèrement agressive.

Je ne sais pas, lieutenant. Peut-être bien. Ce doit être parce que le mien est compliqué. Enfant, je ne savais même pas le prononcer, et ça faisait marrer mes copains à l'école.

Un point pour lui, pensa Nyyrikki.

Mais je suis suédois, vous m'avez dit. Et vous finnoise, non ? C'est peut-être aussi pour ça.

Plutôt finlandaise. Finnois, c'est la langue. Mais qu'est-ce qui est peut-être "aussi pour ça" ?

Ben ce sont des langues de par là-bas, on n'y comprend rien. Alors peut-être que quelque part au fond de moi j'ai un peu de suédois qui fait que je ne retiens pas bien certains noms de chez nous. Un peu comme si pour moi ils étaient étrangers, vous voyez ?

Nyyrikki hocha la tête.

Ce n'est pas bête, Ragnvald. Mais Misra Samjak n'est pas précisément un nom de chez nous, vous savez. Plutôt polonais, je dirais. Ou tchèque. Enfin, slave d'Europe de l'Est.

Ragnvald était soufflé. Ça alors, vous savez tellement de choses, lieutenant, faillit-il lui dire. Mais il se ravisa.

Oui, voilà. Pas un nom suédois, en tout cas.

Il fronça les sourcils. Il réalisait soudain ce que cela entraînait. Il se disait qu'il était peut-être en effet issu de lointaines et étranges lignées, nordiques, vikings ou quelque chose comme ça, qui plongeaient leurs racines bien loin dans le temps et dans la géographie, de l'autre côté de l'océan tout là-bas, si loin. Il se vit alors lui-même dans la voiture qui filait au milieu du désert, il vit la longue bande d'asphalte qui s'étendait au-devant d'eux et derrière eux, il vit le désert tout entier avec ses faibles collines et ses buissons en pointillé, il vit la carte des États-Unis dans leur ensemble, l'océan loin à l'ouest et l'autre océan encore plus loin à l'est, avec au-delà l'Europe et la Suède quelque part vers le nord, pas loin du pays d'où Nyyrikki elle-même venait, disait-elle, puis il réalisa à quel point il était minuscule et vulnérable dans cette petite voiture qui filait au milieu de toute cette immensité géographique et temporelle – et un vertige inédit le saisit, l'étourdit et l'effraya un peu, en même temps qu'il se sentit augmenté d'une part secrète de lui qui jamais n'avait véritablement affleuré à sa conscience, une part dont les racines puisaient bien au-delà du désert de Mojave et de Salton Sea, au-delà de Las Vegas où dans quelques heures ils seraient en train de rassurer le couple Springfield sous les yeux compatissants de l'étrange femme aux cheveux filasse et aux yeux tristes qui disait avoir été engrossée par des extraterrestres, au-delà du Minnesota et du Dakota du Nord, au-delà des États-Unis tout entiers, au-delà de lui-même aussi bien, une part enfouie qui gisait dans un fonds commun lointain et sombre au centre duquel, se disait-il, le lieutenant Nyyrikki Amburn et lui étaient, peut-être, indissolublement liés. Il cligna des yeux.

Il va falloir manger, dit-il. Je me sens un peu faible.

Fin de l'histoire de Chen Wanglin, auteur réticent et enquêteur perplexe

16
Le flot des silhouettes sombres et pressées

Chen Wanglin avait écrit à Bei le soir même à l'hôtel, lui disant qu'il avait retrouvé la trace de Meijie sans véritablement la retrouver. Une trace un peu évanescente, il devait bien l'avouer, et il lui expliquerait tout ceci de vive voix, mais il pouvait d'ores et déjà lui dire que c'était en ne faisant rien, en ne pesant aucunement sur les événements, qu'il était parvenu à ce maigre résultat. Il en avait résulté pour lui une vague impression de tristesse, lui disait-il, qui l'avait assailli sitôt l'énigme, si l'on pouvait dire, résolue – si l'on pouvait dire aussi. Il lui avait cité un passage du livre de poèmes que lui avait donné Emily Bly et qu'il avait machinalement feuilleté avant de le ranger dans sa valise, tombant sur ces vers que, fidèle à sa superstition des sorts virgiliens, il avait jugé emblématiques de son état présent :

Tant de bienfaits nous ont été donnés
Lors de la première distribution de lumière, que nous
sommes
Admirés dans mille galaxies pour notre tristesse.

Il avait aussi insisté (peut-être un peu trop, estimait-il alors même qu'il était en train de lui écrire) sur le fait qu'elle lui avait beaucoup manqué pendant ces quelques jours, bien qu'il eût somme toute passé du bon temps, visité Paris et Marseille, traversé la belle Bourgogne, revu des amis plus vus depuis dix ans et rencontré d'autres personnes "très intéressantes", avait-il précisé, évitant cependant la moindre allusion directe à Lu Hua.

Il avait aussi écrit succinctement à Xuechen qui avait répondu à son mail précédent en lui disant qu'"évidemment" elle connaissait "la tragique histoire de la disparition des colombes américaines", dont "les deux derniers spécimens, baptisés George et Martha, étaient morts, lui en 1910, elle en 1914, dans un zoo de Cincinnati", et précisant qu'"un demi-siècle plus tôt on estimait à cinq milliards d'individus leur population sur le territoire américain, soit 40 % de tous les oiseaux du continent". Il lui dit qu'il faudrait qu'à son retour il lui parle à nouveau de colombes, mais peut-être pas celles auxquelles elle pensait. Puis, tout en avalant un jambon-beurre agrémenté d'un coca face à un autre documentaire animalier dans lequel étaient indiquées en préambule, inscrites sur l'écran, une définition des "animaux" *("organismes vivants pluricellulaires se nourrissant d'autres organismes, se mouvant par eux-mêmes à au moins un stade de leur développement, détectant leur environnement et y réagissant par l'intermédiaire d'un système nerveux")* et une autre des "êtres vivants sensibles" *("animaux qui appartiennent à une des catégories zoologiques dans lesquelles a été scientifiquement reconnue une aptitude à ressentir une douleur et/ou à éprouver des émotions telles que douleur, souffrance, angoisse ou peur")*, à la suite de quoi un sujet avait été lancé sur les maltraitances infligées à certains d'entre eux, comme l'utilisation des animaux de cirque, il s'était résolu à envoyer un mot à Ba Yu, qu'il préférait avoir au bout du clavier qu'à celui du fil, d'ailleurs inexistant. Elle est vivante, lui avait-il écrit, et autant que je sache elle va bien, mais elle entend ne pas être retrouvée. Je crois qu'il s'agit avant tout d'une histoire entre elle et vous, une histoire privée sur laquelle je n'ai rien à dire – les "tensions" dont vous me parliez lorsque vous m'avez demandé de partir à sa recherche. Mais il y a aussi d'autres sortes de tensions. Nous en parlerons au journal si vous voulez.

Il avait refermé le capot de son ordinateur et regardé la suite du documentaire, puis il avait zappé, à la recherche d'une comédie romantique qu'il n'avait pas trouvée, et s'était rabattu sur un film de super-héros qu'il avait déjà vu.

Le lendemain matin, assis dans l'avion, il repensait à ce que lui avait dit Wang Bo sur les combats qu'avec Meijie ils entendaient mener. Il avait une certaine admiration pour tout cela. Lui, que pouvait-il faire ? Et surtout, que *savait*-il faire, à part, peut-être, écrire – et encore ? Il n'était militant de rien, engagé en rien, le contraire d'un homme d'action. Un de ceux que depuis l'enfance on qualifie de rêveurs. Un de ces irrésolus qui, dès qu'ils affirment quelque chose, envisagent avec autant de force le point de vue opposé, qui soudain leur apparaît tout aussi recevable. Qui demeurent persuadés que les convictions liées à l'époque où ils vivent, à l'espace géographique qu'ils occupent, et à l'histoire propre qui est la leur, sont loin d'être des vérités absolues.

Avec une telle tournure d'esprit, comment prendre parti ? Pourtant il n'était ni sourd ni aveugle. Il voyait bien ce qui se passait autour de lui. Il avait toujours eu du mal à croire en l'action directe, qui ne considère qu'une seule voie. Partout, il voyait des chemins parallèles, d'autres manières d'envisager les choses, d'autres points de vue qui venaient parfois parasiter ce que la logique, ou le simple bon sens, semblait pourtant indiquer à chacun.

Il se demanda alors s'il allait se tenir à la résolution qu'il avait prise avant de partir, celle de ne plus écrire. Il était presque sûr qu'en réalité, il n'avait pas tout jeté – comme si, sans même se l'avouer, il avait prévu cette irrésolution-là. Il lui restait sans doute quelque part une clé USB avec un fichier contenant le roman qu'il avait commencé d'écrire, cette histoire de Zuo Luo dans le désert du Nevada. C'était, déjà, une histoire de jeune fille disparue. La fiction et la réalité sont parfois poreuses l'une à l'autre, se dit-il. Peut-être était-ce en terminant cette histoire qu'il pourrait clore, pour ce qui le concernait, l'affaire de cette disparition, et les ramifications qu'elle impliquait.

Il considéra un instant la photo de Meijie, qui lui souriait inutilement depuis un présent insaisissable et un futur à jamais inconnu. Il la rangea dans son portefeuille, derrière celle de Bei. Il n'en avait pas de Lu Hua, et c'était bien mieux ainsi.

L'avion commençait à avancer.

Dix secondes après qu'ils s'étaient séparés, la veille devant la bouche de métro Bastille, Lu Hua avait fait demi-tour vers lui et lui avait dit qu'elle tenait à l'accompagner à l'aéroport. Je n'ai rien de spécial à faire demain, avait-elle simplement dit en haussant les épaules avec un sourire gêné. Il n'avait pas refusé, ni accepté avec trop d'empressement. Il lui avait juste rendu son sourire. Et là, aujourd'hui devant la porte d'embarquement, ç'avaient été leurs deuxièmes adieux. Un peu gauche, il lui avait tendu la main et s'était légèrement penché vers elle. Elle avait glissé ses doigts dans sa main et s'était hissée sur la pointe des pieds. Cela s'était passé presque par surprise. Ils s'étaient embrassés doucement, sans cesser de se tenir la main, comme pour dire adieu à une histoire jamais advenue. Autour d'eux les voyageurs couraient, soumis à la fébrilité et la légère inquiétude des départs. Puis ils s'étaient séparés sans un mot, rapidement noyés dans le flot des silhouettes sombres et pressées.

X

CE QUE J'AIMERAIS FAIRE DE MA VIE

Depuis que j'habite dans la montagne froide,
Combien de dizaines de milliers d'années ont passé ?
Suivant mon cours, retiré dans la forêt près d'une source,
Je déambule, me repose et contemple à ma guise.

L'avion filait vers l'ouest.

Il faisait un peu frais car la climatisation était mal réglée.

Un ronronnement électrique et lénifiant emplissait l'habitacle.

L'hôtesse prénommée Rachel exhalait un parfum sucré.

Bec-de-canard dormait la bouche ouverte.

Bec-de-canard ronflait la bouche ouverte.

Zuo Luo fermait les yeux.

Il ne savait plus. Le temps était élastique et mou. Tendu, puis resserré. Il se demandait combien de dizaines de milliers d'années avaient passé depuis qu'il avait quitté la Chine.

Combien de dizaines de milliers d'années depuis qu'avec Bec-de-canard ils avaient atterri à Los Angeles et s'étaient trouvés écrasés entre la terre nue et le ciel vide comme des paramécies sous la plaque d'un microscope.

Combien de dizaines de milliers d'années depuis qu'il avait quitté l'ombre et le secret, l'épaisseur, le furtif et l'humide, le foisonnement des signes intelligibles, le mystère des interactions muettes, la compréhension à demi-mot, l'interprétation immédiate, le langage commun, prononcé ou muet.

Il pensait à d'épiques enquêtes passées.

Combien de dizaines de milliers d'années depuis.

Combien de dizaines de milliers d'années depuis les dernières fois où il s'était senti investi d'une vraie et noble mission, comme aller libérer une jeune femme illettrée séquestrée par un malfrat crypto-mafieux qui l'avait achetée à un paysan qui l'avait lui-même achetée à ses parents persuadés de lui permettre ainsi d'accéder à un meilleur statut social et qui se retrouvait embringuée dans un réseau de prostitution de filles de la campagne pour représentants des classes moyennes en goguette aux alentours des bars karaoké de petites villes moches et grises ou de lieux touristiques environnés de reliefs karstiques, de lacs bleu intense ou de forêts de bambous.

Combien depuis la traque d'un yakuza nommé Tanaka Daijiro dans le Nord d'Hokkaidō après qu'il eut retrouvé sa trace grâce à une jeune femme un peu médium rencontrée dans le restaurant new-yorkais de son cousin Menfei, ce qui avait constitué sa première incursion sur le territoire étasunien, un yakuza à qui il voulait faire payer la mort de la jeune Yang Ferenczi Cuicui dont il avait été amoureux dans ses jeunes années alors qu'il était vigile d'un grand magasin à Deyang, sinistre individu qu'il avait retrouvé vingt ans plus tard recroquevillé dans un fauteuil roulant dans la petite ville d'Abashiri, or il se trouvait qu'une dizaine d'années plus tôt ce Tanaka Daijiro, alors homme d'affaires plein de baratin vide et creux vivant à Deyang, avait fait un enfant à la dénommée Zhang Leyun qui, lorsqu'elle-même était enfant, vivait dans le village du pays de Shu où habitait Zuo Luo, et se trouvait être la sœur de ce Zhang Fan sur la tête de qui son cousin Menfei et son frère Wong avaient versé deux seaux de pisse d'âne, de cheval et de verrat pendant son sommeil pour se venger des multiples tourments que lui et sa bande leur faisaient subir, et la fille de Zhang Leyun et du yakuza Tanaka Daijiro était pour ainsi dire séquestrée par celui-ci loin de sa mère dans la petite ville d'Abashiri dans le Nord d'Hokkaidō, et Zuo Luo qui s'y était rendu pour venger la mort de la jolie Yang Ferenczi Cuicui, une fois sa vengeance accomplie, avait ramené avec lui à Guangzhou la petite Yokō qu'il avait restituée à sa mère, et pour mener à bien cette affaire purement vindicative qui avait fini par se doubler d'une autre mission non prévue de restitution d'enfant il lui avait fallu enquêter, filer, interroger, convaincre par la force de la persuasion et par celle des poings et des pieds, sauter à la gorge d'indics véreux, sournois et malintentionnés qui faisaient la sourde oreille aux questions qu'il posait quant aux agissements d'un tel ou à la localisation de tel autre, se battre dans d'infâmes ruelles avec de petits marlous qui s'agitaient en tous sens de façon désordonnée, ayant vu trop de films de kung-fu mais ne possédant, au contraire de Zuo Luo, aucune base de quelque art martial que ce fût, et se contentant de singer les acteurs ridicules de ces films ridicules, ce qui était pain bénit pour Zuo Luo qui dans ces cas-là n'avait qu'à attendre qu'ils aient fini de s'agiter stérilement pour mieux les cueillir en quelques coups bien ajustés, bref, il avait fallu donner de soi, pénétrer dans de fétides ruelles, de sordides arrière-cours et d'immondes et branlantes cages d'escalier, œuvrer dans l'ombre et le secret, combattre, risquer sinon sa vie du moins une part de son intégrité physique, par exemple une côte ou deux, ou alors une dent ou deux, ou alors un doigt ou deux, pour finalement mener à bien la mission principale, qui était de retrouver le yakuza Tanaka Daijiro et lui faire payer ses malversations passées, ainsi que la secondaire, qui était de restituer à Zhang Leyun la fille qu'elle avait eue avec ce dernier et qu'il lui avait enlevée, et tout cela il l'avait fait, et l'enquête avait été menée, et Yang Cuicui vengée, et Yokō restituée à sa mère.

Combien de dizaines de milliers d'années depuis une telle enquête fouillée, tendue, excitante et brûlante, et non un lent et vain cheminement dans un pays inconnu, aux petites villes trop propres et aux espaces trop vides, dans des paysages trop plats et trop secs, sous des ciels trop blancs et trop nus, avec des températures trop intolérablement élevées, des nourritures trop infâmes, des mots trop incompréhensibles, à ne voir personne ou presque hormis quelques serveuses de motels aux sourires interchangeables, deux SDF, une grosse femme en rose et son mari effacé derrière elle, une vieille édentée en plein désert, un directeur d'hôtel mécanique et indien, puis un grand échalas à dreadlocks devant lequel Menfei s'était presque effondré, éperdu de reconnaissance, et basta, tout cela sans échanger un mot avec quiconque hormis son cousin et Bec-de-canard, et peut-être aussi, mais à peine, le mari de la grosse dame en rose qui parlotait chinois, sans interroger personne, sans filer le moindre individu, sans assommer le moindre quidam, sans menacer le moindre pékin, sans rien faire si ce n'est suivre son cousin à travers les informations que celui-ci avait glanées petit à petit, est-ce que c'était du boulot ça, évidemment que non, Menfei avait beau dire, il n'avait servi à rien et cela le contrariait.

Combien depuis les discrètes filatures suivies d'interrogatoires musclés. Combien depuis les combats dans les ruelles moisies où sa grosse silhouette se métamorphosait soudain en celle d'un elfe bondissant, semblable en cela à ces pingouins et manchots royaux, empereurs, papous, pygmées, antipodes, à aigrettes, à jugulaire, du Cap, de Magellan, de Humboldt, des Galápagos, d'Adélie, ou encore toutes les espèces de gorfous, gorfou doré, gorfou huppé, gorfou sauteur, gorfou du Fiordland, des Snares, de Moseley, de Schlegel qui, si balourds et patauds sur la terre ferme, dessinent d'aériennes et fluides arabesques dans les eaux glacées où ils se meuvent avec une extrême agilité, une grâce incomparable et une ineffable précision, ou encore à ces grands oiseaux des mers dont un poète français avait fait le parangon de l'élégance et du grandiose devenus risiblement gauches une fois chus sur le pont des navires. Ainsi était Zuo Luo, lourd, placide et lent dans la vie ordinaire, aérien, rapide, efficace et subtil en pleine action.

Mais là, ressassait-il, car Zhu Wenguang, dit Zuo Luo, avait une fâcheuse tendance à ressasser ce qui le contrariait, tel n'avait pas été le cas. Aucune occasion d'exercer son habileté au combat de rue, ni sa persuasion lors d'interrogatoires musclés, ni son agilité en toutes circonstances extrêmes, ni la fluidité de son jeu de jambes, ni la souplesse de son gros corps, ni la rapidité de ses uppercuts, crochets et autres coups subtilement assénés quoique non référencés dans quelque manuel de combat que ce fût, à l'aide de ses poings fermés, du tranchant et du plat de la main, ou de quelques doigts assemblés en faisceaux et fondant violemment au millimètre près sur la partie du corps adverse préalablement identifiée.

La petite est retrouvée, d'accord. C'est déjà ça, maugréa-t-il *in petto*.

Mais quand même. À quoi bon tout ce ramdam.

Menfei n'avait pas jugé utile de se rendre dans ce village de caravanes et mobile homes nommé Bombay Beach, où le grand type à dreadlocks lui avait dit que se trouvait sa fille avec son petit ami Wolf et la sœur de celui-ci, Wanda, qui se trouvait être sa compagne. Ils avaient été invités la veille au soir par un type qui vivait là-bas, un vétéran du Viêtnam avait dit Mueller, que Wolf et sa sœur avaient rencontré un jour qu'ils cherchaient un mobile home ou une caravane à louer avec Yu, et chez qui il n'était pas impossible qu'ils passent la nuit, avait prévenu Wanda, tout dépendrait de la quantité d'alcool ingurgitée, et c'est probablement ce qu'ils avaient fait. La nièce de Zuo Luo, qui n'était pas vraiment sa nièce, s'apprêtait donc à vivre dans ce coin paumé du monde avec son Wolf, et elle ne jugeait pas utile, pour l'heure, d'en faire part à ses parents. Qu'est-ce que je fais, d'après toi ? avait demandé Menfei en se tournant vers son cousin. Zuo Luo n'avait rien répondu. Bec-de-canard non plus, mais il est vrai que la question ne lui était pas directement adressée. Menfei se frottait le front, l'air soucieux. On devrait peut-être arrêter là, non ? avait-il continué après quelques secondes, hésitant. Zuo Luo avait haussé doucement les épaules. C'est toi qui vois, avait-il dit. Menfei avait hoché la tête. Elle ne veut plus me voir pour l'instant, ni nous donner de vraies nouvelles, à sa mère et à moi, peut-être que je devrais respecter ça ? Non ? Zuo Luo avait hoché la tête. Il se disait que son cousin ne faisait, somme toute, que réfléchir à haute voix, et qu'il n'avait pas vraiment besoin de réponse. D'ailleurs il poursuivait déjà : Je ne vais quand même pas débarquer pour la cueillir au réveil devant ses amis comme le père lourdaud que j'ai peut-être trop souvent été, si ? Zuo Luo avait soupiré en regardant ses pieds. Bec-de-canard avait allumé une cigarette. Mueller les regardait tous les trois, sans rien comprendre évidemment, mais devinant qu'un dilemme familial se jouait là. Il laissait dire, sans montrer de signe d'impatience. Je vais respecter sa décision, avait dit Menfei d'un ton plus décidé. Elle vit ici à présent, elle va bien, elle est probablement heureuse, laissons-lui le temps d'entrer à nouveau en contact avec nous. Notre enquête est terminée, avait-il conclu. On peut rentrer. La phrase avait claqué dans l'air sec devant le grand Mueller qui ne comprenait pas un mot de ce qui se disait, Bec-de-canard qui faisait les yeux ronds et Zuo Luo qui ne bronchait pas. Ou presque : il approuva d'un signe de tête, tout étonné qu'il fût par ailleurs – le fait que sa nièce, qui n'était pas sa nièce, pût avoir envie de vivre dans un tel environnement, un tel climat, un tel désert, une telle indigence, lui semblait très étrange, mais après tout pourquoi pas, se disait-il, vu que personne en ce monde ne pouvait réellement se mettre à la place de l'autre, et que les motivations des uns, quelque énigmatiques ou incompréhensibles qu'elles parussent aux autres, devaient pour cette raison demeurer vierges de tout commentaire ou interprétation. D'où qu'il n'en fit point, ni n'en formula aucune.

Ainsi ils ne s'étaient pas rendus à Bombay Beach mais s'en étaient retournés vers Los Angeles, à une demi-journée de voiture de là, traversant les mêmes paysages désertiques et nus, assommés de soleil, parfaitement accablants, du moins selon Zuo Luo. Yu saurait vite, dans la journée sans doute, que son père l'avait recherchée jusqu'à la porte de la caravane de David Mueller, qu'il était affublé de deux autres Chinois dont elle se demanderait de qui il pouvait bien s'agir – il y avait un détective parmi les deux, lui dirait Mueller, et Yu penserait alors à son oncle Wenguang, qui n'était pas vraiment son oncle –, et elle apprendrait en outre que tous trois s'en étaient tout simplement retournés, une fois rassurés sur le fait qu'elle était toujours vivante, en bonne santé et apparemment satisfaite du cours de ses jours. Ainsi Menfei espérait-il que sa fille, agréablement surprise par l'attitude de son père, se manifesterait bientôt auprès de lui. Zuo Luo n'avait fait aucun commentaire, mais avait trouvé confirmation du fait que, entre le bon, la brute et le renard, son cousin était indéniablement le bon. Zuo Luo étant quant à lui sans discussion possible le renard, cette répartition attribuait une fois de plus à Bec-de-canard la dénomination de brute, laquelle ne lui convenait pas trop mal par moments, tant il pouvait, à l'occasion, être à la fois fruste et violent, même si, confronté à ces qualificatifs, il y avait fort à parier qu'il se serait indigné, arguant par exemple de son intérêt pour la poésie chinoise classique et les disciplines plus ou moins liées à l'éthologie, ce qui du point de vue de Zuo Luo n'empêchait rien, car voici, les rôles étaient répartis, et il en irait ainsi désormais. Ils étaient retournés à Los Angeles, avaient trouvé un hôtel pas trop loin de l'aéroport, Menfei était reparti pour New York le soir même, d'où il donnerait, ainsi qu'il s'y était engagé, des nouvelles de leurs fils et fille aux Springfield, ignorant qu'ils en auraient obtenu la veille par les deux policiers grands et blonds croisés dans le motel de Calipatria, et Bec-de-canard et Zuo Luo avaient attendu le lendemain un vol pour Guangzhou.

À présent l'avion filait vers l'ouest, il faisait un peu frais car la climatisation était mal réglée, un ronronnement électrique et lénifiant emplissait l'habitacle, l'hôtesse prénommée Rachel exhalait un parfum sucré, Bec-de-canard ronflait la bouche ouverte et Zuo Luo, qui venait de lire un dernier poème de Han Shan, fermait les yeux en ressassant et ruminant le fait que cette enquête, de son point de vue, n'en avait pas vraiment été une.

Un mouvement à côté de lui, un bruit de tissus froissés, un raclement de gorge.

J'ai dormi, dis donc, murmura une voix pâteuse.

Bec-de-canard se redressa sur son siège. Il but un peu d'eau.

J'ai même rêvé. De la vieille de Zhongjiang. Celle qui t'avait dit que tu étais un personnage de fiction et qui t'avait donné le livre, là.

Don Quichotte ?

Voilà. On était dans le même escalier du même quartier pourri de la même vieille ville, elle te faisait entrer chez elle et tu en ressortais avec un livre.

Don Quichotte ?

Non, pas cette fois. Comment il s'appelle, déjà, le type qui t'a mis dans un roman ?

Chen Wanglin ?

Voilà, un livre de Chen Wanglin avec toi en couverture.

Wenguang haussa les épaules.

Comment as-tu pu le rêver si tu ne te rappelles pas son nom ?

Boh, les rêves, tu sais. Parfois on y comprend des choses qu'on ne sait pas, et vice-versa.

L'hôtesse passa à côté d'eux. Son parfum sucré. Zuo Luo lui demanda une mignonnette de vodka, qu'elle lui apporta dans la foulée, avec un souple empressement et un sourire mécanique plaqué sur son visage trop poudré. Bec-de-canard lui fit signe qu'il en désirait une lui aussi, et elle revint en reproduisant exactement la même gestuelle, accompagnée d'un sourire moins appuyé toutefois, désirant sans doute indiquer par là que les deux zigotos auraient pu se concerter avant et regrouper leurs commandes, cela lui aurait évité un aller-retour sur deux.

Je me demandais…, dit Bec-de-canard.

Il se pencha vers Zuo Luo.

Ça se passe où, l'histoire qu'il raconte ?

Qui ça ?

Ben le type, là. Chen Wanglin.

Du côté de Vladivostok, on m'a dit. Mais je n'ai pas lu le livre, et ne le lirai pas.

Tu devrais peut-être, non ? Histoire de voir ce qu'il dit de toi.

Zuo Luo avala une gorgée de vodka.

Je m'en fous. Écrire des fariboles au sujet de personnes existant réellement, ce n'est pas dire la vérité mais des mensonges, et les écrivains qui usent ainsi de mensonges devraient être interdits de publication. Voilà ce que j'en pense. Je ne lirai rien du tout.

Bec-de-canard hocha la tête d'un air méditatif.

À moins que ce soit l'autre qui existe réellement, et pas toi. C'est ce que tu disais, non ?

Zuo Luo haussa à nouveau les épaules.

Et ce Chen Wanglin aurait écrit l'histoire qu'on est en train de vivre en ce moment, et non celle qui se passe à Vladivostok, qui, elle, serait bien réelle.

Zuo Luo secoua la tête et soupira.

Ce qui entraîne que je n'existerais pas, par la même occasion, continua Bec-de-canard. C'est idiot, je te l'accorde, vu qu'on est bien là pour en discuter. À moins que je figure aussi dans l'histoire à Vladivostok. Mais bon, tout ça m'a fait réfléchir, et je me disais que tu pourrais lui rendre la pareille.

Zuo Luo tourna la tête vers lui.

Comment ça ?

Ben, tu écris un livre sur lui. Tu crées un personnage qui porte son nom et le mets en scène, comme il l'a fait pour toi.

Nouveau haussement d'épaules.

N'importe quoi. Comme si j'allais me mettre à écrire un bouquin.

Tu sais quel âge il a, ce type ?

Comment veux-tu que je sache ? Assez jeune je suppose, vu qu'il n'a presque rien écrit.

Bon. Disons qu'il bosse quelque part, parce qu'il n'est pas assez connu pour gagner sa vie avec ses livres. Il serait journaliste, mettons.

Une fois encore, Zuo Luo haussa les épaules.

Tu crois que je n'ai que ça à faire ? Ajouter du bruit au bruit ?

Il serait journaliste et il irait enquêter quelque part pour son journal. Son patron l'enverrait je sais pas où, aux États-Unis, ou en Europe, pour une raison quelconque.

Tu parles. Et pour quoi faire ?

Je ne sais pas, moi. Un article à écrire. Ou une mission quelconque sous couvert d'article à écrire. Pour retrouver quelqu'un, tiens. Une jeune fille, comme nous.

Zuo Luo lui jeta un regard en biais.

Enfin, je veux dire : retrouver une jeune fille, comme nous, on l'a fait. Ou presque fait.

Aucun intérêt, décréta Zuo Luo.

Mais si, regarde. Il irait à New York, ce serait bien. Ou en France, tiens : à Paris, ou ailleurs, et il serait chargé de retrouver discrètement la fille de son patron, qui aurait disparu.

Et pourquoi son patron ne s'en chargerait pas lui-même ?

Là, mon vieux, c'est à toi de voir.

Zuo Luo eut un mouvement de recul. "Mon vieux" ? Il allait vraiment falloir reprendre les choses en main.

Peut-être que le patron en question est malade et ne peut pas se déplacer. Ou alors il est secrètement lié au pouvoir et ne tient pas à ce que la disparition de sa fille s'ébruite et lui fasse de la publicité. Enfin, j'en sais rien, tu trouveras bien.

Arrête, dit Zuo Luo d'un air décidé. Je ne vais rien écrire du tout. Je n'en ai rien à faire d'écrire un roman. Ça ne m'intéresse pas. Je ne m'intéresse qu'à la poésie classique, à l'histoire, à la prose des siècles passés et aux manuels d'apprentissage des langues rares.

Cette fois c'est Bec-de-canard qui haussa les épaules.

Dommage, soupira-t-il. Ça lui ferait les pieds, à ce blanc-bec.

Chacun à sa place, dit Zuo Luo. Je n'ai rien d'un écrivain. Je suis un détective et un chaman. Je suis un justicier qui travaille dans le secret, qui préfère l'ombre à la lumière, le rêve à la veille, le tu au révélé, l'à peine esquissé au pleinement dessiné, et le silence aux mots. Je ne suis pas un écrivain et ne le serai jamais.

Bec-de-canard avala une rasade de vodka.

C'est juste parce que tu l'as décidé. Si tu voulais, tu pourrais.

Exactement, rétorqua Zuo Luo. C'est une des raisons pour lesquelles je n'écrirai rien. Aujourd'hui tout le monde est capable d'écrire un livre : les banquiers, les psychiatres, les militaires, les hommes politiques, les journalistes, les militants, les prêtres, les jardiniers, les cartomanciens, les gardiens de zoo, les professeurs, les dictateurs, les éditorialistes, les marins, les femmes au foyer, les directeurs d'entreprises, les responsables syndicaux, les danseurs, les terroristes repentis, les médecins, les chirurgiens, les malades, les anciens malades, les boulangers, les bouchers, les véganes, les escrocs, les prestidigitateurs, les sportifs, les chanteurs, les présentateurs télé, les stars du cinéma, les enfants de sportifs, de chanteurs, de présentateurs télé, de stars du cinéma – absolument tout le monde. Même les romanciers et les poètes parfois, quoique de plus en plus rarement. Ne compte pas sur moi pour faire partie de cette horde assoiffée de mots couchés sur le papier. De plus cela demande du temps et ne rapporte pas d'argent, sauf exception. Pas assez en tout cas par rapport au temps passé à écrire. Pas question.

Zhu Wenguang, dit Zuo Luo, souffla. Il était épuisé de sa tirade. Bec-de-canard ne répondit rien.

Quelle tête de lard, pensa-t-il.

Il termina sa mignonnette de vodka et guetta l'hôtesse au parfum sucré pour lui en demander une autre.

Tant pis, se dit-il encore : il ne me reste plus qu'à l'écrire moi-même.

D'abord il s'étonna d'avoir pensé cela. Il demeura pensif quelques secondes, le temps de s'accoutumer à cette idée saugrenue, puis finit par se caler confortablement dans son siège.

Combien de temps qu'on est partis ? fit-il négligemment.

Sais pas. Cinq heures ?

On va peut-être survoler Vladivostok. Là où ton double est allé, et pas toi.

Possible, dit Zuo Luo en avalant lui aussi son reste de vodka.

Il fit un signe de la main à l'hôtesse, et désigna la petite bouteille.

Tu connais Yu Huan ? enchaîna-t-il.

Bec-de-canard fit une moue.

Crois pas. Un poète ?

Non, un historien de la période des Trois Royaumes. Il a écrit le *Wei lüe*, un livre sur les pays d'Occident et les Barbares de l'Ouest. En étirant à peine la géographie, on pourrait dire que moi, j'y suis allé, et pas mon double. Donc on est à égalité. J'étais en train de le lire, avant les poèmes que m'a donnés le type à Las Vegas.

Il sortit de son sac un livre à la couverture rouge passé, et l'ouvrit à une page qui, vers le début, était cornée. Il lut :

> *Je me borne à demeurer dans la flaque d'eau qui remplit l'empreinte laissée par le sabot d'un bœuf. Je n'ai pas le moyen de profiter des vents heureux pour voguer au large, ni de monter sur des chevaux rapides pour visiter de lointains pays. Je m'efforce seulement, en contemplant le soleil, la lune et les étoiles, de laisser voler ma pensée sur les contrées les plus reculées dans les huit directions de l'espace.*

Il referma le livre.

Voilà.

Quoi, voilà ?

Ce que j'aimerais faire de ma vie maintenant, dit Zuo Luo.

L'hôtesse apporta les deux petites bouteilles et les leur tendit avec un sourire appuyé. Zuo Luo siffla la sienne cul sec.

RÉFÉRENCES

La citation de la page 39 provient, d'une part, d'une note du *Lucrèce. Archéologie d'un classique européen* de Pierre Vesperini (éd. Fayard), dans lequel il cite Jean Stengers citant lui-même Henry Bardon, et d'autre part des *Essais*, III, 6 de Montaigne.

Pour les poèmes de Li Bai : p. 30 et p. 36, "Réveil de l'ivresse au jour de printemps", traduction de Tchang Fou-Jouei, révisée par Yves Hervouet, in *Anthologie de la poésie chinoise classique*, © Gallimard ; p. 36, "Une nuit entre amis", traduction de Robert Ruhlman, révisée par Yves Hervouet, in *Anthologie de la poésie chinoise classique*, © Gallimard ; p. 132, "Départ à l'aube de la cité de Baidi", traduction de Pascal Médéville, blog *Sinoiseries*, 16 novembre 2014.

Les poèmes de Han Shan : traductions de Jacques Pimpaneau in *Le Clodo du Dharma*, éd. You Feng ; et de Daniel Giraud *in* Han Shan, *Le Fils de la montagne froide*, éd. La Différence, coll. Orphée.

Les extraits des poèmes de Robert Bly proviennent de son livre *Talking into the Ear of a Donkey*, traduction de Christian Garcin.

Les propos de Miesha Johnston, p. 174-175, proviennent de *Phenomena*, de Peter Helles Eriksen, Sarah Brincher Galbiati et Tobias Selnaes Markussen, traduction de Brice Matthieussent, André Frères éditions.

La citation de Tolstoï, p. 216, provient de *Confession*, traduction de Luba Jurgenson, éd. Pygmalion.

La référence à Montaigne de la page 218 se rapporte à l'"Apologie de Raymond Sebond" (*Essais*, II, 12).

La citation de Joseph Conrad, p. 225, provient de *Des souvenirs*, traduction de G. Jean-Aubry, éd. Sillages.

Les définitions des "animaux" et des "êtres vivants sensibles", p. 302-303, sont de Thierry Auffret Van Der Kemp, *Droit animal. Éthique & sciences*, 80, p. 14 (réf. dans *Révolutions animales*, Arte Éditions / Les Liens qui libèrent, p. 574).

La citation de Yu Huan, p. 323, est mentionnée dans *Les Pays d'Occident d'après le Wei Lio*, d'Édouard Chavannes, revue *T'oung pao*, vol. 2:6.

TABLE

I

II

III

IV

V

VI

DU MÊME AUTEUR

Romans

LE VOL DU PIGEON VOYAGEUR, Gallimard, 2000 (prix du Rotary international) ; Folio n° 3680.

SORTILÈGE, Champ Vallon, 2002 ; rééd. 2014.

DU BRUIT DANS LES ARBRES, Gallimard, 2002 ; Folio n° 4134.

L'EMBARQUEMENT, Gallimard, 2003 ; Folio n° 4311.

LA JUBILATION DES HASARDS, Gallimard, 2005.

LA PISTE MONGOLE, Verdier, 2009 ; Points n° 3195.

DES FEMMES DISPARAISSENT, Verdier, 2011 (prix Roland-de-Jouvenel de l'Académie française) ; Points n° 3320.

LES NUITS DE VLADIVOSTOK, Stock, 2013.

SELON VINCENT, Stock, 2014 ; Babel n° 1493.

LES VIES MULTIPLES DE JEREMIAH REYNOLDS, Stock, 2016.

LES OISEAUX MORTS DE L'AMÉRIQUE, Actes Sud, 2018 ; Babel n° 1683.

Nouvelles & textes brefs

VIDAS, Gallimard, 1993 ; Folio n° 4494.

L'ENCRE ET LA COULEUR, Gallimard, 1997.

VIES VOLÉES, Climats, 1999 ; Folio n° 4494 ; GF "Étonnants classiques" n° 346.

RIEN, Champ Vallon, 2000.

FÉES, DIABLES ET SALAMANDRES, Champ Vallon, 2003.

LA NEIGE GELÉE NE PERMETTAIT QUE DE TOUT PETITS PAS, Verdier, 2005.

LE SCORPION DE BENVENUTO, L'Escampette, 2007.

À BUDAPEST, Circa 1924, 2007.

CIRCÉ OU UNE AGONIE D'INSECTE, Cadex, 2010.

L'ÉTRANGE SÉRÉNITÉ DES FONDS MARINS, Circa 1924, 2014.

LA LOI DES BÊTES, illustrations de Philippe Favier, Les éditions du Chemin de fer, 2015.

ENTRER DANS DES MAISONS INCONNUES, Finitude, 2015.

JEREMIAH & JEREMIAH, Château des ducs de Bretagne-musée d'Histoire de Nantes, 2016.

Essais et approches biographiques

LABYRINTHES ET CIE, Verdier, 2003.

PIERO OU L'ÉQUILIBRE, L'Escampette, 2004 ; Arléa poche, 2019.

J'AI GRANDI, essai autobiographique, Gallimard, 2006 (prix Symboles de France).

L'AUTRE MONDE, Verdier, 2007.
BORGES, DE LOIN, Gallimard, 2012 (prix Roger-Caillois) ; Arléa poche, 2018.
JIBÉ (sur J.-B. Pontalis), Arléa, 2014.

Poèmes

LES CIGARETTES, L'Escampette, 2000.
PIERRIER, L'Escampette, 2003.
POÈMES AMÉRICAINS, Finitude, 2018.

Carnets de voyage

CARNETS D'ORIENT (ITINÉRAIRE CHINOIS, DU BAÏKAL AU GOBI, CARNET JAPONAIS), L'Escampette poche, 2014.
EN DESCENDANT LES FLEUVES (CARNETS DE L'EXTRÊME-ORIENT RUSSE), en collaboration avec Éric Faye, Stock, 2011 ; J'ai lu n° 10538.
IENISSEÏ suivi de *RUSSIE BLANCHE*, Verdier, 2014.
LE LAUSANNE-MOSCOU-PÉKIN, La Baconnière, 2015.
DANS LES PAS D'ALEXANDRA DAVID-NÉEL (DU TIBET AU YUNNAN), en collaboration avec Éric Faye, Stock, 2018 ; Points Aventure, 2019.
TRAVELLING, en collaboration avec Tanguy Viel, Lattès, 2019 ; Points Aventure, 2020.

Littérature jeunesse

AUX BORDS DU LAC BAÏKAL, L'École des loisirs, 2011.
LES PAPILLONS DE LA LENA, L'École des loisirs, 2012.
LA PERSPECTIVE DU CONDOR, L'École des loisirs, 2016.

Photos

LE MINIMUM VISIBLE, photographies (avec des textes de Stéphane Audeguy, Arno Bertina, Éric Faye, Thierry Girard, Gilles Ortlieb), Le Bec en l'air, 2011.

Autres

LEXIQUE, L'Escampette, 2002.
PRIS AUX MOTS (LEXIQUE 2), L'Escampette, 2006.
QUAND J'ÉTAIS ÉCRIVAIN, en collaboration avec Pierre Autin-Grenier, Finitude, 2011.
VÉTILLES (NOTES), L'Escampette, 2015.